父母之爱，
儿女之孝，
人间大爱，
成功家教。
《天下父母》演绎人间至爱真情
弘扬中华民族的传统美德。
一个个真实的故事，
感人肺腑，
催人泪下；
高尚可贵的人间亲情，
像火种，
点亮每一位读者心中的爱之灯……

总 主 编　韩国强　祝丽华

总 策 划　刘东杰

副总主编　陈英南　刘大伟

本册主编　吕明晰

本册副主编　陈　沛　张茂聪

编写人员　（以姓氏笔画为序）

王建平　王　洁　卢松波　吕明晰

吕　琳　刘　雯　刘　晖　孙立军

孙华超　陈　沛　邱长海　何　琳

张　雷　张　晋　李秀伟　李德花

邹珊珊　吴　雷　孟广征　房雪冰

林　静　逄海燕　姜良巨　胡　伟

凌　寒　徐　昕　韩　莹

责任编辑　杜　聪

美术设计　革　丽

封面绘画　尹延新

摄　　影　吕明晰　施晓亮　陈　沛

校　　对　刘进军

天下父母丛书

总主编/韩国强/祝丽华

教子有方

主　编/吕明晰
副主编/陈　沛/张茂聪

山东教育出版社

图书在版编目（CIP）数据

教子有方 / 吕明晰主编. —济南：山东教育出版社，2010

（天下父母 / 韩国强，祝丽华主编）

ISBN 978-7-5328-6672-4

Ⅰ. ①教… Ⅱ. ①吕… Ⅲ. ①故事—作品集—中国—当代 Ⅳ. ①I247.8

中国版本图书馆 CIP 数据核字（2010）第 040114 号

天下父母丛书

教子有方

总主编：韩国强　祝丽华

主　编：吕明晰

主　　管：山东出版集团

出 版 者：山东教育出版社

（济南市纬一路 321 号　邮编：250001）

电　　话：（0531）82092663　传真：（0531）82092661

网　　址：http://www.sjs.com.cn

发 行 者：山东教育出版社

印　　刷：山东新华印刷厂

版　　次：2010 年 11 月第 1 版第 1 次印刷

规　　格：787mm × 1092mm　1/16

印　　张：18.5 印张

书　　号：ISBN 978-7-5328-6672-4

定　　价：35.00 元

总序

山东是儒家文化的发祥地，在这片土地上涌现出多少可歌可泣的敬老孝亲故事。子曰："夫孝，德之本也，教之所由生也。"父慈母爱、子孝女敬是社会和谐的基础，是我们应当大力弘扬的基本社会伦理道德。

改革开放以来，我国在物质文明和精神文明建设方面取得的巨大成就有目共睹。然而，在社会发展的过程中，许多优秀的传统文化被边缘化了，消费文化、网络文化等占据了主流。家庭、学校、社会道德教育又没有及时跟进，加之在独生子女教育等问题上我们还没有形成系统有效的理论和做法，由此造成了部分青少年价值观的失落、亲情孝道精神的缺失。"染于苍则苍，染于黄则黄。所入者变，其色易变。"如何为社会创造一个良好的呵护亲情、感恩社会的环境，理应成为当前思想教育工作必须高度关注的一个问题。

埋怨和找借口是没有意义的。今天，当家长把更多的责任推诿于学校时，当教师因学生的不良习惯而对其家庭表示不满时，我们其实忽略了一个共同的问题：孩子的成长是受许多综合因素影响的。家庭教育、学校教育和社会教育没有轻重之分，只是侧重点不同而已，这就是说，孩子的发展应当是多维的，家庭、学校、社会三方合作是实现孩子健康成长的条件。

科学发展观是中国特色社会主义理论体系的最新成果，是发展中国特色社会主义必须坚持和贯彻的重大战略思想。科学发展观强调以人为本发展、全面协调发展、可持续发展，这是当前国家社会发展的基本理论，是实现经济、政治、文化和社会"四位一体"发展的基本理论，进而构建具有和谐意蕴的社会形态。每一个人、每一个家庭都是构成和谐社会的重要因素。基础是什么呢？子曰："弟子入则孝，出则弟，谨而信，泛爱众，而亲仁。行有余力，则学文。"可见，在孔子看来，孝悌为先，学文还是退居其次的。其实，一部《孝经》早已说出了中华传统美德之本。对于孩子来说，常怀感恩之心是最重要的。而对于成年人来说，在我们日益为所谓“地球村”让世界人民可以更加接近而感到欣慰的时候，这个流动的世界却把我们的心匆忙地分开了。所谓的“忠孝”，很多时候也只能在人们的心中默默留存。很多人会把对社会的责任、对事业的执著当做是一种忠诚，而对工作、对人生的负责也可以算做对父母孝道的一种延伸。所以，既能做到对父母的孝，又能做到对事业、对国家的忠，这是自古以来许许多多善良的人最高的人生追求。

山东电视台的《天下父母》节目开播5年来，通过真实生动的故事和嘉宾访谈，引起无数观众的强烈共鸣，感动了许许多多的家庭，在社会上产生了巨大反响。2009年3月22日，中宣部刘云山部长到山东电视台观看了《天下父母》节目后，给予其充分的肯定，并指示一定要坚持做下去。

《天下父母》丛书从200多期节目中精选了98个最为感人、最为精彩的典型事例作为蓝本，进行更加深入的挖掘和再创作，由名家为每一篇真情故事撰写精彩的导语，由教育专家对每个事例所蕴含的思想及启迪意义给予精辟的点评与解读，进一步凸显了这些真情故事的精神内涵，是一套启迪智慧、点燃真情的好教材。

《天下父母》丛书所讲述的一个个孝敬父母、爱护子女、关爱他人的动人事例，必定会给人们一种心灵的震撼，一种灵魂的净化，一种情操的洗礼，一种道德的升华。

是为序。愿与大家共勉。

李宝库

（序者为中国老龄事业发展基金会会长、全国敬老爱老助老主题活动组委会主任）

前言

当一个新生儿呱呱坠地的一瞬间，年轻的夫妇就荣幸地升格为父母了。在“独生子女”的年代里，唯一的孩子成为父母的全部希望，真可谓“成也萧何，败也萧何”。每一对父母都有望子成龙、期女成凤的迫切愿望。然而，这些只有一次实践机会的父母们，有的自己还处在孩子的角色中，根本没有做父母的心理准备与实际能力；也有的虽然具备了做父母的物质条件，却缺乏当好父母的精神、文化素养；还有的父母把孩子当成了完成自己理想、事业的替补队员，从不顾及孩子的爱好与选择，其结果可想而知。因此，在这个竞争激烈的世界中，苦恼的、困惑的、哀叹的父母们，大有人在。山东教育出版社推出《天下父母——教子有方》一书，希望给广大父母一些有效的指导和生动的参考。

在现实社会中，多数父母都比较关心孩子智力的开发与学习成绩的升降。学校里的“排名次”等措施的实行，客观上也助长了重成绩、轻素质趋势的蔓延。有的家长为了保证孩子的学习，不让孩子干任何家务活，溺爱的结果是培养出了无数个“小皇帝”、“小公主”。据专家统计，在家长中对孩子采取过分保护与过分严厉管教的各占30%，采取严厉惩罚的占10%，采取温暖、理解的只占30%。这一统计结果表明，我国的家庭教育形势不容乐观，不正确的教育方式及其后果势必在孩子身上得到体现。痛定思痛，父母们还是先从自己身上找找原因，不要一味指责孩子如何不争气、不听话了。

卢勤，周弘，陶宏开，孙云晓，冯德全，一个个耳熟能详的名字，一个个鲜活生动的故事，《教子有方》将带给你一次全新的感受，开辟家庭教育的新纪元。

广大父母们，努力与孩子一起学习，一起成长，学会怎样做父母吧！

刘　平　吕明晰

天下父母

目录

赏识你的孩子

——记周弘和他的“赏识教育雨露”

周弘（上图右），一位普通的父亲，用其20年的时光探索出的赏识教育，不仅把双耳全聋的女儿周婷婷（上图左）培养成留美博士，而且改变了成千上万个孩子和家庭的命运。他创办的赏识教育被誉为中国家庭教育第一品牌。周弘的理想是：让赏识理念走进中国每一个家庭，每一所学校，每一个社区，每一个企业和团队。赏识理念能促进每个人的自身和谐，夫妻间的婚姻和谐，家庭中的亲子和谐，企业中的团队和谐。它是和谐社会的细胞工程。

没有种不好的庄稼，只有不会种庄稼的农民。没有教育不好的孩子，只有不会教育孩子的家长。

只有父母好好学习，孩子才能天天向上。

几千年来，我们总是伸出食指，挑孩子的毛病。现在，让我们竖起大拇指，赞赏我们的孩子吧！

——选自周弘的“赏识教育雨露”

许多家长为自己的孩子焦虑，老觉得自己的孩子这也不是、那也不是，事事处处都看着不顺眼，甚至觉得自己的孩子将来会一事无成。他们为孩子的现状焦虑，更为孩子的未来担心。他们四处寻找名师高人，希望他们能开导和挽救自己的孩子。

可周弘说，首先需要改变的，是家长的错误观念。也就是说，错在家长，不在孩子。

创办“中国家庭教育第一品牌”——赏识教育的周弘，是一位非常可亲的教育专家。他最大的特征就是竖起大拇指，表示对你的赞同和肯定，这就一下子拉近了他与你的距离。他这个竖起大拇指的形象，不但印在了他的名片上，还进行了注册。

他说：“所谓的赏识教育，是每个家长都用过，又无意中忘记或者说是丢弃了的东西。在孩子两岁前，所有的家长都会赏识孩子：孩子牙牙学语时，不论孩子胡哇啦什么，家长们都鼓励和称赞孩子；孩子说话晚，就说孩子是‘贵人语迟’；孩子学走路时，不论孩子怎样走不成溜，都拍手叫好，孩子摔倒了也鼓励孩子再爬起来。但孩子一长大，家长就开始挑毛病了，小题大做，唠唠叨叨，无限上纲。”

这话说得实在，让我们听了又禁不住脸红。

关于赏识教育，周弘有许多独到的见解。他把这些见解用通俗而精辟的话总结出来，称之为“赏识教育雨露”，进行传播，用来教育和启发众多的家长和孩子。他说，之所以用“雨露”而不用“语录”，是觉得“语录”一词不够亲切，有“大人物居高临下”之嫌；而“雨露”“随风潜入夜，润物细无声”，自然，亲切，与受众零距离。这些“雨露”是他多年来发自内

心的感悟，也是对许多家庭教育专家经验的总结和提炼。所以，“雨露”传开之后，影响很大，许多家长索要，也有许多报刊转载。

雨露之一：好农民不让最矮的庄稼枯萎，好家长不让最差的孩子自卑

周弘说，每个孩子都是上苍赐给我们的最好的礼物，是无价之宝。但我们许多家长却没把孩子教育好，还给上苍的是一根草。这就太辜负上苍了。家长要懂教育规律，一定要明白“孩子其实是没有缺点的”这个至关重要的道理。一般家长都是喜欢孩子的优点长处，讨厌孩子的缺点短处。其实，每一个孩子都是优点缺点并存的。特别要看到，孩子现在的缺点，也许正是将来的优点。从这个意义上说，孩子是没有缺点的。

既然孩子是没有缺点的，既然孩子今天的所有的所谓缺点都可能是明天的优点，那么，我们就完全有理由让孩子快乐轻松，像小鸟一样快乐地学习，快乐地成长。这就要求我们新时期的家长与几千年来家长习惯于挑毛病的方式决裂。新时期的家长首先要做到的一条就是尊重孩子，要像尊重上帝一样尊重孩子。而现在的许多家长恰恰相反，觉得孩子什么也不行，什么也学不会，什么也做不好。家长严重失态，生活在对孩子现状和未来的恐惧之中。孩子不快乐，家长也不快乐。这样的心态严重制约着家长与孩子的关系，制约着孩子健康快乐地成长。

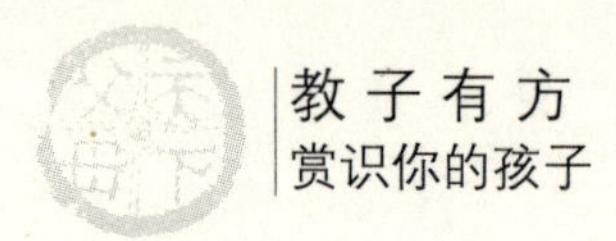

雨露之二：哪怕天下所有人都看不起你的孩子，你都要眼含热泪地欣赏他、拥抱他、亲吻他……

周弘说，这一条最重要。教育孩子很简单，会爱孩子，懂得孩子，与孩子沟通。孩子什么心里话都愿意跟你讲，你就成功了。孩子的最大期望是“安”，也就是希望有安全感。孩子表现好了受到表扬，属于锦上添花，这是低层次的要求；孩子有了问题，仍然受到鼓励，“雪中送炭”，这才算得上是高层次的爱和关怀。家长做到这一条，孩子才有安全感。有了安全感，孩子才能张开人生的翅膀。学飞的小鸟恐惧时翅膀就展不开，只能在地下爬，这时就需要大鸟的鼓励和信任。孩子也一样，在成长的过程中需要大人的赏识和鼓励。中国有句话说，“患难见知己”。真正的球迷不光在自己的球队进球时呼喊加油，真正的球迷在球队处于不利时会更起劲地为队员加油鼓劲。啦啦队不能呼倒场。把球迷的例子用到对待孩子身上，道理也是一样的。在孩子前进的道路上，家长就是啦啦队，你总说孩子不行，就是呼倒场。家长要懂得教育的基本规律，懂得赏识和鼓励的重要。前几年有一副讽刺官僚主义的对联是“说你行你就行，不行也行；说不行就不行，行也不行。横批：不服不行”。如果把这副对联拿来比喻家长老师教育孩子，也十分贴切。比如，孩子有“早恋倾向”，本来是蒙蒙眬眬的，甚至只是正常的美好的对异性的一种好奇和向往，回家被家长骂一句“不是东西”，到学校老师再骂一句“小流氓”，孩子心一横，你们都这么看我，我就这么干了——坏孩子就逼出来了。

雨露之三：没有不好的孩子，只有不幸的孩子

我们老是习惯于把孩子分成好孩子、坏孩子，这是一种“功利心态”。正确的心态应当是“花苞心态”，是包容。周弘比喻说，当我们买回一盆花时，不能只喜欢它盛开的花，而不喜欢它的花苞。花苞就是孩子的缺点。“花苞心态”赏识教育是把孩子的缺点看成花苞，看成未来的花。孩子本身是有差别的，有的早慧，有的“大器晚成”；有的有文艺天赋，有的则具备钻研科学技术的潜质；有的善于文字的表达，有的则具有演讲的才能。如果以“花苞心态”来看待孩子，就会发现孩子的特长和潜质，适时地加以鼓励和引导，孩子就会发挥专长成才。可是，如果家长是“功利心态”，那就会只看到孩子的缺点和短处，或者是打击和挖苦孩子，或者是硬逼着孩子学他不适宜学和不愿意学的专业，很可能就毁了孩子。所以，这句“雨露”也可以延伸为“没有不好的家长、教师，只有不幸的家长、教师”。

雨露之四：赏识教育是唤醒天下父母，让父母领取合格证的教育

时代发展了，家长也应当与时俱进。周弘说，我们应当感到自豪，我们是中国第一代学习型的父母，第一代与几千年的挑毛病教育决裂的父母。

对待孩子的态度其实就是对待生命的态度。佛家有句话说：“心中有佛，满眼是佛。”只要你改变对孩子的看法，你就会看到孩子的许多优点，看到孩子的可爱之处。

所有容不得孩子缺点的家长，都是不能包容自己缺点的人。

攻击别人是为了平衡自己的心态，家长向孩子发火是发泄自己。所以，家长的当务之急是改变自己的心态。先爱自己，才能爱孩子。

说到爱自己和包容自己，周弘幽默地以自己的秃顶为例进行现身说法。他说，从二十来岁起，他的头发就像秋风扫落叶一样掉，这使他非常自卑、非常不自信。如果一个漂亮女孩的眼神冲他头上那么一瞥，他立即信心全无，方寸大乱。这是“灭顶之灾”啊。后来他想，既然不可避免，就要学会享受。他就发动小朋友们为他的秃顶找好处，小朋友们说：头皮屑少，洗头快还省洗发膏，发型独特，酷，讲得他“心花怒放”。于是他给自己的秃顶找了许多优点：通风，更多地接受阳光。他幽默地说：“像我这样呼吸自由、多见太阳的大脑，想不聪明都难！”

心态变了，缺点也就成了优点。带着坏心情处世做事和带着好心情处世做事，显然是两回事。

雨露之五：赏识教育是让孩子学会快乐并带给别人快乐的教育

好多孩子为什么不愿意学习？周弘说，这根子还在家长身上。孩子天生爱学习，是家长拔苗助长把爱学习的根拔断了。他说，当孩子快乐地学习的时候，孩子是“志愿军”，但当孩子是被迫学习的时候，孩子是“雇佣军”。当孩子在快乐学习的时候，他的每一个细胞都是开放的，他可以“一心几用”而且效率很高。为此，周弘给家长和孩子列出了快乐学习的五个要求：

1. 端正态度。一定要快乐，不快乐的学习是假学习，这时候情感的大门就会关闭，99%的大脑细胞不参与，达不到好的学习效果。

2. 确定目标。家长要本着高目标低要求的原则来要求孩子。

3. 重新启动。如果以前学习落下了，跟不上，无法前进，不妨后退儿步，打好基础再向前冲。以大踏步后退，实现大踏步前进。

4. 允许反复。这是最重要的，孩子在学习中有起伏有反复是正常的，家长要包容。

5. 花苞心态。不论孩子出现什么问题，都要鼓励孩子。他打了个比方说：孩子考了50分，他能帮孩子找到考100分的心态。他说，帮孩子分析试卷，首先孩子有30分是由于粗心，他说好哇，这不就找到自己的潜力了么？然后有15分是不会做，他说好哇，考试不就是为了找出自己不会的地方吗？这就是找到目标了。最后还有5分是因为时间不够没做完，他说，这是效率问题，不难解决。这样一分析，孩子雀跃着说：噢，以后我再也不害怕考试了！

这些字字珠玑耐人寻味的“赏识雨露”还有很多，得益于“赏识雨露”的家庭也很多，河南有一家庭应邀讲述了他们的经历——

这对来自河南的母子，关系曾经非常紧张。因为阻止儿子放学后进网吧玩网络游戏，母亲曾被儿子狂奔的自行车拖倒在地。为此，母亲一度非常绝望。在接受了周弘老师的赏识教育理念之后，母亲慢慢地有些觉悟。这天傍晚，儿子给她打电话，说他与同学们在外面玩，看完电影之后还要玩个通宵。母亲不同意，儿子就说那我12点回去吧。母亲觉得还是有些太晚，不同意，正考虑怎么对儿子说呢，儿子说，不说话就是同意，把电话挂了。母亲非常伤心。可是，当她冷静下来，想起周老师的赏识教育原则时，她对自己的心态和做法产生了怀疑。沉思良久，她决定试验一下周弘老师教给她的方法。于是她给儿子的BP机发了一条信息：“儿子，你能12点回来，太好了。”（那时她和儿子都还没有手机，靠BP机联络。）

儿子看了母亲的信息，非常意外。因为之前母亲总是指责他这也不行那也不对，从来没说过“太好了”。他于当夜十二点半回到了家。尽管回家比他自己说的迟了半个小时，母亲却没有像以前那样指责他，而是简单问了两句，就让他赶快洗漱休息。这又令他感到意外。

意外归意外，他面对母亲还是一如既往地保持了沉默。

由于这对母子已经有很长一段时间不能正常交流，母亲就按照周老师的教导，每天睡觉前给儿子写一张纸条，进行简单的交代和沟通。这不是一般的纸条，纸条的开头总是“最最亲爱的儿子”，结尾总是“最最爱你的老妈”。纸条放在儿子床头，让儿子一起床就能看见。过了一段时间，母亲因为忙着上班，有一天偶然忘了写，儿子问：“妈妈，你今天怎么没给我写纸条？”这普普通通的一句话，使得妈妈心花怒放，几乎抑制不住夺眶而出的眼泪。她联想到儿子的变化，出门总是主动告诉妈妈去哪儿，几点回来。这之后，纸条渐渐变成了信，母子俩通过笔谈达到了沟通。再后来的一天，儿子与同学约了玩一个通宵，妈妈同意了，只是嘱咐儿子明天早点回家。儿子玩得非常开心，非常坦然，没有一点偷偷摸摸的感觉，他非常感激妈妈。第二天恰好是“三八”节，回家路上，儿子就到花店订了一束花，让花店送给妈妈。回到家，吃完早饭儿子又要出门（毕竟是男孩子，内向，他不愿意看到自己亲自导演的一幕上演），临出门时他问妈妈今天出不出门，还嘱咐妈妈十一点左右一定待在家里。当这束鲜花送来时，当着送花人的面，妈妈幸福的泪水就流了出来。她说，这是她这辈子收到的第一束花，这是她最幸福的一天！

不仅如此，儿子还根据周伯伯“大山不动我来动，人人都需要赏识，大人也需要赏识”的教导，主动改善了与爸爸的关系。现在这一家三口一改过去如见仇人的状况，愉快相处，非常和睦幸福。

周弘送给天下父母的一句“雨露”特别简洁好记，也特别重要，让我们共同铭记：只有父母好好学习，孩子才能天天向上。

感悟与思考

面对孩子，父母不应只是幸福于天赐的亲情之乐，要让稚嫩鲜活的生命绽放美丽，父母首先需要领取教育的合格证。

幼稚无知的孩子是一块纯洁无瑕的璞玉，这个世界在孩子心里画上的每一笔都会深深地影响孩子，尤其是孩子最为亲近的父母。周弘告诉我们：当幼稚的生命张开飞翔的双翅，父母的宽容、接纳与鼓励是孩子疲惫时脚下那片最踏实的土地。

现实中的教育，往往强制太多。对于孩子的教育，我们似乎已经习惯了传统并按照惯性去做。“棍棒底下出孝子”是传统的教子方式，面对孩子成长中出现的问题，我们已经习惯了以简单粗暴的方式应对。于是，在问题出现时，交流没有了，尊重没有了，理解与接纳也没有了，剩下的只有棍子与面子，只有强制、虚荣与扭曲。生命是大自然的珍贵赐予，它短暂而宝贵，个性而舒展，它不能只有苦涩与单调的服从，不能只有狭隘与灰色的对抗，生命应该有更为精彩的开阔世界。

父母智慧的爱可以还给孩子本该美丽的拥有。像周弘一样理解、鼓励孩子，接纳、尊重孩子；像周弘一样，郑重地对待孩子的教育问题，把智慧与爱交还给那些与我们一起分享生命精彩的小精灵；像周弘那样，也主动拿一个孩子教育的合格证，以今生最大可能的爱来迎接我们最亲近的小生命的到来。这样，未来的生活之路，我们必将会绕过遗憾，欣喜地拥抱生命中与生俱来的精彩。

人物档案：孙云晓，中国青少年研究中心副主任、研究员，中国青少年研究会副会长，中国少先队工作学会副会长，《少年儿童研究》杂志总编辑，北京师范大学兼职教授。1999年被国务院表彰为有突出贡献的教育科学研究专家，2000年被国务院妇女儿童工作委员会授予"全国优秀儿童工作者标兵"称号。

孙云晓自1972年起从事青少年教育与研究至今。1993年7月，他采写的报告文学《(中日少年)夏令营中的较量》震撼全国，引发了一场各界参与的大讨论，受到党和国家领导人的高度重视。中央电视台12集专题片《改革开放20年》，介绍了《夏令营中的较量》，并称此文推动了中国教育由应试教育向素质教育转变。1995年以来，他先后主持了中国城市独生子女人格发展与教育、中国城市独生子女教育模式、杰出青年的童年与教育、向孩子学

习、21世纪教育四大支柱的理论与实践、当代中国少年儿童发展状况调查等多项课题研究。目前，他正在主持国家级课题——少年儿童行为习惯与人格关系的研究。他出版个人专著20余部，代表性著作有《习惯决定孩子命运——孙云晓儿童教育12讲》、《好的关系胜过许多教育——我的教育自述》、《教育的秘诀是真爱——孙云晓教育建议》、《培养一个真正的人》等。作品曾获中国图书奖、全国“五个一工程”优秀图书奖、全国优秀儿童文学作品奖、全国优秀畅销书奖等多种奖项。

案例：剃光头的女才子
结论：青春期孩子普遍叛逆，
教育方法宜柔不宜刚

按照国际上公认的标准，10岁到20岁为人的青春期。青春期是人性发育成熟的时期，也是一个跟父母冲突激烈的时期。青春期对于任何一个人的成长都具有特殊的意义，青春期是人的真正诞生期——精神方面的诞生。

青春期孩子的共性特征是叛逆，首先是本身就属于躁动不安时期。从心理上讲，他内心充满了恐慌，因为青春期性发育成熟了。他忽然发现自己控制不住的生机勃勃，胡子长出来了，喉结出来了，说话声音变了，脾气也大了。他们有很多很多共同的表现：过去回到家里，往父母身上蹭一蹭；现在不了，现在回家就把门关上，别人不能随便进来——秘密变多了。

这个时期同伴的影响在上升，父母的影响在下降。父母说得不对不行，父母说得对也不行。总之，你一说他就烦。

青春期表现出一种叛逆，什么都想挑战，什么都看着不顺眼。你让我好好学习，我偏不好好学习，我逃学；你不让谈恋爱，我偏谈恋爱；你一定要我穿校服，我偏不穿校服，如此等等。比

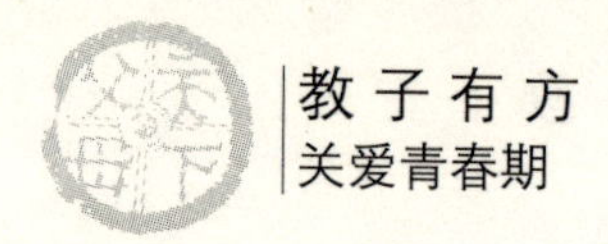

如，有一个女孩不穿校服，老师批评了她。她第二天穿着校服来了，但却是用一根草绳子系在腰上。

还有一个女孩子，很有才华，写了一本书叫《童言有诈》。出版后，出版社到她学校里开新书发布会，这个女孩子推了个光头。她妈妈一看就气炸了："我的天啊！你怎么能推光头呢？光头就等于是个裸体啊！"这个女孩子急了，跑到屋里写了一篇《光头宣言》：我不能让头发挡住我的思想。父母与她讲了好半天道理也讲不通，最后还是母亲首先冷静下来，她让女儿换位思考，她对女儿说："如果你做了母亲，你的女儿在参加新书发布会的时候，推了个光头，你会有什么感觉？你怎么办？"女儿没想到妈妈会问这样的问题，愣了一阵说："那我支持她推光头，但第二天我会让她戴个帽子去参加新书发布会。"

第二天，推了光头的女儿是戴着帽子参加新书发布会的。母女关系和父女关系也就缓和下来了。

这是青春期才会有的现象，这是解决得比较好的一个例子。在这个时期，家长的重要责任不仅仅是让孩子吃饱、穿暖，对青春期的孩子要给予特别的关怀，特别是精神层面的关怀。

惨剧：高三男孩杀死母亲和外婆
结论：家里有一个青春期的孩子就等于有一颗定时炸弹，家长要"以柔克刚"，抽掉炸弹的"引线"

越是专制的家庭，青春期的冲突就会越严重。某市曾经发生了一件非常悲惨的事情：一个上高三的男孩子疯狂地写小说，妈妈急了："都什么时候了你还写小说，你写小说能写进大学里去吗？你这不是自毁前程吗！？"见儿子不听，母亲一把抢过儿子写的书稿，哗哗撕碎，从窗子扔了出去。儿子那个心痛呀，这是他花了多少时间、凝聚了多少心血写成的啊！他把碎片拣回来，泪流满面地贴啊贴。最后这个孩子冲动了，愤怒了，失去理智了，把他母亲和他的外婆都杀死了。

这是一出多么惨烈的人间悲剧啊，让人非常地痛心。其实这个问题本来就没有那么严重。写作本身是件很好的事情，至多可以说，在高考前这一年写小说确实风险比较大。但是，完全可以用另外一种更平心静气的方法来处理。

家里有一个青春期的孩子，就等于有一颗定时炸弹，很容易爆炸。父母要做的就是要使他不能爆炸，要把他的引线给抽掉。所以你要是温和的，什么事情都是可以商量的，宜柔不宜刚，像老子说的：“天下之至柔，驰骋于天下之至坚。”

案例：两个怀孕的中学生，结局却截然不同
结论：两个家庭、两种教育，导致两种命运、两种结果

对于青春期的孩子，家长最担心的就是性出问题。家长害怕孩子交异性朋友，特别是怕孩子万一控制不住，发生性行为，导致怀孕、流产。这种事情现在也确实存在。所以对于父母来说，的确是一种煎熬，一种考验。孙云晓还出了本名为《藏在书包里的玫瑰》的书，那是他采访了13个发生过性交关系的中学生写成的。根据调查，孙云晓发现了5个数据：

一、他们中有半数以上都是学校公认的好学生。

二、他们中有1/3都来自于一些著名的中学。

三、他们第一次发生性交行为的时候，100%地不采取任何的安全措施。

四、他们发生性交行为、甚至怀孕流产的事实，他们的父母和老师100%不知道。

五、他们对家庭和学校的性教育100%不满意。

调查还发现，中学生过早地发生了性行为之后，都有一种失败感，有一种人格的扭曲感，而没有幸福感，没有美好的感觉。

北京有一个初三的女孩子怀孕了，她非常害怕。中学生有个特点：没怀孕之前觉得什么都明白，但一怀孕，就什么都不明白了。男孩子碰到这种事的时候，80%以上选择逃避，而女孩子就傻了。这个女孩子就想：我要不要跟妈妈说呢？一想不行，妈妈太厉害了，她一听还不杀了我！还是爸爸比较开明，先想办法让爸爸知道吧。于是，回家她就往爸爸跟前凑，她说："老爸，我们班有个女孩子怀孕了，你说怎么办啊。"她爸正看报纸呢，漫不经心地说："什么？怀孕？这么小的孩子怀什么孕？不可能。"女儿说："真的。老爸你说，如果这个怀孕的女孩是我，你会怎么办啊？"她爸的目光并没有从报纸上离开，随口说："要是你，我打断你的腿，宁可把你打残了我再养着你，也不能让你出去丢人现眼！"

女儿一听，吓得不敢往下说了。于是悲剧就发生了。其实，孩子是抱着一线希望来向爸爸求援的。如果父亲稍微细心一点，也许悲剧就不会发生。

另一位母亲陈卉，就做得非常好。这天，她读高二的女儿突然扑通一下跪到她面前，号啕大哭着说："妈妈我错了，我错了，我怀孕了！"对于妈妈来说，这简直是晴天霹雳啊！女儿一向老实巴交，学习勤奋，怎么会怀孕呢？她简直不能相信自己的耳朵，不敢相信自己的眼睛。她非常气愤，但眼前痛哭流涕的，的确是自己的女儿呀！做妈妈的很快就镇静下来了。她说："孩子你起来，有妈妈在，什么都不要怕。只要我们勇敢地面对，无论什么困难我们都能克服。"然后妈妈就带着女儿到医院，以妈妈的名字挂号做了人工流产。之后，妈妈请了假，照顾了女儿20天。妈妈的关怀和开导让女儿身体和心灵都得到了康复。女儿感动得热泪盈眶，把心里话都跟妈妈说了。最后，女儿对妈妈说："妈妈，你放心吧。我一定会让你看到一个让你骄傲的女儿。"女孩子康复了之后，学习非常地勤奋努力，后来考上了北京的某重点大学。

所以，不同的家庭就有不同的教育，而不同的教育可以导致两种命运、两种后果。

案例：高三时，她曾下决心嫁给恩师，做许广平第二
结论：对于青春期的孩子，家长要善于理解和引导

对于青春期孩子发生"早恋"，父母有一个非常重要的责任：理解和引导。孩子对异性有好感，甚至产生恋情，家长首先要把它看作一件正常的事情，首先得尊重这份情感。

数年前，南方有一个读高三的女孩子给孙云晓来信说："孙老师，我有件重要的事情和您商量，我爱上我的老师了。我能有今天的进步，都是这个老师帮助的结果。现在老师的老伴去世了，他一个人生活。我想高三毕业后放弃高考，和这个老师生活在一起。虽然这个老师的年龄比我父亲的年龄都大，但我想做许广平第二。在做出最后决定之前，我还是想听听您的意见。"

孙云晓认真地给她回了一封挺长的信。他对这个女学生说：

"在你这个年龄产生这样的情感是非常可以理解的，我相信你的感情是纯洁的，我也相信你这个老师可能是个不错的老师。但是我建议你心动不要行动。生活就像一片蓝天，而你像一只小鸟，小鸟只有飞上蓝天才知道这个世界有多么辽阔，现在你连飞都还没飞起来，就要停住，将来有一天你可能会后悔的。一个人在十七八岁的时候可以疯狂地喜欢一个人，或者叫爱上一个人，但是用不了很久你可能会骂自己，'我昏头了，我怎么会喜欢他呢？'……你最好的选择是现在不做决定。你高三了，要全力以赴地去高考，人生难得几回搏，这是你难得的机会。你要努力考上大学，争取到外面去闯荡一下。到那个时候，你如果觉得与这个老师结合还是你最好的选择，我就支持你嫁给他。"

这个女孩子收到信后看了很多遍，最后接受孙云晓的忠告，安心学习并参加了高考考试，一举考上了某某外国语学院。大学开学后不到半年，又给孙云晓来了一封信，说她在大学里谈恋爱谈得热火朝天。大学毕业后，她与男朋友到南方创业并建立了家庭。

直到现在，孙云晓也只是与这个女孩保持着通信联系，从没见过面。令孙云晓感叹的是，这样重大的事她不与父母商议，说明她对父母已经失去了信任，说明家长与孩子的沟通出了问题。尤其是在青春期的时候，家长千万不可谈性色变。如果家长对这个问题没有清醒认识的话，一定会影响到孩子。性教育不能只有生理方面的教育，更重要的是性心理方面的教育，而这正是我们的家庭和学校教育所缺失的。

案例：高一的女生把孩子生在女生宿舍的卫生间里 结论：青春期的性教育是对孩子人格的教育

曾经有一个高一的女孩子，在凌晨4点钟，在女生宿舍的卫生间里把孩子生出来了。孩子生出来哇哇哭啊，这个女学生被孩子的哭声吓坏了，如果被同学们听见，发现她生了孩子，那怎么办？无奈之下，她就把孩子杀死了。孩子是足月生产的，这个女学生在怀孕九个月的时候还去参加军训，还学习擒拿格斗。为了不被同学和老师发现，她穿着肥肥大大的衣服，还要表现得非常正常。这么大的事，她的父母不知道，老师不知道，同学不知道，连同住一个宿舍的同学也没有察觉！现在她因为故意杀人而在监狱服刑。

这个事例再一次说明，青春期性教育的核心其实不是知识教育，而是一种人格的教育、审美的教育、道德的教育、生命的教育。性是一个人和另外一个人的关系，一定是一个责任的问题，一定是一个道德的问题。谈恋爱、发生性行为，这都是你的“权利”，但你想过你能承担起这个责任吗？你不能说我快乐就行了，责任我不管。不负责任的人是没有魅力的。你一定要想一想你会不会伤害到别人，会不会伤害自己。现在中国已经有将近100万人感染艾滋病，如果你不注意保护自己，万一跟一个感染艾滋病的人发生了一次性交行为而未采取措施，你可能就在劫难逃。那时候你说什么都晚了。还有，女孩子会怀孕，所以说，不要以为是青春期，什么浪漫啊、恋爱啊、你爱我、我爱你，我们两个人想做快乐的事情呀，就想得那么简单，实际上这个事情真是不那么简单。家长朋友应该把青春期的性教育当成是对孩子人格的一种教育，让孩子知道这是有责任的。

教育的核心不是学习知识，而是培养健康的人格；只有拥有健康人格的人，才会拥有幸福的人生

孙云晓反复强调：教育的核心不是学习知识，而是培养健康的人格。他说，这是他的一个最重要的观点、最基本的观点。现在有很多父母认为，孩子只要把学习搞好就行了，别的什么都不用管。孙云晓觉得这是一种很可怕的国民共识。为什么一些著名的高校经常会发生一些学生自杀之类的悲剧，而且这些发生悲剧的孩子没有一个是学习不好的？这是为什么？哪里出了问题？就是人格出了问题。所以，教育的核心一定是培养健康的人格。具体来说，就是你怎么对待别人，怎么对待父母，怎么对待朋友，有没有责任心，是不是善良的，是不是乐观的，是不是顽强的。这些就是人格，这些最终决定你能否幸福生活。

什么人能生活得幸福？并不是说考上哈佛的人就最幸福，也不是说挣钱最多的人最幸福，绝对不是这样的。只有拥有健康人格的人，才会拥有幸福的人生。

孙云晓说："家庭教育最重要的任务，就是要从小培养孩子养成良好的行为习惯。因为培养健康人格的最好渠道，就是从培养良好的行为习惯做起。"有位教育家说得很好："家庭是习惯的学校，父母是习惯的老师。"怎么培养良好的习惯呢？父母要给孩子做出表率，在家里父母一定要多看书，要诚实，要勤劳，不能老发牢骚；而且在家里孩子要做家务活，要承担责任。俗话说得好：训子千遍，不如培养一个好的习惯。

感悟与思考

成长需要尊重。

尊重地交流，尊重地理解，青春期的痛苦叛逆就可以顺从地依偎，理智地迈步。

每一个孩子都是等待开发的宝藏。在孩子成长的过程中，我们往往忽略了曲折的过程，急于要看到理想变为现实摆在面前。当孩子不能如期发展，父母就难免会急躁、失望，往往开始埋怨、粗暴、挫伤。于是在父母苛责、功利的视线里，健康活泼的孩子慢慢变得惊慌、笨拙、懦弱，变得乖戾、沉默、一无是处。陈卉以她的爱心、耐心与智慧还给女儿一个完整精彩的人生，而很多父母却正因为急躁、功利、漠视的态度挫伤了孩子丰富多彩的内心世界。生命需要尊重，尊重他们成长中暂时存在的小问题，尊重他们成长中不断调整的这个客观过程。父母不尊重不冷静的态度，只会把孩子原本开阔的成长空间逼入狭小闭塞的世界。或许，面对孩子，父母需要尊重地退一步，需要以尊重的态度蹲下身来，以耐心的付出来深情并理智地面对。孩子的成长，需要更高远的天空。

唯有爱，唯有爱的尊重与坚持，唯有爱的付出与智慧，才能让我们的孩子沐浴爱的温暖，幸福地成长！

走近“知心姐姐”卢勤

人物档案：卢勤，高级编辑，教育心理学家，中国家庭教育学会常务理事，中国关心下一代工作委员会专家委员会委员，全国“更新家庭教育观念报告团”成员。34岁起担任“知心姐姐”栏目主持人，被广大少年儿童及父母称为“知心姐姐”，现任中国少年儿童新闻出版总社副总编。

20多年来，她致力于对少年儿童及家长心理健康的研

究。曾获中国新闻工作者最高奖——韬奋新闻奖、中国内藤国际育儿奖、联合国颁发的“支持儿童”杰出成就奖，并获中国保护未成年人杰出公民、全国优秀少年儿童工作者、全国三八红旗手、巾帼建业标兵等称号。著作《写给年轻妈妈》、《做人与做事》获“五个一工程”奖，《写给世纪父母》获中国图书奖。

成为“知心姐姐”

45年前，北京史前胡同小学的一个普通女孩，迷上了《中国少年报》的专栏人物“知心姐姐”。她悄悄地给“知心姐姐”写了一封信，没想到很快就收到了回信，于是小女孩立下志向：长大要到《中国少年报》当记者，也当“知心姐姐”。

岁月荏苒，1978年11月的一个晚上，已经30岁的她从广播里听到《中国少年报》复刊的消息。她按捺不住激动的心情，连夜给报社领导写信，表达了自己的夙愿。

奇迹终于出现了，正是这封信，这份对理想执著的追求，让她走进了《中国少年报》，并最终成为第四任“知心姐姐”。她，就是卢勤。

二十多年“知心姐姐”的经历，使卢勤积累了丰富的教育与沟通的经验，她陆续出版了《写给年轻妈妈》、《写给世纪父母》、《告诉孩子，你真棒！》等家庭教育系列丛书。

在妈妈的喝彩声中成长

说到自己的成长历程，卢勤深情地回忆说，自己好多东西是从母亲那儿学来的，或者是受母亲的影响。她的父亲常年在外地工作，母亲一个人在北京带着六个孩子，把全部心血都倾注在孩子身上。母亲给她最大的影响是那种快乐的心态。卢妈妈从小对孩子没有苛刻的要求，在卢妈妈心目中，她的六个孩子都很棒，而且她信奉行行出状元的老话，并不苛求孩子一定要去做什么事情，只希望孩子们能快乐成长。卢妈妈对孩子的成长总是带着一种欣喜的、欣赏的目光为孩子鼓掌喝彩，所以卢勤从小没有负担，没有压力。卢勤五六岁时，常常喜欢在家里没人的时候收拾房间，妈妈回来了，总是惊讶地问：“哇！这么干净！这是谁干的？”当卢勤高兴地从门后跑出来“坦白”时，妈妈就说：“真没想到是你干的，你可真能干，比我收拾得都干净！”小小的卢勤就特有成就感。

有一次卢勤洗碗时不小心打破了一个，妈妈不但没责备她，还安慰她说：“没关系，小心别把手划破了。”

在妈妈的喝彩声中，卢勤养成了做事大胆又充满热情的习惯。

卢勤原来的名字叫卢桂华，5岁那年要入幼儿园了，她觉得自己的名字不好听，太俗，就要求改名。妈妈居然同意了，并召开家庭会议共同商讨，卢勤说“我要俩字的”。于是大家七嘴八舌地给她取了一大堆名字，有卢志、卢迪、卢伟什么的。最后她自己选了一个“勤”字，而且坚决不用“琴”和“芹”。妈妈说：“卢勤，挺好听，挺响亮，行呀！”事情就这么定了。卢勤就用这个名字到博士幼儿园报名去了。回忆起博士幼儿园门外贴出的新生名单中有“卢勤”这两个字时，今天的卢勤仍然是一脸的自豪。

家是温暖的港湾，家是爱的传承

卢勤说，作为父母，首先要爱孩子，要会爱孩子。爱的种子是播撒在孩子心中的，父母要呵护播撒在孩子心中的爱，呵护爱就会长大，忽视爱就会枯萎，打击爱就会灭亡。爱的种子是无形的，但却是家庭教育最重要的。在这一点上，卢妈妈教给卢勤的也很多。比如，家中若是有谁回来得晚，就给谁留下最好的饭菜。这一点不仅卢勤感受到了，连卢勤的儿子也感受到了。有一次他问爷爷：爷爷，为什么留出一份来？爷爷说，你妈没有回来呢，或者是说你大姨没有回来呢。这是一种家的温暖。等到卢勤也有了孩子以后，她才明白家庭的这种爱影响有多么大。有一次卢勤在单位加班，儿子给她打电话说：妈妈你今天到姥姥家来。一会又来电话催：妈妈你怎么还没回来，你快点回来。由于工作离不开，卢勤回到家时已经很晚了，儿子已经睡了。卢妈妈喜滋滋地对她说：你这儿子真没白养，你看你儿子做了些什么事！走进厨房一看，原来儿子跑到姥姥家去学炒菜，是虾仁炒黄瓜，一个黄瓜片套一个虾仁，一边炒一边说我妈怎么还不回来，炒完就给妈妈打电话。吃饭时卢勤没回去，儿子把最大最好的留给妈妈，拣最小的和炒得难看的自个儿吃了。卢勤特别感动，深深感到潜移默化对孩子成长的巨大影响。

男孩子就得出去发展，待在家里永远长不大

卢勤的儿子现在在上海工作，表现非常优秀。

“儿子从小就特有责任感，而男人最重要的就是要有责任心。”此时，说起儿子，卢勤一脸的幸福。当然，好儿子不但是她生出来的，更是她教育出来的。

“孩子渴望成功，希望得到肯定和鼓励，而不是相反。”卢勤说，她对待儿子，就像妈妈对待自己一样，以鼓励和表扬为主，让儿子在自己的喝彩声中成长。

有一次，卢勤抱着三岁的儿子挤公共汽车，不但没挤上去，

还差点摔倒。儿子问怎么了，卢勤对他说：“妈妈下乡时，把腿摔坏了，抱着你上不去车。”儿子一听，立刻从妈妈怀里挣脱，还用小手为妈妈捶腿。卢勤夸奖儿子，儿子很得意，从此再也不让妈妈抱了。

儿子上二年级那年，有天卢勤下班回家，他兴冲冲地端给妈妈一杯茶，但茶是凉的。卢勤胃不好，原本不敢喝凉茶的，但那次她却一饮而尽，还说：“太好了，我正渴呢，如果再热一点儿就更好了！”第二天下班回家，她就享受到了一杯热茶。

儿子上四年级时，爸爸出差，他主动为妈妈做饭做菜。尽管他做得不好吃，但卢勤却说很好吃。在卢勤的鼓励下，几年后，儿子炒菜做饭就非常内行了。

儿子大学毕业以后，卢勤对儿子说，男孩子要自己去闯。儿子早就有创业的想法，并且在上大学的时候就开始创业。卢勤说：现在有两条路，两种选择，或者出国留学，或者到外地去工作。儿子说我不出国了，大家都出国了，回来就没地方了，我还是去外地工作吧。儿子在北京工作了一年以后，自己到上海去发展了。

该绷住的时候
一定要狠下心来

许多年轻父母都遇到过这样一个难题：孩子不听话，老是要这要那，不给就闹，特别是有客人在场时，应该怎么办？

卢勤说，对这样的孩子，绝对不能他想要什么就给什么，而是需要什么给什么。要培养孩子从小树立这种观点。孩子在七岁的时候，有的从五六岁开始，有一个逆反期，表现为：你越是不给我，我就越是要。这时候做爸爸妈妈的如果拗不过孩子，就使得孩子无理取闹获得了好处，这样的孩子再教育就难了。所以，在这个时候做父母的、做奶奶姥姥的，就要非常理智。要给孩子灌输这样一种理念：需要的时候一定给你，不需要的时候绝对不给。要让孩子学会通过好说好商量获得成功，而不是通过哭闹获得成功。很多孩子从三岁就开始哭闹着要东西了，不少孩子为此躺在地上撒欢地哭，使劲叫唤。这时候一定告诉他：你这种态度就是真的需要也不能给你买，因为你态度不好。在这方面一定要狠下心来。尤其孩子当着客人的面哭闹时，父母有时候脸上过不去，就怕孩子当众失了父母的面子，所以孩子常常在来人的时候强行要东西，不给就哭闹。这时候爸爸妈妈一定要坚持住，绝对不要给他。可以这样对孩子说：你就这样哭吧，你若哭不够你就对不起我，你要我给你买，没门儿。这样做，一次就能把孩子治过来。相反，如果一次松了口，以后纠正起来就难了。

卢勤说，其实她儿子小时候也这样闹过。有一次带他到姥姥家吃饭，人很多，大家都坐好要开饭了，儿子突然非得要那个枪，哭得很厉害。大家一时都不知道该怎么办好。卢勤的妈妈说："哭吧，哭不够就对不住我。让他在那儿哭吧，咱们开饭了，不管他。都吃了，谁也别剩下。"大家都装出很高兴的样子，狼吞虎咽地吃，说："吃，赶快吃，赶快吃，真香！"这时卢勤的儿子就不哭了，眼瞅着大家神情有些着急，因为儿子特别喜欢吃姥姥做的饭。卢勤的大姐看到时机成熟了，说："跃跃，眼看我们就吃没了，要不要来吃点？"儿子说："那行，我就不要这枪了，我还是吃吧！"

卢勤总结说，孩子懂事不懂事，关键看父母怎么教育。孩子多哭一会儿没关系，少吃一点儿也没事儿，但是如果父母给他养成了一个要什么给什么的习惯，以后管起来就难了。孩子的好多毛病都是父母惯出来的。

正确引导孩子与异性交往

对于少男少女之间的交往，有许多父母谈虎色变。卢勤说，其实男孩女孩接触是非常正常的事情，现在独生子女很孤单，没有朋友，很寂寞，他们对异性产生兴趣是很正常的。好多爸爸妈妈对这个问题有点过度敏感，老是怕孩子出问题，很恐慌孩子跟异性交往，其实这是他们用成人的眼光来看孩子。卢勤的观点是：你怕他们交往他们也会交往的，倒不如干脆告诉他们怎样交往。她的原则是告诉女孩子要学会保护自己，要自重；告诉男孩子一定要有责任感，谁跟你在一起你就要对谁负责任，这才是最靠得住的男人。男人就是从男孩培养起来的，从小就要培养男孩的这种感觉。

儿子小时候，有一天卢勤无意中发现，正读小学五年级的儿子在另一个楼门洞下站着不走，仰着脸往上看了好久。随后，里面走出一个女孩，两个孩子高高兴兴地一起上学去了。

放学回来，卢勤对儿子说：“你这样瞅人家的窗户可不好。”儿子大大咧咧地说：“没事，她是六年级的，她找我有事儿，你放心吧。”

卢勤说：“我放心，可人家的父母不放心。一大早有个男孩瞅他们的女儿，人家能放心吗？”儿子说：“哦，那我得换个地方等。”

上初三时，班主任向卢勤透露了一个消息：她儿子看上了班里最漂亮的女孩，可那女孩没看上他，为此她儿子有些伤心和苦恼。卢勤听了心里也不太好受：自己的儿子这么优秀，这女孩怎么还看不上呢？但她又不好对儿子把这事挑明，因为这样会把班主任给“出卖”了。考虑再三，她给儿子写了一张纸条：一个国家强大了，会有许多国家争着来建交；一个人强大了，会有许多人争着和他交朋友；一个男孩优秀了，就会有许多姑娘喜欢他。卢勤把纸条悄悄放在儿子看得到的地方。母子俩此后谁也没再提及此事，但儿子的脸上却阳光了许多。

既要成才，也要成人

现在许多父母盼孩子成才。卢勤说，不仅仅是成才，更要成人。她跟很多做父母的说：你把孩子培养成人是你自己的，你把孩子培养成才是国家的。如果你真想又为国家又为自己，那就要让孩子既成人又成才。如果你培养孩子只成才不成人，你就没了这孩子，或者是让你的孩子想起你就非常难过。不管孩子是博士还是厨师，重要的是孩子是不是爱你，孩子心中有你还是没你，这才是最重要的。

鼓励比指责
效果好一万倍

卢勤说，鼓励是正信息，指责是负信息，当你鼓励孩子的时候，你描绘的是一幅美丽的图画，孩子脑海里产生的就是一幅积极的图画；当你指责孩子、打骂孩子的时候，孩子脑海里就是一个非常悲惨的世界。所以我们要给孩子希望，不要拿自己孩子的短处跟人家孩子的长处比。要鼓励你的孩子，有一点希望就可能有一片曙光，就能有一片蓝天。

卢勤讲了这样一个事例：有个7岁的男孩叫张帅，有一次考试得了51分，是倒数第三。张帅想，完了，这次肯定要挨揍了。可是，张帅的爸爸开完家长会回家，并没有朝儿子发火，更没有打儿子。他想，事情已经是这样了，再批评儿子，只会给儿子增加压力，特别是看到儿子稚嫩的肩上背着20斤重的书包，就心痛得不得了。于是，他和颜悦色地安慰儿子，与儿子一起分析今后应当怎样做。而已经做好挨批准备的张帅对于爸爸的态度大感意外，一方面是轻装上阵，另一方面也是发愤图强，后来，有一次考试竟然考了99分！

张帅爸爸不但在学习上给儿子创造宽松的环境，还注意培养孩子的自理能力。有一次，张帅跟父母到一家大超市，结果走丢了。父母找了一个小时还没找到，急得不得了，就报了警。突然爸爸的手机响了，一看是家里的电话，张帅在电话里喊："爸爸我到家了！"要知道，超市离家五六站地呢，而记住手机的11位号码也不是一件容易事。本来，找不到孩子父母心情非常焦急，一般人回家肯定要狠狠批评孩子不小心走失，但张帅的爸爸非但没有批评孩子，还表扬孩子遇事不慌，能安全地自己走回家，特别是还能记住爸爸的手机号，知道打电话让爸爸妈妈放心。这使得孩子很有成就感。

对此，卢勤剖析说：经历就是财富。现在许多家长只盯着孩子考试的名次，只要求孩子考高分，把孩子的一切都包揽下来，使得有的孩子参加夏令营时竟然不知道鸡蛋需要剥了皮吃，有的男孩到了夏令营竟然不能自己睡觉，必须由妈妈搂着睡……

卢勤进一步说，父母对孩子的期望要实事求是，不要太高。首先，要懂得成长比成绩重要。因为孩子是未成年人，还在成长之中，你要为他的成长鼓掌喝彩，对结果不妨稍微忽视一点。第二是经历比名次重要。孩子做什么事都是他人生的经历，他去比赛能不能获奖不重要，重要的是经历。第三是回报比付出重要。不要老想着给孩子更多的爱，你要给孩子爱你的机会，这样孩子才会懂得什么叫爱，才会懂得怎样去爱别人。第四是鼓励比指责重要。你要让孩子成为阳光的，你就要用光明的语言塑造他；你要让孩子成为强大的，你就要用"我能行"的语言去塑造他。想把孩子变成财富，不一定要把财富留给孩子。

"知心姐姐"让孩子快乐一生的三句箴言

孩子是父母一生的财富。从近20年与孩子、家长打交道的实践中，卢勤总结出让孩子快乐一生的三句箴言。

第一句：面对生活，要微笑着说："太好了！"孩子改变了心情就改变了世界。人有两种心态，太好了和太糟了。有的人老说太糟了，遇到什么事都说太糟了，糟透了烦死了，这种人就永远没有快乐；有的人无论遇到什么事都能微笑着说太好了，这种永远快乐的乐观主义精神对孩子是终身的财富。给孩子留下金山银山不如留一个好心态。

第二句：面对困难，要勇敢地说："我能行！"孩子改变了态度就改变了命运。"我能行"是成功者的心态；相反，"我不行"是失败者的心态。不要拿孩子去跟人家比，每个孩子都有最行的地方，因为棒才来到这个世界上，所有的人都是行的。

第三句：与人相处，要主动地说："你有困难吗？我来帮助你！"孩子改变了情感就改变了生活。爱是个口袋，往里装就是满足感，往外拿才是成就感幸福感。要让孩子一生幸福快乐，就要让他学会关爱别人，当他学会了把自己的力量奉献给社会和他人的时候，就体现了他的价值，他就会一生快乐。

感悟与思考

"知心姐姐"——卢勤告诉我们对孩子不但要"爱"，更要"会爱"。怎样才算是"会爱"？那就是要在正确的教育理念的驱动下，选择最有效的教育方法，让孩子健康快乐地成长。

"学而优则仕"的观念根深蒂固，现代社会的激烈竞争又让我们"忧心忡忡"，面对着家里唯一的"独苗"，我们的教育理念不可逆转地"跑偏了"。我们不再关注孩子的精神世界、道德情感，我们的眼睛死死地盯着孩子的"分数"；孩子的世界不再有上屋掀瓦的调皮，也不再有下河摸鱼的童趣，有的只是书屋里永远做不完的练习题。经常听到父母们这样的抱怨："现在的孩子越来越难管了！"实际上，随着社会的发展，信息的大量涌入，孩子们的眼界越来越开阔，家长再想要孩子对自己"言听计从"的确是不太可能了。而且，我们的教育观念确实是太"功利"了！"成人"是教育最基础的要求，也是教育最高的境界。教会孩子善良真诚、自信勇敢，教会孩子善于合作、用于担当，永远比考100分更重要！

陶宏开与你面对面

人物档案：陶宏开，美籍华人。1964年考入华中师大英语系学习，1968年毕业，十年动乱期间在湖北省红安县一中任教。“文革”结束后，考入母校成为著名史学家章开沅教授的首届研究生，1981年毕业留校任教。1984年，应邀到美国密歇根大学做访问学者，致力于中美文化教育的比较研究，后定居纽约。2002年退休回到故乡武汉，应母校之邀，担任华中师大特聘教授，同时被多所高校聘为客座教授。他积极倡导推行素质教育和道德重建，提出加强家庭、社会、学校和自我教育，是素质教育的践行者。2004

年5月，陶宏开教授因主动帮助一位辍学少女戒除网瘾后考取重点高校，从而在社会上引发了一场声势浩大的“挽救‘上网成瘾’者行动”。应全国各地的邀请，迄今为止，陶宏开教授已先后去过27个省、直辖市和自治区的80多个城市，与20多个城市的主流媒体和有关部门联手，举办了近千场报告会和讲座，面对面帮助了600多名“上网成瘾”的未成年人，为近30万名“网瘾”少年及家长提供互动讲座，培训数千名志愿者，帮助建立当地的“家庭交流中心”，呼吁全社会共同关注未成年人的健康成长。2004年底，共青团中央聘请陶宏开教授为首位“青少年网络文明爱心大使”。接着，陶宏开教授被评为2004年度央视“十大新闻人物”，武汉市“十大新闻人物”；2005年国庆节期间，获国务院颁发“友谊奖”，得到温家宝、吴仪等中央领导人接见；2006年初，获共青团中央、中央文明办等五部委颁发的“杰出贡献奖”，被山东电视台评为“十大感动人物”。陶宏开教授“挽救‘上网成瘾’者行动”，得到广泛的支持与肯定。

2005年4月19日下午1时许，陶宏开走进山东电视台“天下父母”北京录制现场。此刻，距离他从美国返回北京还不到20个小时。

尽管我们对他的行程和住处进行了严格的保密，还是有不少家长打探到了他要在北京录节目的消息，并由录制棚猜测到了他下榻的酒店的大致方位，以至于陶教授住进宾馆仅仅一个多小时，在从房间到餐厅的短短几步路程中，就中了家长的“埋伏”。

中国的家长不会用电脑

“在美国，听到有关中国独生子女‘小皇帝’、‘小公主’的报道，还以为是说笑话。”尽管家长们非常急切，但陶宏开对那些网瘾少年家长的问题置之不理，开始大谈他在美国的感受。

“其实，两国孩子最明显的差别是中国的孩子对于父母缺乏感情。”陶宏开说，国内很多人不会做独生子女的家长。

“美国的孩子从小就看着父母用电脑，从小就知道电脑是工具；而中国的家长绝大多数不会用电脑，给孩子买电脑是因为孩子要，或者是为了奖励孩子。而网络上形形色色的诱惑又太多，孩子根本无法消化，再加上自控能力差，其结果就是上网打游戏成瘾，父母往往追悔莫及。”陶宏开打了一个手势，他紧紧盯着最前排一个家长，放慢了语气，“你只让孩子在物质上‘与时俱进’，你的素质跟上了吗？”

有一次，陶教授去看望在美国读书的侄女。为了不影响孩子学习，他特意选了星期天去，没想到校园里竟然没有一个孩子在玩，但图书馆里却坐得满满的，连台阶上都是看书做笔记的学生。他大吃一惊，“在中国，星期天校园里到处是闲逛的学生，角落里则是成双成对坠入爱河的青年人，大学生们都玩疯了。”

他十分困惑，印象中，中国学生学习刻苦是出了名的，美国学生散漫也早已成为国人的思维定势。为什么会出现这么强烈的反差呢？

经过观察与思考，他得出了结论：中国的孩子，从入托儿所到读大学，全部费用都由父母包办，父母什么都不让孩子干，只求孩子能考上好的大学。而美国的孩子，1～14级全部免费，考上大学也就年满18岁，是成年人了，就得自立，父母不再有抚养的义务，孩子就得靠打工挣钱读大学。

“孩子知道挣钱不容易，当然不会浪费时光了。”陶宏开说，“中国父母的付出远远超出西方的父母，而令人不得不接受的现实是：付出越多，孩子越不满足！”

我不是戒除网瘾专家

“我不是戒除网瘾专家。”陶宏开一直不承认自己是什么专家，他说自己只是素质教育工作者。

2002年，当陶宏开退休回到中国后，他的亲戚朋友和学生就把自己在学习和生活上有各种问题的孩子送来请他帮助教育。

后来，这些孩子中陆续成功转化了几个，但由于都是“圈子”里的，影响还不大，陶宏开的生活并没有受到太大干扰。

事情的转变出现于2004年5月5日《武汉晚报》，上面刊发了一位母亲的信:《谁来挽救我的女儿》。陶宏开看了，为之动情，于是主动“揭榜请缨”，通过不懈努力，使这个孩子彻底戒除了网瘾，变成了刻苦学习的好学生。《武汉晚报》出于对读者负责，如实对此事进行了报道。令人意外的是，求助的信件和电话立刻淹没了晚报和陶宏开的家，用他的话说就是：“来信来电的数量太庞大了，它彻底改变了我的退休生活。”

他没有料到，中国的网瘾少年是这样多，问题是这样严重！迄今，他和他的助手们已经在30多个城市做了200多场报告，刮起了一股不折不扣的“陶宏开旋风”！

被父母“骗”到现场的孩子

12岁的阿生是被父母以旅游的名义骗到北京来的，他发现“上当”后情绪十分抵触。按父母的话说，他是个“没治了”的孩子：亲网络游戏，恨亲生父母。有一次妈妈管他，他烦了竟然打妈妈，爸爸上前制止，他恶狠狠地说：“我现在打不过你，等你老了跑不动了，我再打你！”当他们在宾馆辗转找到陶教授时，做父母的就差给陶教授下跪了，而阿生投向父母的目光是凶狠的仇视的，对陶教授，也是怀疑和不屑。因为吃过饭就要进录制棚，时间紧迫，陶教授只与阿生进行了40分钟的沟通。录制开始不久，当阿生的父母走上嘉宾席与陶教授进行对话时，主持人站起来邀请阿生“可不可以上来？”阿生在观众席上摇了摇头，可是当陶教授问：“阿生，你愿意上来吗？”阿生立刻说：“愿意。”陶教授迎上去，与阿生亲热地握手，与他及他的父母进行了十几分钟的沟通。通过说理和启发，小阿生认识到并承认自己打父母不对，表示要努力改正，做个好孩子；他的父母也检讨了与儿子交流不足和教育孩子的简单与粗暴。一家人别别扭扭地上场，欢天喜地地回到观众席。回到观众席上的阿生专注地盯着陶教授，目光是那样的柔和，完全是一个天真可爱的孩子。不知不觉中，阿生的手与爸爸妈妈的手拉在了一起。主持人问他为什么不听父母的话而听陶爷爷的话，小阿生说：“陶爷爷是以朋友的态度，平等地与我谈话。”陶教授说：“听了这话，你能说这孩子不聪明吗？你能说他不会辨别是非吗？你能说他不渴望沟通吗？”

能抗拒诱惑，
才是合格的成年人

陶宏开在武汉市以外帮助成功戒除网瘾的第一个孩子，是石家庄的葛腾。

陶教授应邀到石家庄作报告。吃饭时，有位家长把葛腾送到了陶教授面前。

陶教授与葛腾谈了一个小时之后，葛腾却这样说：“好吧，我一个月后就不打游戏了。”

“你既然明白了打游戏上瘾不好，为什么还要再打一个月

呢？”“那，半月以后行不行？或者，一周以后再不打了行不行？”葛腾问。“为什么？”陶宏开觉得很奇怪。

“有个游戏，没打完，心有不甘。”葛腾终于说了实话。

陶教授并没有讥讽他，而是耐心地说：“人生有些事是必须做的，有些事是不能做的，而还有些事，是可做可不做的，恰恰是对这些可做可不做的事的态度，决定了人的一生。如果大量的时光消磨在可做可不做的事上，那必须做的事情就做不好了。”

“难道打完这个游戏比你的一生还重要吗？”陶教授问。

葛腾这回是真的明白了，说那我从现在起就不打游戏了。陶教授问：你怎么证明？葛腾立刻与父母一道，打车回家把键盘拿来交给陶宏开以示决心。

父母起初欣喜不已，但这种心情也只维持到当天晚上：葛腾深夜未归。父母以为他网瘾又犯了，气愤地找到了网吧，却发现葛腾是在劝说昔日的网友，一起戒掉网瘾。

“对于父母的劝说和告诫，我总是应付，而对于陶教授，我不是应付，而是真正听了。他对我很信任，我不能辜负别人的信任。”面对观众和镜头，已经是陶宏开素质教育志愿者的葛腾说，“回头看看，这意味着我长大了。能够抗拒诱惑，才是合格的成年人。”

陶教授的魅力

陶宏开有个助手叫阮顺利，是湖北红安县人，陶宏开的老乡。由于农村赌博成风，他曾经深陷其中不能自拔，最高的“记录”是一次连赌五天五夜，最终负债累累，父子反目。

为躲债，他的家人托人找陶宏开，求陶教授在武汉为他找个工作。当然，他隐瞒了自己进城躲债的初衷。

陶宏开是个热心人，帮阮顺利联系到一家酒店工作，月薪700元。对于一个初中生来说，这已经是很不错的待遇了，陶宏开也很高兴，就催着阮顺利快去上班。不料阮顺利却说不想去干。问其原因，他说就愿意跟着陶宏开。陶宏开心软了，没赶他走。正巧，陶宏开的老母亲病了，需要人照顾，阮顺利就顺理成章地留了下来。

阮顺利为什么不愿意去酒店工作呢？原因是他不愿意离开陶教授。尽管他在陶教授家住了仅仅四五天的时间，但这个聪明的农村孩子从陶宏开身上看到了太多太多的新奇。

“我从来没有见到过一个女孩子对一个不是亲人的人这样说话，和电视上一样。”阮顺利发现，有个女孩在和陶宏开说话时什么也不避讳，甚至包括她与男朋友的事。

有一天，陶宏开的嫂子给他送来一些馒头。原来陶宏开喜欢吃馒头，嫂子是排了很长时间的队才给他买来的。

“我从来没见过嫂子对弟弟这样好，比电视上还电视。”阮顺利说。阮顺利跟着陶宏开听了几次课，被他丰富的知识和滔滔不绝的口才所深深折服，“我从来没有见过一个人有这么多的知识！”他后来才知道，陶教授除了教书，还会写诗、作词、作曲、弹钢琴、唱歌，甚至还会编舞。

现在的阮顺利跟着陶宏开天南地北地跑，除了在培训各地志愿者的会场上作报告，他还在陶宏开的指导下写一本书，书名是《从赌徒变成素质教育工作者》。

“因为陶宏开，儿子已经变成了另外一个人。”阮顺利的父亲在录制现场说。60岁的他，绽放笑容的脸上充满着对陶教授的感激。

感悟与思考

从网络游戏到网上购物，从伊妹儿到QQ，网络彻底改变了我们这代人的生活方式。成年人尚且不能拒绝它的诱惑，办公时间聊天的、打游戏的屡见不鲜，更何况自制能力很弱的孩子。父母的强制不能抹杀网络的巨大诱惑力，反而让它的魔力越来越大，陶教授用“疏”代替了“堵”，当把网络赤裸裸地展现给孩子时，它的神秘性自然也就不见了；当用平等信任代替了指责谩骂时，孩子自我封闭的壁垒土崩瓦解了。

孩子为什么会迷恋上网络游戏？不仅因为网络的神秘和丰富，更重要的是我们的孩子太孤独，我们的孩子在有形的生活里孤独，在无形的精神世界里更孤独。太多的独生子女被宠着，不会妥协，不会让步，很难与周围的同学相处，更别说交到知心朋友了。而网络却提供了这样一个虚拟的环境，在这里孩子们感觉放松安全，他们感觉在虚无的世界里游戏比和小朋友游戏好玩多了！所以，孩子沉迷网络，父母要承担很大的责任，我们不但要引导孩子正确认识网络，更要营造一种安全宽松、充满信任的环境，让我们的孩子在真实的生活中同样享受到与人相处的快乐和谐。

网瘾、毒瘾……很多“瘾”的异曲同工之处就是让自己逸出现实，向往虚拟。这多源于心灵的空虚，在现实中找不到心灵的慰藉，只好转向虚空的环境里寻求。如果你也正在为孩子沉迷网络游戏而着急郁闷，就请收起你的指责，收回你的拳头，展露笑容，给孩子充分的信任和尊重，拉起孩子的手走进自然、走进社会，走进真实的生活吧。

司晶讲堂

人物档案：司晶，中科院心理研究所函授大学特聘教授，《婚姻与家庭》专栏作家，著名心理咨询师。

司晶9岁患婴儿瘫导致全身瘫痪，仅左手功能健全。从小历经大小手术70余次，与死神同行40余载，现靠固定体内的3根钢棍帮助脊椎支撑身躯。从未进过校门、完全靠自学成才的她为了用自己的生命感悟和人生智慧帮助他人，开通了面向全国的心理咨询热线，20多年来挽救了成千上万在爱情、婚姻、事业、学业等方面受挫的人，使许多消极堕落和绝望轻生的人振作了精神，重新找回了生命的真谛。

她曾三次应邀登上北大讲坛并引起轰动。已发表作品数百万字，其著作《拉自己一把》在全国引起强烈反响。

孩子出问题，根子在家长

孩子教育是社会的热点，许多家长为自己的孩子有这样那样的问题而痛苦、困惑不已。司晶直言不讳地说："孩子的问题，最大的问题是观念问题，而根子在父母。"

"现代社会孩子从小接受的信息量大，信息量越丰富，需要的情感也越多，而家长却不断地给孩子增加压力，现在的孩子没吃过什么苦，没受过什么挫折，承受能力普遍较差。这就造成了一部分家长与孩子的对立。"

"早恋、上网、厌学，只是表现，根子是什么？许多人找不到根源，把简单的问题复杂化。其实孩子根本没问题，只是观念上出了点偏差，为什么学习没弄明白……"

"对于孩子，最重要的，是引导孩子树立正确的人生信念。"

司晶以其独特的咨询方式，为每个咨询者指点迷津，剖析问题的根源，发掘对方自身的潜能，激发自我调适能力，提升人格品位，最终战胜成长路上的各种障碍。每一场咨询就是一项改造灵魂的系统工程，在心与心的碰撞中，处处闪现着人生的哲理和生命的智慧。一个个咨询者从堕落到振作、从迷茫到乐观、从忧郁到愉快的过程，宛如在接受一次心灵的洗礼。

千万不要对孩子说教

司晶说：我是做家庭教育的，我经常告诫家长千万不要给孩子讲道理，就是说，对孩子千万不要说教。大家想一想，现在我们成年人都讨厌说教，孩子们就更讨厌说教了。"己所不欲，勿施于人"嘛。司晶说，早在她自己还是孩子的时候就关注孩子的问题。限于自己的身体状况，司晶小时候挨打和挨骂的时候特别无助。其实就是身体健全的孩子又能怎么样呢？在大人面前，孩子无理可讲。在孩子眼里，家长就是他整个的世界。如果家长的脸阴云密布，孩子的世界就没有阳光；如果家长的脸上带着笑容，孩子的世界就充满了灿烂。家长的打骂、不合理的教育，给孩子内心带来的压抑是非常大的。我们一定要了解，孩子的内心一点都不比大人简单，孩子的内心非常丰富，有非常多的精神需求，可是由于家长的不理解，孩子宣泄不出来，非常压抑。

孩子的别名就叫“问题”

那么，孩子身上都存在哪些问题呢？这些问题的起源又在哪里？

司晶说，这个概念太大了。其实，孩子的别名就叫“问题”，如果没有问题他就不是孩子了。正因为孩子在成长所以才会有问题，没有问题孩子就不能成长。也就是说，辩证地看，孩子有问题说明这孩子在成长，如果这孩子没有问题那他是白痴。对于一个孩子来说，有问题是正常的，没有问题才是不正常的，可怕的。

以中学生为例，中学生最主要的困惑是家长不能理解他们，老师不能理解他们，他们自己又找不到理解的伙伴——同伴之间不能相互理解，所以他们中的许多是在孤独和压力中成长，性格就容易被扭曲。好多很聪明很有智慧的孩子，由于家长不能理解他们，由于家长过分的要求，令孩子很茫然。孩子不是不想听家长的，是家长的话他没法听；孩子不是不想尊重老师，是有些老师让他没有办法尊重；孩子不是不想积极地活着，但是由于没人理解，沟通不畅，他看不见社会中的美好；他不是不想成为成功的孩子，但他找不到力量。对于这一部分孩子来说，只能生活在困惑和迷茫之中。

司晶说，在孩子面临的这些个不理解当中，家庭首当其冲。对于孩子，家庭是避风港，可是，如果这个港湾不能给他一种温馨的感觉，孩子就失去了最后的保护和寄托。理解是什么？理解就是默契，默契才是爱。达不到理解就谈不上默契，更谈不上爱。所以，一个家庭缺乏理解，孩子会扭曲，家长也会变态。许多家长总是抱怨：我的孩子怎么会这样？我的孩子不应该这样！可这些家长就没有问问自己的孩子需要什么，渴望什么。每一个孩子都是特例，都有特殊的心灵需求。但是好多家长根本不去想孩子需要什么，家长要的只是自己的感觉，好多家长按着自己的意愿去要求孩子，按照自己在成长中没得到的东西去塑造孩子，去约束孩子，甚至拔苗助长，千方百计让孩子替自己圆梦。这样的家长未免有些太自私了。比如，有的孩子没有任何音乐细胞，家长却硬让他弹钢琴，诸如此类。这就造成了完全不和谐的家庭关系。

学校里的“问题”

孩子进了学校后，按理说，老师应该是对孩子最体谅的，但事实是，在许多地方，老师跟孩子之间的矛盾和冲突却非常大。现在的孩子越来越有个性，尤其是每个家庭都只有一个孩子，娇生惯养之下，一部分孩子连父母都不尊重，拿自己的父母都不当一回事，到了学校，自然拿老师也不当一回事。当然，老师在孩子心中有一种天然的威慑力。孩子尊重老师的目的是希望老师能对自己好一点，可是有些老师恰恰把孩子这一心理需求忽略了。特别是有一部分老师，两眼只盯着孩子的分数，你只要考高分就行，根本不管孩子的品行怎么样。如果某个孩子学习成绩不好，影响了他的业绩，他就找茬整治这个孩子，还与孩子的父母联合起来，形成一种合力；如果这个孩子在学校有一点什么“早恋”

之类的把柄被这位老师抓住，坏了，老师和家长全成特务了，联合起来治这一个孩子，这孩子压力就更大了。有些老师在批评孩子时还极尽挖苦嘲讽。有一个女孩早恋了，想找老师帮助自己走出情感的泥淖，结果这位老师却说：就你这样的成绩还有这份闲心去早恋！你看你打扮得跟个妓女一样，哪像是个正常的高中生啊。可能就因为老师这一句话把这孩子一下伤了，这孩子最后真的就成为妓女了。她想：老师这样骂我，我就已经被定位了。满怀委屈回到家里，没想到父母骂她的话竟跟老师一模一样：我怎么养了你这么一个东西！根本就不是一个正经人！孩子一放纵，破罐子破摔，就毁掉了。

至于孩子跟孩子之间的互相不理解，根源也在父母身上。今天，在成人的世界里充满了功利，到处是不正当的竞争、损人利己的竞争，这也就是孩子眼里的成人世界。家长在外面一身铜臭，回到家不可能变得高尚，他肯定要自觉或不自觉地把外面的许多东西带回家。好的东西互相感染，坏的东西互相污染。孩子在家中受到污染，就会把不健康的心理带到学校去。比如说，有的家长告诉孩子：你和你的同学是一种竞争关系，你学习好不要帮助别人，你明白的问题不要跟别人讲，如果其他同学明白了，学习好了，就把你比下去了。还有，每次孩子考试回来，有的家长就问孩子考得怎么样，别人考得怎么样，如果别人考得比自己的孩子好，就会说：你怎么没考过他呀？下次一定要比他考得好！家长这样的教育，给孩子形成的观念是：我和其他同学是对立的，别人考得好对我就是一种威胁。有了这种对立关系的观念认识怎么可能成为朋友？学习好的孩子和学习好的孩子之间有妒忌心，互相攀比，形成了恶性竞争；学习不好的孩子和学习好的孩子没法沟通，因为学习好的孩子会歧视学习不好的孩子；学习不好的孩子对学习好的孩子也产生排斥心理，所以他们之间没法沟通。

影响孩子成长的人格缺陷

结合这些年对家长和孩子进行心理疏导和帮助的经验，司晶总结出时下孩子较易存在的几个重要的人格缺陷：懒惰、自私、心胸狭隘、妒忌、没有爱心、没有责任感。如果一个孩子具有这些缺点，他怎么可能成为一个好人，怎么可能成功？起码在做人上他就很失败。当孩子存在这些人格缺陷时，他们的家长也大都程度不同地存在这些人格缺陷。事实上，正是家长的急功近利导致了孩子出现这些问题。司晶说：具有重大人格缺陷的家长根本就没有资格教育孩子。家长本身什么好的品格都没有，是一个精神的乞丐，有什么资格要求孩子样样都做得很好，成为精神上的富翁？所以很重要的是提高家长的素质。家长“富有”了，才能“给予”孩子。好多家长对孩子失望至极，痛心疾首地说：我的孩子已经完了，我怎么办？为了孩子我可以舍弃一切！你一定要帮帮我。司晶告诉他们：你什么都不用舍弃，你只要改变一点就够了，这就是在修养和做人上加以改变。司晶提出一个口号：“提高生命质量，呼唤精神环保。”所谓“精神环保”就是清除精神垃圾，各种人性弱点都是精神垃圾，“精神环保”要从家长开始、从家庭开始，家庭是社会的细胞，每一个家庭都净化了，社会就净化了。

朱曼的故事

朱曼和妈妈是司晶教育的受益人之一。当初，朱曼是被妈妈骗到司晶面前的。当时母女俩对立情绪相当严重，母亲看女儿哪儿都不顺眼，女儿则对母亲的唠叨烦透了。母亲一开始说教，女儿就躲进自己房间，把门狠狠摔上，不听。被骗来的朱曼一脸的不屑，对司晶的提问爱搭不理，一副随时抬屁股走人的架式。司晶想，既然

你进了我的门，我就要留住你，不能让你轻易走掉，于是她先请妈妈离开，然后对朱曼说：朱曼，你活得快乐吗？朱曼摇摇头。司晶又说：我感觉你不但不快乐，其实你很痛苦，你需要有人理解你；你表面看上去很骄傲，实际上很自卑；现在这种状况你根本不满意，你自己都不认同，你活得不成功。你不愿意这样的活法，但是你又没办法摆脱……

听着听着，朱曼的眼睛瞪大了，表情变得吃惊、专注。她不明白，这位轮椅上的阿姨，怎么会第一眼就把自己看穿了？于是，她向司晶诉说了自己的困惑、苦恼和压抑。

为了彻底解决这对母女的矛盾，司晶建议她们参加了一个训练营。本来朱曼想自己参加，但司晶坚持让她的母亲也一起来。第一堂课上，朱曼表现得很优秀。课后，朱妈妈偷偷找到司晶说：司老师，我怎么感觉朱曼表现得特别虚伪呢？司晶很生气地说：你能不能不用这样的词来丑化你的女儿？第二堂课朱曼的表现又不错，朱妈妈又来找司晶说：朱曼那都是装的。司晶说：你为什么看不见朱曼的优点？我告诉你，这根本不是孩子的问题，是你的问题！你总是把自己的孩子想得那么坏，你是不是有毛病？如果你再跟我这样谈朱曼的问题，再这样否定朱曼，咱们就免谈了！站在家长的角度，让家长理解孩子；站在孩子的角度，让孩子理解家长。互相理解，共担责任，才能化解矛盾。

一席话让朱妈妈触动很大，她开始反思自己。训练营的总结会上，朱妈妈讲：自己教育孩子的观念和方式方法都有问题，在孩子面前总摆出一副家长的做派，说得太多，自身做得太少。孩子就是一个放大镜，孩子身上所有的毛病，我们家长都存在，而且有过之而无不及。

朱曼说，训练营之后，妈妈变化特别大，之前是，我看电视不行，出去玩一会儿或者上网看看新闻她也不同意。现在我说跟同学出去玩，妈妈说：去吧，我觉得你自己能把握。这让我感到特别轻松。她说，她与妈妈的关系，从以前的抵触、对抗，变成了互相包容对方。她深有感触地说：司老师对我说，你跟父母都相处不好，以后步入社会怎么去跟大家相处？司老师让我学着跟妈妈好好相处，从包容妈妈开始学习包容所有的人。

自私殃及的是自身

现在的孩子从小接受大量的信息，辨别能力都很强，好坏、美丑都知道。问题是现在有些孩子没有责任感、没有爱心，特别是好多孩子很自私，他们认为自私很正常。其实，自私殃及的是他自己。因为一个自私的人肯定是一个没有爱心的人，没有爱心肯定人缘不好，没有朋友，也就没有机会。

同样，没有爱心的人最终受害的也是他自己。没有爱心就没有责任感，也就肯定没有理想和追求、没有信念。这一连串全放在一个人身上，他肯定不会成功。

说到底，人的成功一定是从爱心而来。有爱心必定有责任感，有责任感就会有追求，有追求就会有信念，有爱心、责任感、追求、信念的人肯定会努力争取努力学习努力壮大自己，他才会赢得成功。

厌学是因为不知道为谁而学

令家长头痛的还有一类孩子就是厌学的孩子。司晶说，厌学的孩子都会找出种种理由，比如老师不理解我、家长给我压力太大等等，把原因都推给客观。司晶就问他，那你是为谁学习呀？学生说：为家长和老师啊！我学习，家长高兴。我考好了，老师高兴。

看到孩子根本不懂自己为什么要学习，司晶就问他，现在你的父母是不是还靠着姥姥、姥爷、爷爷、奶奶来养活？

孩子说那不是，姥姥他们都老了。

司晶说：对呀，那你将来靠你父母能不能靠得住？

孩子说：靠不住，肯定靠不住。

那你怎么办？

孩子一脸的茫然。

孩子的茫然并不奇怪。因为不论是家长还是老师，都没有告诉孩子应该为自己活，而不是为父母为老师活。对于这样的孩子，一定要帮他脱离浅薄，让他变得有思想、有追求，这样才能产生内动力，克服厌学情绪。

司晶的提醒

总之，提高孩子的素质、教育好孩子的前提是先教育好家长，先提高家长的素质；家长的素质提高了，潜移默化之中，孩子的素质自然而然就提高了。除了有思想之外，家长一定要教会孩子吃亏，而不是占便宜；教会孩子宽容，而不是狭隘；教会孩子有爱心有责任感，这样孩子注定是会成功的。

司晶特别提醒广大家长，爱儿女要给予儿女理解、尊重、支持和帮助，而不是代替他们成长。

感悟与思考

她从小离开了父母的羽翼，却教会了别人怎么去爱去培养自己的孩子；她自己没有结婚，却指点了别人婚姻中的迷津；她一天也没有进过课堂，却自己开办了学堂；她自己经历了那么多无法想象的艰难挫折，却微笑着感谢这“逼她成功”的生动的生活。这样的成长需要怎样的信念？怎样的毅力？怎样的坚持？怎样的忍耐？司晶的人生经历让我们每一个人都丧失了抱怨生活的权利，抱怨什么？难道你有她难吗？

说司晶是“人类灵魂的工程师”一点儿也不为过，她直言不讳地指出：“什么观念决定什么样的人生！”观念决定了心态，心态决定了选择，选择的过程就是生命的历程。选择了乐观，你就享受了快乐；选择了悲观，你就体验了痛苦。所以说幸福是什么，不过是自己心里的感觉而已，很多时候它与你经历过的或正在经历的无关。司晶帮助每一个需要帮助的人打开心结，她帮助别人找到症结所在，挖掘个人潜能，学会自我调适，自如应对人生。她用自己的智慧和坚韧的品格铸成了一道独特的风景，宛如人生迷雾中不熄的灯塔。

如果你正经历痛苦，想想你的痛苦有司晶那么多吗？如果你饱受打击，想想你的打击有司晶那么大吗？所以收起你的抱怨和愤懑，换一种心态，变一种视角，也许你的生命就会如夏花一般灿烂！

陈博士谈家教

人物档案：陈建翔，著名教育家。1991年获北京师范大学教育学博士学位，北京师范大学教育系副教授，家庭教育科研所副所长，社区与家庭教育研究中心主任，家庭教育专业研究生导师，《学科教育》杂志主编，英国大学教育哲学学会会员。

孩子的前途
就在家长的眼光里

“家庭教育说到底，就是家长如何看待孩子。孩子不是东西，不是工具，他是一个生命体，他有自己成长发育的历程，而且他是非常神奇的，如果你用期待和欣赏的眼光来看他，你就会发现他每天都在变化，每天都在发生奇迹。你的目光要充满期待，充满虔诚，类似于对于宗教的虔诚，要这样来看待孩子。孩子的前途就在家长的眼光里，家长期待的眼光无比重要！你看他是个天才，他就会成长为天才；你看他是个笨蛋，他就会成长为笨蛋。”

陈建翔是在北京师范大学附近的“社区与家庭教育研究中心”的“第三空间”里接受记者采访的。正在指导孩子们打乒乓球、打桥牌的他，给人的第一印象就是个大学生，令人联想到《青春之歌》中描写的卢嘉川和江华式的知识分子形象：面容俊朗、身材挺拔、亲切健谈，配上淡黄色衬衫、黑裤、皮鞋，非常年轻、洒脱、阳光。

心理空间的大小
决定孩子成长的质量

谈起青少年教育，他的理念和他的气质一样，令人耳目一新。

“对于孩子来说，家庭是第一空间，学校是第二空间。但很多学生在这两个空间中无法喘息。为此，我们为孩子创办了第三成长空间。”“第三空间”占地面积并不大，乒乓球台撤了，才能摆开桥牌桌，但孩子们玩得很开心。陈建翔的观点是，让孩子在玩中学，在快乐中学。“玩”无非是两大类，一是球类活动，健身；二是棋类活动，健脑，“棋类活动包含着大量的数学内涵，而数学是思维的体操”。通过参与篮球、足球等球类活动和桥牌等棋类活动，还能有效地增强孩子的团队意识、配合意识和为别人着想的意识。

要让孩子在玩中学，就要求教师全面提高素质。教师要精通各种球类和棋类活动，还要有较强的组织活动的能力。陈建翔显然是做得很出色的，不论球类还是棋类活动，他都是教练，而且设计了做棋、牌一百残局的游戏。

陈建翔说："'第三空间'是在迫不得已的情况下创办的。实际上，最好的心理空间应当是家庭。在古代，家庭曾经是学习的中心。今天，发展到了信息时代，家庭会再次成为学习的中心。"

"心理空间的大小决定孩子成长的质量。现在，我们社会的物质空间好了，孩子的心理空间反而小了。那么大的房子，条件那么好，许多家庭中孩子还有自己单独的房间，但孩子却认为那不是他的地方。这是为什么？做家长的应当很好地反思。"

学习就是成长，"错误"包括在成长当中

"应当检讨我们的思维方式。几千年来，中国的家长对孩子太爱批评太爱挑剔了，孩子就是拿回家一百分的卷子也得不到表扬。'这次考了一百分，下一次呢？不能骄傲！'总是担心坏事情会在明天发生，总是感到'优点不说跑不了，缺点不说不得了'。"

"最重要的是转变家庭教育的观念。学习就是成长，成长就是孩子要长大。小孩子哪能不犯'错误'？我们小时候不也都是这样过来的吗？为什么我们能宽容自己而不能宽容孩子？所以，只要不是大的道德问题，就不必太在意，就像流水一样，弯弯曲曲的，流着流着就好了。"

"我们的家长们还有一个关于'错误'的观念：老觉得孩子是在犯错误。其实，错误包括在成长当中。孩子的所谓错误，都有一个美丽的故事。如撒谎向妈妈要钱，也许是为了帮助别人，也许是为了买一本书。如果家长能与孩子平等沟通，了解孩子犯'错误'的真正动机，也许我们就不会简单地呵斥孩子了。"

"手、嘴、眼、心"话"四揉"

陈建翔以"揉面"和"醒面"来比喻家长对孩子的教育误区。他说，揉面要有分寸，还要有一个醒面的过程，让面有时间化解外来的力量。如果没有这个醒面的过程，面就成了死疙瘩。现在有些孩子没有灵气，与家长不停地"揉"有直接关系。

"揉"又分为四种方式，或曰四个层次：

一是手揉。说白了就是打孩子，打人也有惯性，打人是野蛮的，根本谈不上什么教育。

二是嘴揉。嘴揉有时比手揉更厉害，不停地指责更让孩子受不了。

三是眼揉。有的家长不动手，也懒得说，但总拿眼盯着孩子，恶狠狠地瞪着孩子，孩子不论在哪儿，总觉得父母的目光在背后发出一股股嗖嗖的寒气。

四是心揉。这类家长属于那种彻底"死了心"的，对孩子完全失去信心，正眼也不瞧孩子一眼，但总让孩子能感觉到一种无形的力量。

陈建翔说，"四揉"让孩子感到重压，剥夺了孩子的心理空间。

或许有的家长认为，我这不是"揉"，我是在关心孩子。陈建翔说，哪有不关心孩子的家长？但你不停地说，过了度，就成了揉。孩子已经产生厌倦了，你还在“教育”，只能适得其反。其实，当孩子不愿意听的时候，就不是在教育了，而是你自己在发泄什么。最根本的原因是没把孩子当作一个人，而是把孩子当作一个东西，不考虑孩子能否承受，只图自己手、嘴、眼、心的发泄痛快。

现在的孩子大都是独生子女，独生子女受了委屈，到哪儿去发泄？如果憋着，肯定出毛病；如果转移给别的孩子，这叫做黑色能量的转移，造成孩子反社会。所以，很自然地，就有一些孩子向网络发泄，在网络上寻求自己的“快乐”和“知音”。

“智、情、商、网”
说“四商”

于情商、智商、商商之外，陈建翔在衡量孩子的发展情况时又加上了“网商”的概念，即利用互联网的能力。他说，在今天，我们所获得的信息有60%以上来自网络，网络时代不让孩子接触网络肯定是不行的。如果不让孩子接触网络，等于让孩子输在起跑线上。怎样既要让孩子利用互联网，又防止和解决游戏成瘾的问题？他提出的办法是用新的程序覆盖孩子头脑中上网成瘾的程序。他说他从有关部门获悉，青少年犯罪的原因一半以上来自网络游戏、网恋的不良影响。要正确分析和看待孩子上网成瘾的问题，有些孩子本来就有问题，网络只是放大了他们原有的问题。如孩子本来就自闭，上网后，对网络倾诉，就更自闭了。网络时代信息社会特别适合孩子们的心态。

时代变了，家长也要跟着变

时代变了，自然型的家长也要变为学习型的家长甚至是专家型的家长。

现代信息社会需要换一种思维方式，可现在的教育还是按照工业生产时代的模式。究竟把什么当作人生目的？人生各个阶段都有其目的。为什么非得让婴儿去上小学？为什么非得要小学生去上大学？要学会享受人生的每一步，也要让孩子享受他人生的每一步。目前人生都被压缩了，特别是孩子的人生都被大人扭曲了，家长让孩子光宗耀祖，为自己争脸争气，替自己实现梦想，总之是太功利了。

可怜天下孩子心

陈建翔把“可怜天下父母心”反其意而用之，呼吁“可怜天下孩子心”！他说，许多孩子在家长的严厉管束和过高期待下，处境非常可怜：他们没有成长的自由，没有平等的权利，没有抗争的力量，没有分辩的机会，没有拒绝的余地。他说，做父母的，一定要保护孩子的童心和好奇心，帮助孩子，与孩子一起快乐成长。他提出“一二三”程式：一个孩子；两个大朋友，这就是孩子的父母亲；三大目标：孩子健康、快乐、自信。

化解孩子心中的冰疙瘩

陈博士说，天才是表扬和夸奖出来的。相反，如果孩子被不断地浇冷水，心里结下一团一团的冰疙瘩，他能好受能快乐吗？你整天给他泼冷水，使他心里堵着一捆湿柴禾，怎么可能点燃？

将心比心，如果单位里领导每天盯着你批评，你能受得了吗？你还有积极性和创造性吗？所以，家长要化解孩子心中的冰疙瘩，要晒干孩子心中的湿柴禾。

改变孩子要从改变家长的脸开始

有一次，一个家长来找陈博士，说她孩子问题非常严重。这位家长脸色灰暗，一脸的沮丧。陈建翔耐着性子听她说完，给了她三句话：一是孩子的问题根源在你身上。二是改变你自己要从改变你的脸开始，回忆一下孩子刚出生时你脸上的神情，肯定是欣慰的、喜悦的。你现在这张脸就是对孩子最大的否定。三是从明天开始，你就要做到在孩子面前脸上始终带着笑容。这位家长挺坦诚，说：我可笑不出来，只能皮笑肉不笑。陈建翔说：那好，那你就从皮笑肉不笑开始。从此，这位家长发生了很大的变化，脸上总是洋溢着笑容，而且慢慢地，这笑容从不自然变得自然了，与孩子形成了良好的互动。母子关系改善了，家庭和谐了，孩子学习也有了很大的进步。

还有一位家长，诉说孩子已经几个月不与她说话了。陈建翔就建议她一个月不说话。三天以后这位家长来找，说她实在憋不住了，一定要说。陈建翔对她说：实在要对孩子说什么，那就写纸条。他说：你与孩子已经形成恶性循环了，不让你说话是先把恶性循环的渠道封死。于是，这位家长就把想说的话写在纸条上。写在纸上首先要斟酌一下用词，二是不能冲动，三是至少没有孩子不愿意看到的感情色彩。果然，通过这种方式，这位家长与孩子实现了沟通，由纸上对话发展到了真正的对话。

看待孩子成长的“四项基本原则”

对于家长如何看待孩子成长，陈建翔提出了“四项基本原则”：

一、天才原则。每一个孩子都有独一无二的地方，都是天才。

二、时间原则。天才出现有早有晚，家长要耐心一点。

三、补偿原则。多元智能理论指出，人有七八个智能中心，如果孩子在这方面不行，不妨换一个方向找其强项。

四、顺其自然成长的原则。如果孩子实在不能如你所愿地“成功”，只要孩子一生平安，好好地过日子也就行了。

有时候，顺其自然的态度反而能等来孩子向天才的转变，给家长以意外惊喜。

总之，做家长的，任何时候都要为孩子着想，让孩子尽可能快乐地成长。当孩子快乐时，他身上的每一个细胞都在舒展着，快乐比成功更重要。

当然，我们是不是可以反过来说，也只有快乐才能成功，至少是容易成功。

感悟与思考

“好妈妈，慢慢来。”孩子的成长需要过程，而这一过程显然更期待着父母最好的支持。是的，孩子的未来就在家长的眼光里：是赏识还是贬低？是顺应还是干涉？是信任还是“过敏性”多疑？显然，值得我们深思。

陈博士的教育智慧，是要父母学会用期待和欣赏的眼光来看孩子，还应给孩子创造属于自己的“第三空间”，即除了家庭和学校之外属于孩子可以自由支配的空间。当然错误也是孩子成长的一部分，良好的教育应是剥离了“手、嘴、眼、心”的“四揉”，代之以“智、情、商、网”的“四商”。这是时代的选择，更是孩子成长的内在需要。

让孩子快乐成长是重要的，从改变家长的脸开始改变孩子是陈博士的提醒，家长要改变自己的心态，让自己乐观开朗，只有这样，孩子才能快乐地成长，当孩子快乐时，他身上的每一个细胞都在舒展着，快乐与成功是相关的。

摒弃一些不切实际的幻想，调整心态，让孩子在自由快乐中成长，加之家长适当的辅助和引导，家庭教育就会和谐有效。

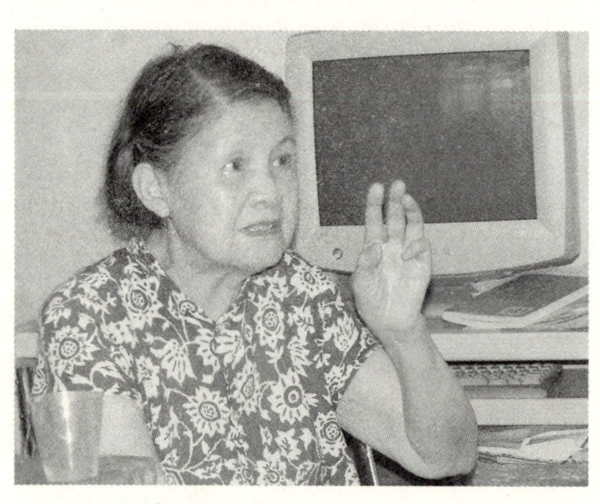

幼教奶奶区慕洁的忠告

人物档案：区慕洁，1959年毕业于天津医科大学医疗系，曾在北京医科大学公共卫生系妇幼卫生教研组从事集体儿童保健工作，后在医院任小儿科主任医师。1990年参加联合国儿童基金会赞助项目"儿童综合发展社区服务"课题研究，1996年主持中国教育电视台《万婴跟踪》节目中的"家庭课堂"及"宝宝乐园"栏目。现任中国优生科学协会理事和北京东城区计划生育协会理事，曾主编过《儿童智力开发的科学方法》、《幼儿才智开发——父母的天职》、《二十一世纪婴幼儿百科事典》、《6岁儿童算术能力的发展》、《中国儿童智力方程》等多部著作。

81岁高龄的区慕洁头发还基本是黑的，精神也非常矍铄。在客厅兼书房的小小房间里，摆放着两台电脑，区慕洁面西而坐，用的是一台最新的电脑；而她87岁的老伴面北而坐，守着一台旧的486电脑。隔着一台旧缝纫机，两位老学者呈90度坐成一个直角。区慕洁在写书，她老伴在搞翻译。

60年幼儿医护使她成为专家

区慕洁祖籍广东佛山，80年的经历见证了太多的风风雨雨。

1938年，为躲避日本侵略者的炮火，区慕洁跟随父母来到香港。那时她正上初中，香港的公用语言是英语，她一句也听不懂，没办法，只好白天硬着头皮上课，晚上叫大表姐给她补课，就这样学会了英语，功课也赶了上来。1941年日本人攻打香港，他们全家又辗转回到佛山。战乱中失去了最小的妹妹，失去了亲爱的母亲。她从护校毕业后参加了工作，用自己的收入供妹妹读书。

区慕洁是1950年来到北京的，一边工作，一边在医科大学带专修班。自己不是大学生，却给大学生讲课，感觉总是怪怪的。后来她抓住了一个考大学进修的机会，了却了自己的心愿。

区慕洁前前后后做儿科医生30年，1982年退休后又应聘到卫生出版社当了5年翻译。60岁退休后，心头有一个结却怎么也放不下，这就是幼儿教育。当年风华正茂的老同学、老同事现在都成了奶奶和姥姥了，还有的当了若干年的幼儿园园长什么的，也都先后退下来了，大家就商量着一块干点什么事儿。1989年，有一个计算机利用方面的国际会议准备在中国召开，区慕洁就与老姐妹们选择了她们熟悉的“儿童智力测试及分析”这个课题。她们干得非常投入，共搜集了2000例儿童的资料。但这个国际会议后来转到新加坡去开，区慕洁她们没能参加。区慕洁觉得她们费心费力搜集的这些材料没用上，太可惜了，于是就把这些资料编辑成了一本书《儿童智力开发的科学方法——0～6岁儿童最佳“学习期”的测试》，自1990年4月出版至今，一直畅销不衰。

《智力方程》成育儿宝典

20世纪90年代初，当区慕洁走进北京的小胡同时，发现旧的风俗还非常牢固地占据着统治地位：生了孩子，要严严地关上门窗，拉上窗帘，房间既不透风也不见光；孩子包成“蜡烛包”，四肢一动不能动；更不把孩子抱出去呼吸新鲜空气，这些做法实在是非常不科学的。关严门窗的理由是怕得“产后风”，而“产后风”绝对不是因为产妇被风吹到而得的。孩子不见光，影响视觉发育，而“蜡烛包”则严重地束缚了婴儿手脚的活动。产妇抱着婴儿到户外活动，见见阳光，呼吸新鲜空气，产妇健康，婴儿也不会得佝偻病。对于婴儿，不但不要限制他们的活动，相反，应当鼓励和训练他们活动。昂头、翻身、坐、爬、站立、行走，都要随着孩子的成长按时进行，既不能限制也不可拔苗助长。这才是科学的育儿观。

婴儿的成长环境与本身的发育关系极大。在一次普查中，她发现有两个孩子，两岁了还不会叫妈妈，更不会说话。她就对这两个孩子进行了调查，一个孩子的父母是医生，夫妻俩都忙，请了位山西的保姆，他们怕孩子学说山西话，就不允许保姆对孩子说话，结果，孩子没有语言环境，连爸爸、妈妈都不会说。区慕洁对这个孩子训练了一个月，孩子就会叫妈妈了。她告诉婴儿的父母，不要怕孩子学方言，孩子的语言能力是很强的。医生夫妇听了区慕洁的建议，果然，后来这孩子不但会说北京话，而且会说山西方言。还有一个婴儿是因为奶奶耳鸣，不论听到什么声音都受不了，结果家中收音机、录音机、电视机全部静音，一家人连说话也都细声细气的，婴儿等于生活在无声世界里，当然也就不会说话了。经过训练，这个孩子也同样很快就会说话了。她说，婴儿出生后，3个月就应该会发元音，6个月就应该会发辅音。从出生那天起，大人就要与孩子进行交流，要逗着孩子发音。孩子喊一声你也要应一声，不论孩子发出的是什么声音。这样才能营造好的语言环境，有效地鼓励孩子开口说话。

要重视孩子自理能力的训练和培养。只要孩子会笑，就能建立条件反射了，满月后就能把尿把屎了，所以这之后纸尿裤只许晚上用，白天就不应该再用了。8个月的孩子就应当自己知道要尿尿，一周岁会自己找盆。吃喝也是这样，孩子一岁半以后就不许再用奶瓶，要用勺子喂小孩喝，或是叫小孩子自己端着喝……

从1990年开始，区慕洁利用住处附近有几家幼儿园的有利条件，做了一个对比观察。从孩子0岁到8岁，她观察记录了600多个孩子在科学教育理念指导下的成长。1998年，与其他幼儿园的几百名同龄孩子做了测试对比：观察组的孩子语文和算术两门功课考试平均70分以上的，占70.4%，对照组的只有24%。而对照组的孩子，大多数是来自比区慕洁家附近幼儿园条件好的幼儿园。

可见，教育理念与方法的科学与否，十分关键。

关于这些，区慕洁主编了《中国儿童智力方程》一书，上册是0～3岁方案，下册是3～7岁方案。这部深受万千家长喜爱的育儿指导书，是中国教育电视台《万婴跟踪》节目的教材。

早期教育最重要的是什么

教育的最终目的，是让孩子具备高尚的品德，诚实，善良；同时要使孩子成为“社会的人”，学会和懂得与周围的人和睦相处自己才会快乐。而许多家长恰恰在这一点上存在着相当的误区：孩子从幼儿园回家，问的第一句话是“今天学了几个字？”

其实，把孩子送到幼儿园，最重要的是让孩子学会如何跟人交往，如何体谅别人。孩子，特别是现在的独生子女，在家里有父母、爷爷奶奶、姥姥姥爷宠着，事事优先，唯我独尊，来到社会，非常不适应。所以首先要让孩子学会做人。

另外，还要锻炼孩子的承受能力。很多孩子很大了还不能接受批评，这也是家长宠的。家长跟孩子玩游戏时怕孩子不高兴，总让着孩子，总让孩子赢。而孩子不会输就不会总结经验，不能承受失败和挫折。要告诉孩子输在哪里，帮他总结教训。表扬孩子时要同时指出孩子的不足，不能让孩子觉得自己已经是十全十美了。

婴儿刚学走路时，要让他自己走一段，不能老抱着。孩子学走路摔倒了，孩子自己还在笑呢，大人却急了，跑上去一抱一哄，孩子就哭了。如果大人不管，孩子也许会自己爬起来。

孩子与谁接触多，就与谁亲；在哪个环境中生活的时间长，就理所当然地认为那里是自己的家。所以，区慕洁奉劝年轻的妈妈们把老人接来帮着带孩子，而不是把孩子送走。晚上一定要亲自带孩子睡，给孩子读点书，讲几个故事。当妈的谁也替代不了，千万不能把孩子寄放在姥姥或奶奶家，这样孩子与你产生了隔阂，再弥补就难了。

0~1 岁的教育最重要

三岁之前，脑力开发非常重要。

区慕洁强调说：0～1 岁的教育最重要。千万不要以为孩子不懂事，其实，你笑眯眯的，孩子能感觉得到，下次见了你，他还张着手找你抱；你板起脸，孩子也能感觉得到，再见到你，老远他就会扭回头往妈妈怀里钻。还有，他懂得找妈妈。如果妈妈抱着别的孩子，他就会坚决地挣扎到妈妈怀里。这说明他不但懂事，而且懂得表示。最明显的例子是，如果妈妈不幸得了产后忧郁症，孩子也跟着忧郁。

关于胎教，区慕洁最看重的是准妈妈的心情。她说，过去生孩子多，但同一对父母，孩子的性格和情商为什么不一样？也许怀孩子时心情不一样，孕期母亲的情绪也要影响孩子的性格。她举例说，妈妈在怀孕时心情放松，孩子生出来就很好带；而喝农药的孕妇生出来的孩子，性格就怪怪的，谁也管不了。她反复强调：情商最重要，情商是由父母的爱而来的。你爱他到什么程度，将来他的回报就是什么程度。

实践出真知

用今天时髦的话说，区慕洁也有一大帮“粉丝”，有一批志愿者、实践者。特别是在她家附近，早在十多年前，就有一帮人根据她的指导，科学地养育和教育孩子，陈可馨小朋友（上图右）就是幸运的“成果”之一。而陈可馨的姥姥——北京市民王南萍（上图左）女士，则是区慕洁最忠实的追随者和其育儿理论的实践者。

王南萍说，外孙女陈可馨是在区慕洁老师的指导下科学育儿的结晶。她的父母是结婚一年之后决定要这个孩子的。之前，她和她的女儿、女婿参加了区老师科学育儿的讲座，他们非常重视自己即将到来的生育，对区老师的讲座一课都不落，所以对要这个孩子准备得非常充分，比如，饮食的搭配、父亲烟酒不沾、夫妻情绪调节等等，可以说是在父母双方最优秀的条件下怀孕的。结果，生下来的孩子身体很健康，出生时 8 斤 4 两，从来不哭不闹，晚上一觉睡到天亮。小可馨和这一片儿的其他同龄孩子是幸运的，从出生开始，就在区老师的指导下成长和受教育，区老师定期为她测试身体和智力的发育情况。小可馨 10 个月就会叫爸爸妈妈，特别是记忆力之好，超出想象，一岁零五个月的时候开始学习认字，到一岁半能认 30 个字，而且，这 30 个字任意分家，她都能认得出来。三岁之前，可馨就坐在胡同里自己一本一本地读幼儿读物，到四五岁的时候能念报纸，自己能在电视报上找自己喜欢的节目。她上学以后，学习一点儿也不吃力，目前在十佳小学分校读五年级的她，已经连续两年全科免考，而且参加了奥数和英语的比赛，成绩喜人。

以陈可馨为例，区慕洁强调说，我们养育教育孩子不是以发展智力为主，而是以小孩整套能力的协调、全面发展为目的，包括五官的运动、四肢活动、社会交往、自理能力等等。一个好的宝宝应当是各方面都很健康，综合能力强。比如，我们现在的条件下，很多小孩的社会交往能力不强，我们就把孩子组织起来，让孩子到我们活动室来活动，互相认识以后，一起做各种游戏。现在很多家长什么都替孩子做，让孩子衣来伸手，饭来张口，使得孩子自理能力很差。她强调说，这是绝对不行的，两岁的孩子一定要自己吃饭；一岁半就要把奶瓶给甩了，让孩子拿杯子喝，不能再用奶瓶了；两到三岁是学口头语言最重要的时期。

说到小可馨当年的认字，姥姥介绍说，一开始教孩子学的那30个字并不是“上下左右”等很简单的字，第一个字是“娃”，因为小可馨有很多玩具娃娃，她很容易接受，还有“咬”、“嘴”、“耳”、“走”、“粥”等，都与小可馨的生活密切相关。还有个“鼠”字，因为可馨有个玩具米老鼠，所以也很快就认识了。语言关、识字关过了，再教数学就很容易了，碰到应用题，小可馨自己就能看懂题意。

姥姥为了培养外孙女的审美情趣，还给小可馨做了许多“布书”，很形象地教孩子各种色彩、大小、里外、多少、形状等概念。布书柔软，色彩鲜艳，孩子可以拿着玩，伤不着。有一页布书是一个大瓢虫，大瓢虫的翅膀上缝着拉链，拉开，里面放着两个小瓢虫，这样，大小、多少、内外就都讲清楚了。让孩子自己操作，还同时锻炼了动手的能力。

区老师对她负责教的孩子，每隔一个月就要进行一次走访。孩子应当学着爬了，可是有的孩子爬不起来，小肚肚离不开床，区老师就拿条毛巾将他的小肚肚轻轻提起来，或在前面摇晃一件孩子喜欢的玩具，吸引孩子往前爬。七个月的孩子要会打滚，可有些孩子自己翻不过去，就可以拿一条毛巾把孩子裹起来，慢慢地掀起毛巾的一面，孩子就会顺着滚。这样用不了几次，孩子就会滚了。在孩子努力的时候，要及时地给予鼓励。

育儿宝典

说到婴幼儿教育，区慕洁强调了四点：

第一，对孩子不要帮助太多。现在好多姥姥奶奶，对孩子有些溺爱，上学了还喂饭，还帮着孩子穿衣服，这样孩子就很难养成生活自理的好习惯。

第二，对孩子的人格教育要从小开始。宝宝不是生下来就很自私的，宝宝的自私很多是父母“培养”出来的。比如炒了一盘虾，把最大的那只给宝宝夹过去；做了鱼，把最好吃的部位也夹给宝宝。久而久之，宝宝就会觉得，凡是好的东西都应该是我的。正确的方法是从小培养孩子“分享”的理念。有了好的东西，家里人每人一份；如果有人不在家，就给他留出来，放到冰箱里。这样，孩子就会形成所有好东西都是大家的，都要分享的理念。

第三，注重好习惯的养成。开展早教，最重要的是让孩子养成好的习惯，包括生活习惯、学习习惯。以可馨为例，她的习惯养成得好，从幼儿园开始就与小朋友相处得非常融洽，性格非常恬静，非常虚心，能够接受好的东西。从小养成好的学习习惯，到上学以后家长根本就不用操心。

第四，父母是孩子的第一任老师，你的一言一行、接人待物、文明礼貌，都在潜移默化地影响着孩子。比如，可馨从小就接受不能乱扔垃圾的教育，她到别人家去串门，别人给她一点吃的，她拿着东西首先问：您的垃圾桶在哪儿啊？三岁时，姥姥带她在门口玩儿，一个行人顺手把冰棍纸扔在地上了。其实垃圾桶就在旁边，小可馨马上跑过去把冰棍纸捡起来放进垃圾桶里。王南萍对小可馨说：你做得非常好。但是你捡了以后，手已经脏了，应当马上回家去洗手，回来再接着玩。这样既鼓励和肯定了孩子，又教育了孩子要讲卫生。

区奶奶的忠告

区慕洁说，培养孩子是一个系统工程，要持之以恒，不能三天热两天冷，不能由着自己的心情来。父母最重要的是要爱孩子，你爱到什么程度，将来孩子给你的回报就是什么样的，只有你爱得到位，孩子的情商才会高。不论你多么忙，也要把一定的时间分给孩子。现在养育孩子的书很多，不能买回书来就完事了。要动脑筋，孩子为什么今天这样，为什么明天又那样，一定要想一想，而且要拿出相应的方法对待。带孩子是一项非常富有创造性的工作，每一个人都有很多的创造性，大家应该展示各自的才能，摸索一些适合自己孩子的方式方法。

感悟与思考

曾经的医护专家，现在的幼教奶奶，区慕洁与幼儿结下了六十年的不解情缘。区奶奶在自己的实践中探索出了一套“育儿宝典”，为我们科学地教育孩子提供了一套可操作性极强的策略方法。

培养孩子是一个系统性工程，每个阶段有每个阶段的特点和规律。首先，我们要抓住孩子各方面成长的关键时间，孩子的智力和技能形成是循序渐进的，而且都有各自的最佳养成时间，一旦错过了这个“最佳时间”，在后期也可能会弥补上，但是需要耗费数倍的精力，而且还不一定能得到理想的效果。其次，要找准影响孩子成长的关键要素，我们不能只有对孩子的无限的爱和期望，而是必须要找到影响孩子成长的关键要素，我们不能迷信一些专家的做法，更不能无视专家的忠告，因为每一个孩子都是一个独特的个体，专家的建议往往是一些普适的规律，所以最好的办法就是借鉴专家建议，结合自己孩子的特点，找到适合自己孩子的最有效的方法。

依据儿童成长的规律，对孩子施行适时有效的教育，你的育子工程就会固而弥坚。否则，错过了最佳时间，忽略了关键因素，违背了成长规律，育子工程也可能会成为“豆腐渣”工程。“豆腐渣”楼房可以拆了重建，但是人的教育不可以从头再来，所以，天下的每一位为人父母者，请你一定要小心再小心，对孩子，除了“爱”，更需要“智慧”。

“早教之父”说早教

人物档案：冯德全，1935年1月生于浙江绍兴诸暨，1953年毕业于湖北省实验师范学校，中共党员。历任小学教师、校长，中学教导主任，武汉市教委、市教科所教研员。1978年后专攻早期教育研究，历任湖北大学儿童发展研究中心主任、研究员，武汉大学智力技术开发中心顾问、教授，武汉儿童早教学校校长，《人才摇篮》杂志主编，中国未来教育研究会执委，中国优生优育协会少儿委员会常务副主任，国家计生委人口管理培训中心优生优育培训基地主任、客座教授等职。冯德全教授近30年专攻“0～12岁早期教育和后续发展——儿童潜能开发”项目，是我国第一个早期教育研究所创办人和“0岁方案”创始人，又是《0岁方案》、《冯德全早教方案》等书的作者。现任湖北冯德全儿童潜能开发研究所所长。

科学育儿，意义重大

71岁的冯德全教授被誉为“中国早期教育之父”。他19岁开始教书，从事教育工作已经52年了。从小学班主任、教导主任、小学校长，到中学教导主任，到大学教师，52年的教学生涯使他深深感觉到，一个中学生或是一个小学生，不论好或者不好，根子都在早期。他发现，许多高级工程师、名教授、发明家等优秀人才都有一个幸福上进的童年，而中学和小学里面很多几乎是不可救药的孩子，分析其原因，根子也在早期教育不当。于是，他毅然放弃了大学教学，专门从事早期教育研究。从1978年到现在，他发表了大量的研究成果，主要著作有《三岁缔造一生》、《阅读点燃智慧》、《假期重于学期》等10余部，在社会上有着广泛的影响。

家庭教育是社会热点之一。随着改革开放、市场经济的发展，我们在享受生活水平提高的同时，也感受到竞争的激烈和压力的增加。再加上计划生育政策的实施，许多家长对于自己的孩子今后能不能成才、能不能幸福特别关注，也特别忧虑。他们不但关心孩子的健康，还关心孩子能不能进入一个好的小学、好的中学，能不能考上大学。家长为孩子操心、着急、焦虑，有的甚至焦虑不安打骂孩子。家长的心情是可以理解的，都是为了孩子有一个好的前途，但许多家长的做法是值得商榷的。如果按科学方式方法育儿，情况就会完全不一样。对于国家来说，沉重的人口负担就会变为无穷的人才资源；对于家庭来说，艰辛的养儿育女就会变为无限甜蜜的天伦之乐。

那么，何为科学的育儿方式？且听冯老先生一一道来。

0～6岁是最佳时期，6～12岁是次最佳期

有的家长认为，孩子嘛，特别是0～3岁、0～6岁的孩子什么都不懂，玩玩乐乐而已，教育孩子还是等孩子年龄大一点好。甚至有的家长由于溺爱孩子，故意让孩子晚上学。其实，人生早期0～6岁对于孩子来说是一生的基础，是人才的奠基。在这个时期给孩子良好的信息或习惯，孩子都刻在脑子里了，布成了一个大脑的完善的网络。而错过这个最佳时期，那就事倍功半了。所以两三岁的孩子就处在最佳时期，就是五六岁的孩子也来得及。如果你的孩子已经处于6～12岁，也不必沮丧，因为6～12岁还是次最佳期，家长也不要丧失信心。

早期教育的范围是0岁（怀孕）到6岁，0～6岁是大脑生长发育最重要的时期。在大脑的生长发育期给婴幼儿以良好的信息、良好的习惯、朝气蓬勃的精神状态，给婴幼儿智力开发、性格培养，这就为他一生打下了基础。

两个生命一齐养育

过去我们说“养孩子”，总觉得孩子身体棒棒的，就尽到了做父母的责任。而冯老先生率先提出了“两个生命一起养”的观念。他说，一对父母有了孩子之后，就等于在养育两个生命：生理的生命和心理的生命。实际上，人就是两个生命在同时成长。生理在发育，心理也在发育；生理要保健，心理也要保健。生理健康成长需要均衡的食品营养，心理健康成长需要丰富的精神营养。如果仅仅注意了生理的健康和保健，心理上

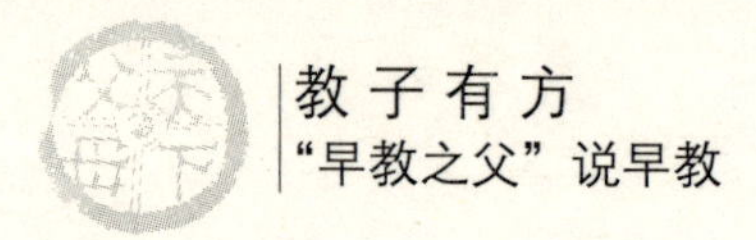

往往容易害病，甚至于成为残疾。冯先生说，我们很多人都有心理上的疾病，只是我们自己没有发觉而已。

顺其自然，学玩结合

传统观念中，总认为学习是累的，教育是有负担的，“学海无涯苦作舟”嘛。这个观念是几千年积淀下来的，而冯先生早期教育的一个非常重要的观念，就是“学和玩的结合”。教育孩子学知识、学文化，应当是顺其自然，促其发展，不要人为地去限制他，或者在某一方面去促成和拔高。在婴幼儿时期要培养孩子兴趣的广泛性，在小学时期要培养孩子的自学兴趣。因为孩子生来就爱玩，生来就爱认识各种各样的事物，要利用他这种学习的天性，所以我们说学中有玩，玩中有学。具体地说就是：生活中教，游戏中学，教者有心，学者无意。教的人当然是有心的，有意识有目的的；而对一个幼儿来说，他是无意识的，他以为就是在玩，妈妈在逗我，爸爸跟我玩。还有环境濡染。环境不止是家庭环境，孩子周围的一切都是一种耳濡目染的教育，无形的教育。环境濡染、父母和亲戚朋友们的榜样诱导都是无形的教育。对于两三岁的孩子，你只要跟他说、笑、讲故事，教他认字、玩玩具，让他高兴，孩子在玩乐中就已经学到了东西。

性格决定命运

当然，对于一个人来说，生理的生命是基础。首先是生理健康，才能谈得上心理健康。但反过来，心理的健康也促进和保证了生理的健康。一个心理不健康的人，生命是不完整的，有缺陷的，不能算是一个健康的人。

心理健康的重点是性格的培养教育。对孩子心理方面的培养分两个系统，一是智力系统，二是非智力心地品质。一个人成长中最关键的是性格培养，要把性格培养放在首位，因为性格或气概决定一个人的命运。什么是性格呢？人有各种各样的个性，比如说有的人很安静，有的人很暴躁；有的人很理智、爱思考，有的人是思想懒汉；有的人爱整洁，有的人懒懒散散很肮脏；有的人呢反应很敏捷，有的人很迟钝；有的人很勇敢，有的人很懦弱；有的人很善良，非常关心人，关心父母、关心小朋友，可有的人很自私；这都是性格决定的。所以说人的性格各式各样。优秀的性格是一个人理想道德的基础，是人生成功的保证。

早在十多年前，冯老先生在武汉市武昌区妇联的配合下，组织了200个大学生，调查了1000个家庭的独生子女，结果非常让人忧虑：1000个孩子中，性格优秀的只占18%，性格不良的占82%，其中性格恶劣的竟占到了25.7%！冯老先生深入研究了那18%的好孩子，发现他们有六大优良性格。后来他就把这六大优良性格称为人生成功之母。

六大优良性格

第一，快乐活泼，高高兴兴，积极向上。

活泼不是吵闹，很多孩子是眼睛一睁闹到熄灯，这不是活泼，是吵闹。真正的活泼表现在表情活泼，嘴巴能说会道，心灵手巧，爱劳动，爱做小玩具，身体活泼爱运动，能歌善舞，还有思想活泼，爱观察、提问和思考。

第二，安静专注。

一个孩子不仅要活泼，而且要能静下心来做事，做手工啊、下棋啊、画画啊、看书啊、听大人讲故事啊，安安静静。这样的孩子将来大有出息。

第三，勇敢自信。

勇敢的孩子好，因为他将来需要有气概做大事。他现在敢爬高，不怕寒冷，不怕摔跤，不怕流点血、擦破皮，不怕孤独，不怕黑暗，这样的孩子将来做事非常勇敢、果断。有气概就是勇敢。还有自信，自信是成功的风帆。他觉得我是个好孩子，我漂亮，我能干，我会研制，我会读书，我会学习，我会劳动，妈妈说我好，爸爸说我好。这样的孩子就越来越好。可是有的孩子老觉得我不行，我长得丑，我笨，我学不好，大人说他不行他就越来越坏。那么将来呢就被葬送掉了，因为他不自信。

第四，勤劳善良。

勤劳就是爱劳动，从小会走路就开始劳动，给爸爸拿双鞋，给妈妈搬个凳，抹抹桌子。三四岁就铺床叠被，做自己的事。这样的孩子一生聪明能干，不懒惰。善良就是关心人。有个孩子就非常好：爸爸下班满头大汗，他到洗手间拿个湿毛巾，爸爸你擦擦汗。吃了午饭以后，他对妈妈说，小声说话，爷爷睡午觉了，别吵醒他。这样的孩子将来人际关系特别好，他一生也很幸福。

第五，独立性，没有依赖性。

现在有很多孩子，真正是衣来伸手、饭来张口。有的孩子到了4岁还在喂饭呢，这怎么行？

第六，有创造精神。

喜欢提问题，喜欢观察。有个3岁的孩子问爸爸，天上怎么会下雨的，天上的水是从哪里来的，他还说是不是天上的萤火落下来了？他在观察，所以这样的孩子有创造性，他将来能发现很多的问题。

有了这样良好的基础，上小学就会一帆风顺，中学就是冒尖的佼佼者，大学就根本不用父母操心。

性格培养的核心：潜在教育

性格的培养存在一个误区，以为说话就是教育，教育孩子你要爱劳动、要爱父母等等。其实，光靠说来教育是不对的，也是没有效果的。知识可以教，性格是不可以教的，性格要靠培养。

性格培养的核心是什么呢？是潜在的教育，就是不露痕迹的教育。潜在的教育主要有四个方面：

一是环境育人。

环境是一种熏陶的力量，人是环境的动物。在讲文明的家庭里培养出来的孩子，一定是个文明的孩子；在狼窝里培养长大的孩子，就是狼孩。所以每个家庭要建立四大环境，即丰富的智力环境、良好的楷模环境、优良的艺术环境，以及规律生活的意志环境。可能有一些家庭不具备这样的条件，可能父母本身过去受到的教育不好，他本身就已经是在一个低起点上了。这部分家长怎么办？其实，父母要把孩子教好，不在于他自己知识的多少，关键在于父母的上进心，父母教子成才的那种理想不能减弱。比如，父母的艺术细胞不行，经常听听音乐总是可以的吧，常带孩子去看艺术展、摄影展总是可以的吧。

二是榜样引导。

父母跟孩子一起早起床，一起早锻炼，一起有规律地生活。父母要把培养孩子成才的理想变为行动，这个过程也是家长自我学习和提高的过程。

三是行为指导。

孩子的行为是他做出来的，要从小培养良好的习惯。比方说从小培养他扫地、抹桌，打扫院子；从小教育他关心人，小朋友病了到医院去看望等。许多行为的积累就会成为性格，所以我们有句话说：播下行为的种子，就收获习惯；播下习惯的种子，就收获性格；播下性格的种子，就收获命运。

四是积极暗示，千万别给孩子消极暗示。

积极暗示给孩子一种精神力量。这孩子是个好孩子，他很有气魄，他怎么怎么好，将来一定有前途啊。你经常这么说，同事之间这么说，对孩子是一种赏识、一种鼓励，他会充满信心；如果爸爸妈妈经常说，哎哟这孩子不成器，我怎么说他都不听话，他就不爱学习啊，你看他多懒啊，我真拿他没办法！大量这样的消极暗示，就把孩子连同信心一同抹掉了，所以孩子越说越坏。

一些家长在教育中存在一个误区，以为孩子能听懂他所说的一切。实际上，三四岁以前的孩子，对你说话的理解是含糊其词的，因为他的左脑还不发达，他对语言的理解能力还比较差。但是他对父母老师的表情理解能力特别强，你一个微笑，他高兴，受到鼓舞；你一个严肃的表情，他就觉得不对了。对父母表情的领悟是他的右脑在起作用，因为三四岁之前是他的右脑优势时代，所以父母的表情教育特别重要。父母的修养、父母的喜怒哀乐，就是给孩子的最好的教育。

快乐天下父母心

冯老先生说，早期教育是一门特殊的学问，大学教授不觉得浅，没文化的老奶奶不觉得深，关键是用生命教育孩子。只要我们按照早教方案进行科学教育，每一个孩子都能健康成长，都能成才。我们做家长的可能有童年的遗憾，但是我们不能给孩子遗憾的童年；做父母的，可以不是天才，但是你能够成为天才的父母。他说，过去我们总是说，可怜天下父母心，这话要改，要改成“快乐天下父母心”。当父母是最大的快乐！你把孩子教好了，自己也充实了，家庭又更幸福了，何必要可怜天下父母心呢？那是违背了规律才可怜的。做父母其实应该是快乐的、幸福的。

感悟与思考

两个生命一起养，两个生命同成长。身体要健康，心理更要健康。生理上出现疾病可以治疗，可以弥补；心理上出现疾病就很难再恢复了。我们说教育是一门不可以出错的艺术，因为育人造成的错误会影响孩子的一生，是无法补救的。但是在教育过程中，我们却往往更多关注生理成长而忽略了孩子的心理成长，我们关心孩子穿得暖不暖，吃得饱不饱，学得好不好，却很少去关注孩子他快乐吗？他积极吗？甚至孩子的一些优良品质就是在父母的漠然和冷酷中渐渐泯灭了。

所以，我们不能把眼睛死死地盯着孩子的分数，我们要尽力把自己的视线拉回来，关心一下孩子的非智力因素的发展情况怎么样。他是否乐观，是否刻苦，是否积极上进，是否善良诚恳……很难想象一个具有优良品质的学生会是一个学习上一塌糊涂的学生，因为性格是个人发展的基础，没有良好的性格品质，人的发展就会缺失根基，发展得越高越快危险系数越大。历史上此类人物不胜枚举，才高八斗却祸国殃民，学富五车却毫无气节，这都是少了良好的性格品质的根基使然。

越来越多的人意识到养儿育女是门大学问，干脆退而避之，做起了快乐的“丁克”族（double income no kids）。其实目不识丁的父母培养出才华横溢的孩子的也不鲜见。关键是需要我们反观自己的内心深处，我们是否在用生命与孩子对话，还是仅仅在行使家长的权利来完成家长的任务？

成功是成功之母

人物档案：刘京海（上图右），上海闸北八中校长，成功教育的创始人。他认为：差生之所以学习差，是因为经历了学习的反复失败，以致于失去了自信心，也失去了学习的积极性；要使差生变成优秀生，方法非常简单——把差生当成天才来教育，不断帮助差生在学习中取得成功，在反复成功的体验中，培育他们的自信心，激发他们的学习积极性，使学生自主成功。俗话说“失败是成功之母”，成功教育却认为“成功才是成功之母”。刘京海刚到闸北八中时，八中是臭名昭著的“差生集中营”，学校收的是全市成绩最差的学生。

有顺口溜说："八中八中，大门朝东；流氓成群，打架成风。"成功教育在闸北八中推行后，八中的教学成绩在全市达到中上水平。国务院副总理李岚清、国务委员陈至立、国家教委副主任柳斌先后到闸北八中视察，并号召在全国推广成功教育。

差生：是由于不自信而进入反复失败的恶性循环

成功是相对不成功而言，相对失败而言的。在很多父母和老师的眼里，差生就是不成功。刘京海经过研究，发现差生有很多毛病，但主要问题是自信心差，学习积极性差。自信心差、学习积极性差的原因在哪里？很简单，就是当孩子在学习过程中反复失败的时候，他就觉得自己不是读书的料，就不想读书，学习成绩就进一步下滑。这时，如果别人也认为他不是读书的料，他就更觉得自己不是读书的料。于是，他就进入了一个反复失败的恶性循环。这有点像"马太效应"，好的更好，坏的更坏。

成功教育的根本点是：通过成功来帮助孩子重新建立自信，重新恢复他的学习积极性。

学校是教育的重要一环，家长又是家庭教育的重要一环。但问题是，老师和家长有时会发生冲突。比如，有时候，可能老师在积极鼓励学生，说你这次考得不错；但是当那个孩子拿着成绩单回家，可能是95分吧，父母会说，你为什么没考100分？家长对孩子的这种不满足，与老师的鼓励有很大的冲突。我们经常说父母是孩子的第一任教师，在早期，一般来说，家长觉得自己孩子好，而教师常常会说出孩子什么地方不好；到后期的时候，是连家长也觉得他自己的孩子没有希望了，所以到这个时候教育基本上就是彻底地失败了。

师长的评价塑造孩子的自我认知

现代教育很重要的是在幼儿和小学这个阶段。而在这个阶段，我们家长可能对孩子的很多问题没有看清楚，仅仅是追求他在班级里考试得第几名，考了多少分。很多家长没有明白，在幼儿园和小学阶段，教育最重要的是什么，家长最应该对孩子进行教育的是什么。

其实，最重要的就是培养孩子的自信。

孩子小时候，他不知道自己是聪明的还是愚蠢的，是好人还是坏人。通过学校的考试，屡次考试排名最后的，老师就会说这个孩子是有问题的，甚至说这个孩子智力上有问题，甚至于说这孩子差，以后可能会成为一个坏人。实际上，因为孩子都是在一个群体里面，这种差异是很正常的。而这种差异并不表明这个孩子一定是不好的孩子。这时候最需要的不是去关心他的学习成绩，而是关心这种学习成绩导致孩子怎么去认识自己。根据我们长期的研究，我们发现小学三四年级对孩子的成长是一个非常重要的时期，老师和家长作为成人对孩子的评价就形成了孩子对自己的评价。也就是说，老师和家长都说他傻，他就觉得自己傻；而老师和家长都说孩子聪明，这个孩子就觉得自己聪明。

所以，非常关键的是，在孩子小的时候，要给孩子人格的一种树立，自信心的一种树立。如果我们家长有比较清楚的认识的话，你对孩子的评价就会做一些调整。

凡是你说会做的地方，爸爸把考试分数还给你

女儿在小学三年级的时候，第一学期的大考，考了全班倒数第十名。太太到学校受到老师的数落，回家朝刘京海发火：你研究差生，自己的女儿也变成差生了。刘京海说：那我来解决这个问题。他知道，一次考试没考好并不一定是真的差。她问女儿，做错的地方会不会做。女儿说会做。刘京海说："那爸爸告诉你，凡是你说会做的地方，爸爸把考试分数还给你。"

女儿很惊讶地说："分数被老师扣掉了，你怎么还给我？"刘京海说："爸爸今天没有骂你，也没有打你，不就是把考试分数还给你了嘛！"女儿想想也很有道理。刘京海又问女儿："你觉得你在班级里究竟应该是什么位置？"女儿毫不犹豫地说："爸爸，我认为我在班级里至少应该是前十名。"刘京海说："那好，非常好。我们两个勾勾手。"女儿问为什么要勾手？刘京海说，因为爸爸也认为你是前十名，我们两个意见一致，这叫英雄所见略同，所以我们要勾勾手。女儿开心地与爸爸勾手，一脸的灿烂。

两个月以后，女儿就恢复到班级前十名！若干年后，女儿于2001年参加了上海市的高考。当时总分超过500分的只有1000多个孩子，女儿考了519分，是十几万考生中前几百名的。而且，她语文单科的考试成绩是上海市的单科状元！

刘京海在研究中发现，10岁左右的孩子都会有波动，包括非常好的孩子也不例外。有波动并不说明他是差的学生，以他女儿为例，高考如此优秀的她在小学三年级照样会排名倒数十名。所以，家长对孩子一定要有清醒的认识，不要人云亦云，跟着社会标准走。孩子的自信是要靠老师和家长共同来树立的。

你认为你是什么样的人，你才可能成为什么样的人

坏人为什么老是做坏事？好人为什么老是做好事？原因很简单：你自己认为自己是什么样的人决定了你去做什么样的事情。小偷为什么要偷东西？他觉得他不偷就不是小偷了。我们为什么不去偷东西？这东西不是我的，我不能拿；我拿了我就是小偷，我不是小偷所以我不能拿。

所以，老师和家长对孩子们讲的最重要的一句话是：无论你们到了哪里，遇到什么样的困难挫折，你只要不怀疑自己是好人，你就不会做坏事。其实每一个人之所以这样做那样做，都是与他自我概念中的自我有关系的。所以，自我心理学中有一句很简单的话：你认为你是什么样的人，你才可能成为什么样的人。自己要激励自己走正路，做好人。

中国家庭教育中的三大误区

家长每天去检查孩子的作业是中国家庭教育当中一个最大的误区，而且这个误区至今没有得到改变，还在继续地强化。做得对还是错？做错了，同类的题目家长再出5道题让孩子去做。

现在有很多孩子回家先玩，磨磨蹭蹭不做作业，直到吃过饭，才慢慢地写，一定要写到10点钟。家长筋疲力尽了，他才写完。孩子为什么会这样？调查发现，孩子一开始都不是这样的。他们都是回家赶紧写作业，然后再玩。但是做完后家长一检查，不但要挨批评，还往往要加量重做。孩子知道早做是吃亏的，所以晚做。孩子在学校读书已经很辛苦了，你再加重

他的负担，结果使孩子厌恶、抵制学习。厌恶、抵制学习到一定的程度，孩子就“崩盘”了，他就干脆不学了。

还有一个误区是，有的家长说，我的孩子小学的成绩很不错的，怎么越往上念成绩越差？问题是，孩子小学成绩好的那个阶段，家长有没有注意到孩子上课是不是认真？有没有注意到孩子回家做作业是不是认真？因为小学的内容是不多的，考试之前强化训练一下，找一个家教辅导四五个小时、七八个小时，孩子成绩马上就会上来了。小学阶段家长不应该过度关注排名和考试分数，而应该重点关注孩子是否养成了良好的学习习惯。

家庭教育普遍存在的第三个误区是，孩子考得差，家长批评他；考到中，家长也批评他：你为什么考不到前几名啊？到了前几名以后呢，家长还是批评他，说你为什么不拿满分啊？无穷无尽的无限拔高的要求，造成孩子对学习的厌恶和抵制。

家长要做的，
是培养孩子的好习惯

教知识是学校的事情，家长教育自己的子女，除了要维护孩子有一个积极的自我概念以外，很重要的是培养孩子形成良好的习惯。这非常重要。因为，习惯决定孩子一生。

那么，哪些习惯是最重要的呢？

第一，静下来。孩子天生是喜欢动的，而未来所有的学习和工作都是需要静下来的。如何培养孩子静下来？刘京海以自己的女儿为例说，其实没有很深的道理，也不需要做非常复杂的工作。女儿在幼儿园的时候，喜欢画画，刘京海就不断地说她画画画得好，尽管女儿画得很一般。受到鼓励的女儿就拼命地画画，有时连饭也顾不得吃。刘京海还鼓励女儿在家里搞了个小小画展。于是，自然而然地，女儿就养成了静下来的好习惯。

第二，认真地完成当天的作业。这一个习惯是读书学习所需要的最基本的习惯，所有的差生都是不能认真按时完成当天的作业，越小越要完成，完成的质量要越来越高。一开始是家长看着孩子完成，逐步过渡到家长不在的时候他也能完成。

这两个习惯最基本也最重要，其他的好习惯都是在这两个习惯上发展起来的。

刘京海说，孩子的智力高低肯定是有差异的。因为是不同的父母生出来的，遗传肯定是一个教育的前提。假如说，有一个孩子智商是130，有一个孩子是100，有一个孩子是80。在学习过程中，这三个孩子表现出来的学习速度肯定是不一样的。A学这一段内容一个小时就能学会了，B得两个小时才能学会。那么，B能不能坚持两个小时的学习就成为他能不能达到与A差不多学习效果的一个关键性因素。A很聪明，本来一小时就能学完的，如果A没有好的习惯，只能坚持半小时，也是学不会的。反过来讲，B能坚持两个小时，B学习的结果可能比A还要好。所以，好的学习习惯可以弥补智力因素，也是保证智力表现出来的前提。研究中发现，很多学校最差的学生都不是智力差的。考试当中考到个位数的孩子，基本上找不到智力差的。也就是说，必须是智力好的孩子才会考到个位数，考得最差。因为这些孩子他是不学习的，而不是学不会。所以，家长在这个阶段应该重点培养孩子好的学习习惯。孩子好的习惯越小越容易形成，越大越难以纠正。在这方面，家长作为第一任教师的作用就突显出来了。

需要强调的是，想要让小孩子形成某种习惯和观念，必须要不断地重复。小孩子不像大人，说一次就听懂了。对小孩子要不断地嘱咐，而且需要变换形式，要编故事。吃饭的时候刘京海对女儿讲，爸爸单位里有一个孩子，现在到美国哈佛大学去了。怎么会到哈佛大学去了？他妈妈说他在幼儿园的时候听课就很认真，就很会动脑筋。其实这是刘京海编出来的。还有，他每天早上送女儿到幼儿园，都嘱咐她到幼儿园去最重要的是两条，第一条上课认真听老师讲课，第二要积极发言。每天回来的时候就问她，今天听课是不是认真，今天有没有发言。

骄傲的孩子才自信，才有创造力

刘京海颇有点“语不惊人死不休”的精神。他说：“中华民族现在遇到的一个最大的问题就是孩子们不骄傲。不骄傲的民族是不会有创新的。因为具有创造力的人，他首先就是自信，就是骄傲。如果他没有自信没有骄傲，他怎么会创新？因为创新要遇到很多困难的，自卑的人他什么都不会想，什么都不会做。”“再退一步讲，骄傲的人，你用提醒他的方法也是解决不了的。都是在实践中遇到挫折了，他体验到自己骄傲了，然后找到挫折的原因了，然后他的骄傲就会解决了。即使有个别的孩子确实因为骄傲而遭遇失败，也不是用现在的方法来解决。更何况我个人看来，中国的孩子实在是很少有骄傲的。因为他们没有骄傲的机会，所有的家长都是时时处处打击孩子，千方百计打击孩子的骄傲，宁可让孩子自卑，‘夹着尾巴做人’。孩子们第一是成功很少，第二是即使获得了成功，体验的结果还是失败。这是我们现在整个教育当中一个非常大的误区。我们一定要意识到自信乃至骄傲是孩子的一个基本特征。到幼儿园去问孩子长大了干什么，有想做北京市委书记的，有想做国家主席的，都有。我问在座的你们，你们想做什么，什么都没有了。所以我说自信骄傲乃至狂妄是孩子的一个重要特点。有这个东西他就去做梦，有梦他就去追求。追求的结果一定是失败。然后他还有自信，他就继续有梦，继续追求。孩子一点点长大了，可惜的是梦也没有了。我个人认为，这恰恰是中华民族的一部分不良习惯导致的。在教育过程当中，是家长的一种迷失行为。”

刘京海反省自己的重大失误：否则女儿可能成为歌星

刘京海说，在对女儿的教育当中，有一个重大失误。有一次女儿从幼儿园回到家，在家高兴地唱歌。刘京海半开玩笑地说：女儿，你什么都好，就是歌唱得不好。从此女儿再也不在家里唱歌了。2001年女儿考上复旦大学后，全家都很高兴。吃晚饭时刘京海说：爸爸很高兴，你也很高兴，你终于如愿以偿了，今天晚上我们出去卡拉OK怎么样？女儿说，好的，不过爸爸钱必须你出。刘京海说肯定钱我来出。但女儿说：爸爸，钱肯定是要你出的，但是我告诉你，我们是不会带你去卡拉OK的，因为从小你就说我歌唱得不好。听了这话，刘京海当时脑子就轰了一下。他想，唉，要是从小就说女儿歌唱得好，女儿说不定也会成为歌星呢！

感悟与思考

洛克曾经说过，每个人出生后心灵如同一块白板。我国先贤也认为每个孩子生来都是一张白纸，染于苍则苍，染于黄则黄。每个孩子成长的道路和所取得的成就都是与家长与老师的教育分不开的。

人们常说，失败是成功之母。在失败的过程中，我们可以总结经验教训，以备作为日后工作的借鉴。在学习过程中，学生也可以从自己失败的经历中总结经验，争取提高。刘京海校长的成功教育法向我们展示了获得成功的另一条途径：每个学生都是一个成功的个体，对他们多一点宽容，少一点苛刻；多一点关爱，少一点责备，每个学生都能获得成功。成功教育法看到了我们在日常教育过程中的一些失误，要求在日常的教育过程中要充分尊重孩子的天性，培养孩子的自信心；要按照孩子的兴趣来培养孩子，让孩子养成良好的习惯，对孩子多表扬少批评，不能打击孩子的积极性和自尊心。总而言之，要对孩子抱着欣赏、鼓励的心态去教育孩子。

良言一句三冬暖，恶语伤人六月寒。孩子的成功或是失败可能就取决于家长或老师不经意间的一句话、一个动作甚至是一个眼神。教育无小事，因为那是塑造人类灵魂的工程，是有关国家未来的大事。

朱永新
谈教育

人物档案：朱永新，男，1958年生，江苏大丰人，全国政协委员，现任苏州市副市长、苏州大学教授、博士研究生导师，中国心理学会常务理事。著有《中华教育思想研究》、《困境与超越——当代中国教育述评》、《心灵的轨迹——中国本土心理学论稿》、《我的教育理想》等多部著作，多次主持联合国教科文组织委托研究项目、国家自然科学基金项目、国家社会科学基金项目并多次获奖。

朱永新至少有三种身份：副市长、大学教授、教育家。而在笔者看来，他至少还应当是个理想家。他的《我的教育理想》是一本充满激情和理想的专著，在社会上引起了强烈的反响。在他的影响和教育下，儿子学业有成、事业有成，已经出版了八九本书，所以他还是一位优秀的父亲。谈起家庭教育、谈起如何做父母，朱教授不但妙语连珠、时有惊人之语，而且充满着理想主义的色彩。他说，教育的最高境界、做父母的最高境界、孩子最理想的状态，都是两个字：快乐。因为，快乐是一个很重要的标准。人活在世界上，如果不快乐，生活就没有意义了。追求一种幸福完整的教育生活，让老师、父母跟孩子都能够生活得很快乐很幸福，是我们的教育应该追求的一种境界。

教师与父母
是一个教育的共同体

许多人都把教育看成是学校的事情，绝大多数父母到学校见到老师都是说："拜托了，孩子就交给您了。"而且"说到做到"，对教育的整个过程，父母参与很少。而朱教授认为这是非常错误的，有害的。

孩子一生中最初的阶段、也是最重要的阶段是和父母一起度过的。在进学校以前，孩子的人格特征、认知风格、行为习惯都已经初步形成。因此，在很大意义上，是父母造就了孩子。孩子进了学校以后，还有相当多的时间是在家庭里面和父母一起度过的。放学回家和父母在一块，放假的时候、双休的时候也和父母在一块。父母的行为方式、父母的教育方式都直接影响到学校教育的效果。

所以说，学校教育和家庭教育、教师的教育和家长的教育，完全是一个教育的共同体，这个共同体哪一个环节出了问题都会制约教育的效果。所以，父母的教育就显得非常重要。

大多数父母是“无照上岗”，盼望出台《家庭教育法》

父母的教育如此重要，我们就不得不审视一下父母的素质。

目前的情况是，我们绝大部分父母都是“无照上岗”，也就是说，没有经过任何培训就开始做父母，就开始教育孩子。在这种情况下，他们只能沿用他们的父母教育他们的方式来教育自己的孩子。就这样不断地重复，“以不变应万变”，显然是不行的。因为在不同的时期，伴随着孩子不同的发展状况，包括不同的性别、不同的个性，都应该有针对性地进行指导。孩子在每个时期的特点不同，如果你还是按照你父母教你的那些东西，再用到孩子的身上，可能就不太适合。比如今天有了互联网，也就有了孩子上网成瘾的问题。如果家长不学习，就不能正确地帮助孩子克服网瘾。

还有，很多父母都笃信对孩子管教就是要严，认为棍棒之下出孝子，高压之下出高分，却不知道孩子需要快乐。实际上，多表扬、少批评是帮助孩子成长的最好方式。孩子的心、孩子的耳朵都是向着表扬开放的，当你批评他、惩罚他的时候，他的情绪总是跟你对立的，甚至有的时候还会仇恨你。这样的教育效果就相对比较差。就是这样一些最基本的理念，许多做父母的却浑然不知。

因此，如果不对教育的初任者（父母）进行培训，那么，后续的学校教育是很难有真正的成效的。

苏联一位著名教育家在他的《家长教育学》里面也曾经提出过这样一个想法：所有的父母在生孩子以前，都必须接受教育，然后他才有资格对他的孩子进行养育、进行教育，帮助孩子去健康地成长。所以朱教授有一个理想，如果国家颁布一部《家庭教育法》，规定所有的父母都必须经过训练、领取合格证以后才有资格去教育他的孩子，我们的教育水平肯定会大大地提高一步。

事实上也正是这样。父母有比较清醒和自觉的教育意识的，有比较系统的教育理论的，他们教育子女的效果往往会比较好。

朱教授强调，他不太赞成使用“家长”这个概念。“家长”是一个专制的概念，“一家之长”么，对孩子就是居高临下，不是平等的、民主的、互动的。而“父母”反映了一种新型的家庭关系，一种民主的、平等的关系。在今天，如果我们还是用传统的、家长制的方式对待孩子，没有孩子买你的账，教育效果肯定也是很糟糕的。

做人永远是第一位的，分数远远没有做人重要

朱教授说，做父母的都盼望孩子成才，盼望孩子出人头地，形象地说就是望子成龙、望女成凤。他说，其实这话应当改为“伴子（女）成长”。在教育孩子成长的过程中，在与孩子沟通的过程中，父母也在不断地学习和进步。那种“无私奉献”，为孩子付出自己的一切的做法是不可取的。

对于孩子来说，教他做人永远是第一位的。现在我们很多父母把分数摆在第一位，其实，分数远远没有做人重要，重要的是

培养孩子健全的人格。

那么，怎么培养孩子健全的人格呢？朱教授给出以下五条建议：

第一，读书是培养人格的一个最好的方法。那些最伟大的经典、最好的书，会通过故事教孩子怎样做人。像《格林童话》、《安徒生童话》，像我们现在的《草房子》、《玉米花园》，很多很多的好书，都会通过生动的故事帮助孩子懂得做人的道理。这是进行道德教育、人格教育的一项最基础的工程。

第二，是父母对孩子的期待。父母千万不要把分数的重要性看得远远超过其他，以牺牲其他方面的发展，达到分数的优越，事实上到最后往往得不偿失。让孩子拥有健康幸福的人生是最重要的。

第三，每个暑期都带孩子一起去旅游。孩子走的地方多了，见多识广，情怀就不一样了。

第四，父母要有所分工，一个稍微民主一点，一个可以稍微严格一点。一个唱红脸，一个唱白脸。

第五，让孩子保持良好的状态。人的状态是需要不断调整的，尤其是对孩子，要让孩子感到快乐。实际上，快乐就是一种状态。我一直认为，对教育孩子来说，状态大于方法，方法大于苦干。在孩子的成长过程中，不要逼迫孩子一天到晚去加班加点，让孩子9点睡觉可能比12点睡觉效率要好得多。一个人能不能有所成就，能不能做得很优秀，取决于他有没有好的精神状态。有状态的人他有自信，会不断地去努力，不断地去追求，最后就会成功。而没状态的人做什么都没劲，学习没劲，做事也没劲，那么他干脆就不干，到最后也只能一事无成。为调整孩子的状态，要多鼓励。孩子有了成绩可以带他去旅游，或者给他买一件他想要的东西等。

人生任何时候
都是起跑线

许多人说：不要让孩子输在起跑线上。这个说法听起来好像很有道理，但朱教授认为是错误的。他说：人生任何时候都是起跑线。只不过有的人少年早成，有一些人可能大器晚成。有一些人考上名牌大学，后来并不怎么样；有一些人甚至没考上大学，但后来做得很优秀。最关键的是让孩子对自己永远拥有自信心，让孩子学会和人交往，让孩子能够不断地去体悟、去反思。这对孩子来说是最重要的。只要具备这样的素质，孩子即使由于各种各样的原因没考上最优秀的大学，甚至没上大学，也没关系。只要不断地追求，不断地努力，随时都可能改变自己的命运。朱教授以自己为例说："我也没考上北大、清华，但我现在到北大、清华做个教授应该是没问题的。"

教育最重要的任务，
是帮助人养成好的习惯

朱永新读小学的时候，父亲每天早上把他从床上拎起来，让他去写毛笔字。不论春夏秋冬，天天如此。读大学的时候，朱永新写了一篇文章，题目就叫《父亲的礼物》。他说这是父亲给他一生最大的礼物，是他人生最大的一笔财富。直到现在，他每天早晨5点到6点就会醒，醒来就开始工作，很多思考、研究和著述都是在这个时候完成的。苏州上班是"朝九晚五"，很多人8点才起来。而朱教授是6点起床，学习到8点，

每天就比别人多工作两个小时。每天两个小时的研究、思考、读书，对一个人一生是多大的财富！

而说到他给儿子的礼物，朱教授说，我不能保证儿子今后人生的每一段路都走得很精彩，也不能保证他今后一定会怎么样，今后的路当然要靠他自己去走。但至少他从幼儿到少年到20岁，生活得很充实。教育最重要的任务，就是帮助人形成好习惯。20年来，我引导他养成了阅读的习惯、思考的习惯，体育上养成锻炼的习惯，行为上养成帮助别人的习惯。这就是我送给儿子的礼物。

一个人的精神发育史，就是一个人的阅读史，日记是一个人的道德长跑

作为一位学者型的官员，一位教育家，朱教授特别重视阅读。他说，读书是孩子成长最重要的基础性的工程。他还说，一个人的精神发育史，就是一个人的阅读史。在儿子还很小时，他就鼓励儿子大量地读书，所以儿子的阅读量要比同年龄段的孩子大得多。在上小学一年级的时候，《上下五千年》就能从头讲到尾；到小学二年级的时候，他可以把《水浒传》、《三国演义》每章每回的故事情节讲出来。朱教授还训练儿子写作，特别是写日记。朱教授认为，写日记对孩子成长是一种非常非常重要的形式，可以训练孩子的恒心、耐心，可以训练孩子的观察能力，训练孩子的写作能力，还可以帮助孩子形成一种反思、思考的习惯，观察生活的习惯。日记是孩子的一种道德长跑，对人的一生是一份非常宝贵的财富。

从上小学一年级的第一天起，儿子就开始写日记，很多字还不会写，就用拼音，甚至画图代替。他曾经给儿子买回一只小狗，让儿子观察并写小狗的故事。后来又买回家一只小猫，小狗跟小猫一起玩耍，一起打架。儿子看得津津有味，写了很多很多关于狗和猫的文章。儿子阅读着，写作着，快乐着，成长着。再后来，儿子根据他的要求写班上的每个同学，并且注意捕捉每个同学的个性，写出每个同学的不同之处。到长大写书的时候，儿子的书里面有很多他自己儿童时代班上的故事。高考前夕，儿子正迷恋于一部长篇小说的创作，居然向老师请了一个星期的“创作假”，回家专心致志地写小说。对此，朱教授也表示了理解，并没有强行干涉儿子。他的理由是，儿子已经是成年人了，有自己的选择，也应当对自己的行为负责。早在儿子进入小学的那一天起，朱教授就郑重其事地对儿子说：我永远不会辅导你做作业，也不会给你请家教，你的学习要靠你自己来完成。说到做到，从小学到大学，儿子的每一步学习都是靠自己完成的。所以，朱教授相信儿子既然敢在高考前夕请创作假，那儿子肯定对自己是有把握的。

朱教授把写日记的好处推广给许多人。他还在自己开办的“教育在线网站”上开了个“朱永新成功保险公司”。投保的条件是，投保人每天写一篇日记，记录你自己的生活，10年以后保证你能成功。如果不成功，就可以拿着3650篇日记来找朱教授，朱教授保证“以一赔十”。

每天写一篇日记，应当算不得什么太困难的事吧。渴望成功而无门的男士和女士们，不妨一试。

感悟与思考

快乐，是教育的、为人父母的、为人儿女的最高境界！其实，快乐何尝不是工作的、生活的最高境界。很多事情本是我们的真情流露，是人性使然，只是因为我们的不良心态导致了把快乐当作苦大仇深。就像抚育儿女，本是舐犊情深，天伦之乐。可是我们的家长在为孩子无怨无悔地付出的同时，却要孩子铭记父母为他做出的“牺牲”，把人间最自然的亲情演绎成了悲壮和沉重。“‘爱之深，恨之切’，我为你节衣缩食，为你义无反顾，你怎能辜负了我？你怎能不按照我的设想发展？”把对等价值交换引入了“连母鸡都会做的事情”。其实，假若把孩子从你身边带走，毫无理由地剥夺你抚养孩子的权利，你是否还会顾及你为孩子所付出的一切？

每个孩子都是鲜活的生命个体，世上不可能有普遍适用于所有孩子的教育方法，所以每一位家长都要尽量了解一些教育理论和教育学心理学知识。但是即便再丰厚的理论，也需要用爱做底衬，用耐心做画笔。只有这样才能无论浓墨重彩，还是轻描淡写，都能描绘出美妙的成长历程，就连成长中的烦恼也是画卷上不可或缺的点缀。否则，这张画卷只能是浓妆淡抹不相宜了！

人生任何时候都是起跑点，也许你初为父母，也许你正被孩子的成长问题所困扰，也许你正在为自己的育儿经历深刻反思。无论我们站在哪里，是不是都应该以当下为起点，将身体的每个细胞灌满爱，去爱我们的家人，爱我们的孩子，爱我们的地球，爱我们的社会？

发现母亲

人物档案：王东华，男，安徽省芜湖市人，现任华东交通大学母亲教育研究所所长，研究员。致力于人类文化启蒙的教育专著《发现母亲》(80万字)，1999年一经推出，即在社会上产生广泛影响。其主编及编著的《我们是这样教育孩子的》、《超薄学习》，2002年及2003年分别被选作为全国妇联“世纪父母读书活动”和“学习型家庭读书活动”用书。由于他在母亲教育研究及普及方面的突出成绩，2000年被全国妇联授予“爱心大使”称号，2001年入选《中国青年》“可能影响21世纪中国的100位青年人物”。

一本书改变了他的人生轨迹

王东华思维敏捷，快人快语，说话斩钉截铁，而且常常语出惊人。比如，他一面向我们展示他搜集到的《发现母亲》的各种盗版版本，一面却又说："其实我是感谢盗版的，不用我花钱，便普及推广了我的观点。"

本来，王东华喜欢的是文科，可父亲说在中国搞文太危险，还是理科保险，硬叫他学了建筑设计。正是因为成长过程中遇到的特殊问题，使得他在大学里无意间看到一本关于早期教育的书，即日本人木村久一写的《早期教育与天才》，从此改变了他的职业方向，让他把教育当作了自己的人生使命。

王东华说，自己的苦闷在那么长的时间里得不到解决，而这本书像雨后的阳光一样让他彻底找到了答案，所以他要按自己的生活和理解接着写下去，让更多的人找到答案。

王东华第一次被世人关注，是1993年深圳（中国）优秀文稿公开竞价，他的作品《新大学人》成为第一部成交作品，中央电视台对此事的报道让王东华成了名人，成了"青年问题理论家"。

为保护书稿他不坐飞机

然而这位青年问题专家却并未沿着青年理论家的路往前走，在沉默了七八年之后，再拿出来的80万字的专著却是关于母亲教育的——《发现母亲》。为写这本书，他辞去了公职，耗费8年时间，每天在家专职于此。只有几岁的女儿问他：别人的爸爸都去上班，你干吗不去？他回答：爸爸正在做一件比上班更重要的事情。

在《发现母亲》题记中，王东华写道："上帝之所以先造出男人，并不是因为男人比女人优越，而是因为男人比女人好造。上帝先造出男人这个实验品后才去造女人。当上帝把女人造出来后，上帝造人的任务也就完成了。他把这一任务交给了女人。母亲的工作正是上帝的工作。"

也许，正因为母亲的工作是如此重要，才值得他耗费8年的时间去写这样一本书。

对于王东华来说，书稿就是他的生命。在书未出版之前，有一次他带着书稿去广州，人家给他买好了飞机票，可他硬是不坐。他不是担心自己的生命，而是担心书稿出问题！

死都不怕，还怕考大学吗

在《发现母亲》一书中，王东华提出了"亲生后母现象"。对于这一章，他有着特殊的感受。他说，一般来说，"后母"对孩子是很残酷的，如果一个孩子不幸有一个后母，是件非常痛苦的事，但是，比有个后母还要痛苦的，是面临"亲生的后母"。因为这母亲是亲生的，但是由于母子长期分离造成隔阂，虽然表面上没有对孩子的虐待、对孩子的打骂，但实际效果比后母还要残酷，而且对于这种残酷旁人不会干涉，因为是他亲生的母亲。之所以写下这一章，是因为王东华自己就有着不幸的童年和少年。

王东华出生后不久母亲便患了风湿病，仅仅6个月大的他只好被送到了姥姥家，一待就是十年。当10岁的他回到父母身边时，他与父母已经格格不入，也已经很难融进自己的家庭，包括与弟弟们相处。他忘不了父亲对自己的冷眼，忘不了母亲对自己的漠然，更忘不了自己在极度的痛苦中几次想自杀的冲动。考上大学离开这个家成为他活下去的唯一支撑。困难中他甚至想到，死都不怕了，还怕考大学吗？于是他以比别人更大的动力去学习、冲刺，终于如愿地考上了大学。

母亲站在培养人的最重要岗位

王东华说，许多人还没有意识到，人的生产是所有生产中最重要的。现在之所以有道德滑坡、环境污染、自然恶化等等的社会问题，归根结底都是人的问题，都是不合格的人的副产品。如果一个孩子、一个未成年人没有培养教育好，他长大后，每一个人后面跟着一个警察，这个世界便不会安宁；每一个人后面跟着一个清洁工，这个世界便不会清洁。所以，关键是人的问题。所以，人的生产是所有生产里面最重要的。而在人的生产中，母亲站在最前沿，站在培养人的最重要岗位。提高民族的素质、提高人类的素质，最根本的是提高母亲的素质。这就是《发现母亲》的写作动机，也是此书的核心。他说，古今中外有数不清的文人墨客从情感上讴歌母亲，而我，是从理论上阐述母亲，对女性培养孩子的作用进行重新发现。

《发现母亲》一书出版后，引起了巨大的轰动。很多地方系统地组织学习，像天津等许多个城市的妇联；许多企业将此书作为必读书大规模发放，组织职工对这本书进行学习；还有许多学校、医院，甚至党政机关也在通过各种方式学习这本书；《发现母亲》还成为中国妇女第九届全国代表大会礼品用书、十届全国人大二次会议部分女代表礼品用书。对此，王东华说，这并不是说明这本书写得多么好，而只是说明我国家庭教育母亲教育太落后，而人们又太需要这样一本书了。

从一个姑娘到母亲，大致可以分为婚前、生育和养育三个阶段，而每个阶段对女性的要求和定位是不一样的。

婚前

“说实话，中国并不是一个没有母教传统的国家——所有的文明古国都必然有母教作为支持——但是这种传统慢慢地衰灭了。……明清之后，母亲教育的功能几乎丧失殆尽。”王东华很情绪化地说：“东亚病夫的根源是什么？是东亚病母！女人都缠着小脚，试想，一个肢体残疾的母亲怎么能养育出体格健全的男人？”

王东华说：回望中国历史，越往前中国女性的素质越高，身体素质也越好。比如项羽在乌江自刎的时候说：虞姬虞姬奈若何！并不是说虞姬是个累赘，在他之前，虞姬已经拔刀自刎了。那个时候中国的女性连自杀都是选择自刎，到了明朝以后，中国的女性自杀都是投井、服毒、上吊，再往后，到了《红楼梦》的时代，一个个就是病病恹恹的林黛玉了。没有一个健康的母体，怎么能够孕育出一个民族的健康的骨骼呢？

说到时下许多姑娘盲目减肥，王东华痛心疾首。他说，现在

的减肥药有很多违禁成分，严重地损害着女性的健康。实在要减肥，也要等到生了孩子、完成母乳喂养以后。对于性解放、堕胎，王东华更是提高到关系全民素质的高度来认识：人类之所以要保持贞洁，不仅仅是道德的需要，更是为孩子创造一个良好的宫内发育的环境！现在女性婚前怀孕低龄化，甚至有中学生做流产，都不把流产当回事儿，你不断地流产，子宫就越刮越薄，精子一旦着床以后，就像生长在一片瓦砾的贫瘠土地上，连做脐带的地方都找不到，怎么可能孕育一个健康的婴儿？为什么现在我们的生活水平提高了，营养水平提高了，孩子又大都是独生子女，却有很多孩了容易得先天或后天的绝症呢？原因之一就是过度的流产。

他呼吁：母亲的身体是“国有资产”，“要立法保护未来的孩子”。

生育

结婚以后，面临的就是怀孕、生育。作为一个未来的母亲，要有母亲的意识：你是一个母亲，你正在或者即将抚养一个生命。对于一个还没有生育的女性来说，不能够随随便便地去丰乳。将来你的孩子生下来，他面对一个塑料的硅胶的乳房，没有奶喝，你就侵害了一个孩子成长的权利。再比如说剖腹产，有些产妇为赶什么吉利的日子，要求医生提前给她剖出来，这是非常有害的。每一个孩子都是不一样的，他在母胎里有他固定的生长期，不到万不得已，做母亲的不能因为你的某一项意志强行把孩子剖出来。这是基本的人权，我们首先要做的是要尊重我们的孩子。我们常说尊重生命、敬畏生命，但是现在很多母亲分娩时怕疼，就要剖腹产。事实上剖腹产比自然生产母亲受的伤害更多，恢复起来更慢。

必须强调的是，你肚子里的弱小的孩子不是他自己申请来的，而是父母亲让他来的，所以父母亲就应该对他负责任。如果我们对自己的亲生骨肉都做不到尊重和保护，还谈搞什么动物保护、环境治理？对自己的孩子都如此狠心的人，不可能对自然环境抱有怜悯的感情。

所以，青年人在恋爱时就应该想到要承担一个做父母亲的责任，并付诸实践。这样，他和她在性的问题上就会慎重，也就不会产生一连串的后遗症。

养育

《发现母亲》一书中对如何养育孩子有很多新鲜而精辟的论述。王东华更强调两个阶段：三岁之前的智力教育和六岁之后的气概教育。他说，三岁之前对人的大脑发育、智力形成非常重要。母乳为什么重要？人与动物不一样，小马小羊等动物生下来就会站立就会走，而人生下来还是个胎儿，不能自主活动，是通过乳汁，再在母亲怀抱中生长一年。乳房是母亲联接孩子的另一条脐带，你别以为孩子生下来以后就是个小人了，不，实际上他还是个胎儿，他还要经过第二次分娩。人在母胎中时主要是发育大脑的数量，140亿个细胞，生下来以后，就长大脑的重量。所以人生的头三年是最重要的，打下整个人生的根基。他形象地说，人生的头三年是组装大脑，是装成“单核”还是“双核”大脑的“CPU”就取决于这三年。孩子的早期教育一年等于十年。如果把一个刚出生的孩子送到狼窝里，到最后他连站立也不会，他的行为就会变得跟狼一样。

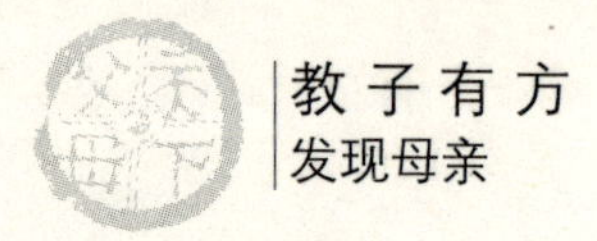

孩子六岁之后，则应当着重于气概的教育。王东华说，现在的很多家长花大力气抓孩子的智力教育，这当然是好的，但比智力更重要的是一个人的意志，比意志更重要的是一个人的品德，比品德更重要的则是一个人的气度、胸怀、志向。有一流的气概，干什么都是一流的；反之，则成不了大器。如果一个十三四岁、十七八岁的孩子有了一流的胸怀，就是扫地，他也是时传祥式的人物，也是雷锋式的人物；如果没有这种胸怀，你叫他干什么他都是末流的。比如周总理，很小的时候他就立志为中华的崛起而读书，他并不是说大话。再比如马克思，十七岁中学毕业时在毕业论文中写道："一个人要从事对整个人类最有价值的工作，这样我们的后人将会含着热泪面对着我们的骨灰。"一个十七岁的青年，就想到后人会含着热泪面对着他的骨灰，这样的孩子将来对社会怎么会没有大的贡献呢？

为了给孩子一个好的成长环境，王东华明确地反对寄养，也反对随意找个什么人替自己在家照看孩子。他说，如果一个受过良好教育的母亲为了挣钱而把孩子交给一个比自己差的人，那简直是本末倒置。同样的道理，他说夫妻一定要珍惜婚姻，对离婚持慎重态度。当然，夫妻要互相忠诚，如果妻子在家专心专意教育和抚养孩子，丈夫却在外面胡闹，这样的家庭显然是不可能牢固的。他解释说，他并不是提倡妇女们不投入社会不要自己的追求和事业，但养育好自己的孩子是最重要也最有意义的事业。母亲也要做学习型的母亲，也要与时俱进。对于封建社会要求妇女的"三从四德"，王东华的口号是："打倒三从，继承四德。"一个母亲注意自己的仪表、言行、举止、能力，才能为孩子树立好的榜样。还要强调的是要平等对待孩子，不唯我。

他说："我自己受过一些伤害，我做这些工作，只要能使一个孩子免受我这样的伤害，我这一辈子就值了。"

送给天下父母的六句话和美好祝愿

王东华送给天下父母的六句话：

一、好的母亲都是学出来的。没有谁一生下来天生就是好母亲。

二、好的孩子都是教出来的。很多家长会对自己的孩子说：你看人家的孩子多好，也不用父母去操这么多的心！你看你！其实那些好孩子都是父母精心雕琢的结果，只不过你没看到而已。

三、好的习惯都是培养出来的。孩子的好习惯都是父母有意或无意培养的，同样，坏习惯也是这样产生的。

四、好的成绩都是帮出来的。孩子的好成绩，都是父母帮出来的，尤其在现在的应试教育环境里，都是父母花了大量的心血、时间，正确引导的结果。

五、好的沟通都是听出来的。父母要先听孩子说，站在孩子的角度换位思考。当然，孩子的想法不一定是对的，要给孩子恰当的建议，做好沟通。

六、好的成就是化出来的。孩子将来的成就，是父母潜移默化"化"出来的。孩子是站在父母的肩膀上，需要父母和孩子共同成长。

苏霍姆林斯基说过一句话："一个人可以不是记者，可以不是工程师，可以不是将军，但如果不出意外，他都将要成为一个父亲，成为一个母亲。因此做父亲和做母亲的知识是人生最重要的知识，如果没有接受必要训练的人甚至是没有资格去做的。”这话说得非常好。现在我们的社会有着浓厚的育子的意愿，每一个做父母的都希望自己的孩子成龙成凤，那么，特别是做母亲的，就一定要加强学习，使自己成为一个合格的母亲，你的孩子也就自然而然会成为好孩子。现在我们的青少年谈到理想，都是想做科学家、画家、作家，很少有女同学说：我将来要做一个优秀的母亲。其实这种回答比所有的回答都毫不逊色。你想，能把孩子培养成爱因斯坦，把孩子培养成钱学森，这位母亲比作为一个画家、一个作家价值不是更大吗？1991年，我在美国的南方观摩过一个选美比赛，参加选美的都是十五六岁的女孩，她们有的说，我将来要做一个优秀的母亲；有的说，我将来要办一个孤儿院，把孤儿都收养过来。我觉得这些想法都很好，母亲的意识和父亲的意识需要在全社会提倡。《发现母亲》第一页有这样一句话：你可以不是天才，但你可以成为天才的母亲。那么，如何成为一个天才的母亲呢？对于一位女性来说，可以发挥自己的优势，把自己的孩子当成一件作品，就像小布什的母亲，她一个人培养了两位总统，她先是把她的丈夫老布什培养成了总统，又把她的儿子小布什培养成了总统。在这样一位母亲身上，凝聚着人类的智慧。所以，王东华真诚地祝愿天下每一位母亲都有一个好孩子，每一个孩子都有一位好母亲。

感悟与思考

母亲是我们最熟悉的人，然而，“母亲教育”却是我们并不熟悉的一个研究领域。母亲需要教育吗？爱孩子是连母鸡都会做的事情呀，难道我们还不会爱自己的孩子吗？王东华的《发现母亲》告诉我们：我们真的需要好好学习怎样去做母亲。

如何才能成为一位优秀的母亲呢？只能是学习学习再学习。作为母亲可以不貌美如花，却不可以自私恶毒；可以不学富五车，却不可以愚昧狭隘。作为优秀的母亲，要有健康的身体，只有这样才能孕育健康的生命；要有纯净的心灵，只有这样才能滋养孩子心地善良、品行端正；要有高尚的品德，只有这样才能教育孩子是非分明、刚正不阿；还要有宽广的胸怀，只有这样才能培养孩子立志高远、胸怀坦荡。每一位母亲都要知道，抚育子女对于每一个女人都责无旁贷，自己的一言一行都将影响孩子的成长，所以，教育子女要从规范自己做起，让每一位好母亲都成为一所好学校。

雷大妈传奇

雷运姣本来有一个幸福的童年。父亲是当地有名的裁缝，生意兴隆。雷运姣从小聪明伶俐，父亲也非常喜欢她，教她做一些简单的裁缝活，她也一学就会，居然小小年纪就能帮父亲干活，街坊邻居没有不夸她的。

我要上学

当时的最低入学年龄是满七岁，还要考试。雷运姣刚满六岁就缠着爸爸带她去学校报名。老师嫌她小，她却不依不饶，老师只好让她参加了考试。结果，她竟然考了第一名，被学校破格录取。爸爸特别高兴，把小运姣扛在肩头打转，骄傲地说：我女儿好聪明啊，将来一定能成为我们雷家第一个大学生！爸爸对雷运姣说：你要好好学文化，长大了考大学。因为，同样是一个聪明的人，有文化与没文化是完全不同的。

雷运姣的幸福在十岁时戛然而止。那一天，父亲的腿有些痛，自己走着到医院看病，因为医生打错了针，竟然从此便再没走出来。一起医疗事故让雷运娇失去了父亲，也让雷家塌了天。一年后，母亲再嫁，雷运姣的生存环境从此变得恶劣。苦难中的孩子懂事早，她知道要改变自己的命运就得靠自己的努力，读好书，考上大学，至少是考上中专才能走出家庭的阴影。小学毕业，她以第一名的成绩考上重点初中。喜悦充盈着她小小的心房，眼前的道路似乎一片光明。可是，继父以家庭经济困难为由不让她读书了。她惊呆了！她是多么喜欢读书呀。她哭、闹，两天不吃饭并离家出走……可是这一切都无济于事，她被迫告别了只读了四十天的初中和新结交的同学。

不向命运低头

厄运在继续。“文革”中，她随全家下放到祁阳县农村。农村的落后和贫穷令她无法忍受，在一连串令人难以承受的打击下，雷运姣万念俱灰，只是因为一个偶然的因素，她自杀没有成功。

“死”过一次之后，雷运姣终于“认命”了，结婚，生子，雷运姣成了一个地地道道的农村妇女。

1978年，幸运之神不期而至。雷运姣被“落实政策”回城并安排了工作，端上了铁饭碗。在许多人眼里，这已经是非常理想的归宿了。但在国家“让一部分人先富起来”的政策感召下，雷运姣却做出了一个令人震惊的决定：放弃铁饭碗干个体户。1981年，她在祁阳最有名的“金凤服装店”的隔壁开了家“姣姣时装店”。经过几年的拼搏，她率先富了起来，成为远近闻名的女强人。

一语惊醒梦中人

这时，一位贵人的出现再次改变了雷运姣的人生轨迹。她家的隔壁住着一位从湖南师大退休的教授，他很欣赏雷运姣的创业精神，他对雷运姣说：你不能只满足于干企业，赚钱，要注重培养两个孩子。赚钱再多，存在银行里，只是死银行；你应当多花点时间跟孩子沟通，培养孩子成才，那才是活银行。

一语惊醒梦中人。雷运姣想起父亲对自己的期望和对自己的教诲，决心运用自己的聪明智慧，把两个孩子培养成人、成才。她找来《父母必读》仔细研读和琢磨，运用书上的方式方法教育孩子。

雷运姣懂得，教育孩子，学习尚在其次，首先要教会他们做人。她记得父亲说过：三岁看七岁，七岁看十八。过了十八如果没有养成好的脾气、好的品格，再培养就很难了。她还深知，做人不止是一辈子的事。一个家庭中，好的家风上传下沿，代代相传。尤其是孝道，就好比是一棵大树的根，家庭教育就是土壤，孩子是树，孩子是栋梁之材还是朽木之材，取决于根

有多深，土有多厚。有厚土才能扎下根，土壤中营养丰富才能长成参天大树。

教子有方

雷运姣教育孩子“奖罚分明”：奖是旅游，罚是必不可少的体罚。她认为，从不打骂孩子未必是最好的教育方法。成人犯法有法律的惩戒，孩子做了错事，也得有个约束。当然，打孩子是迫不得已，是为让孩子记住，所以她与孩子约定：第一次不打，而是记在账上；第二次仍然不打，但孩子要写检讨；第三次再犯错，那就要挨打了。同时她还有个“三不打”的原则：一是白天不能打，因为白天工作忙火气大容易打过火；二是脑袋不能打，打脑袋孩子会不聪明了；三是屁股不能打，打屁股孩子会心理灰暗。她惩罚孩子的方式是给孩子刮痧，不但惩罚了孩子，还出火治感冒。

在雷运姣保留的检讨书中，有一篇是儿子写的关于吃西瓜的。有一次雷运姣的妹妹带着孩子来了，雷运姣领着儿子去买了一个大西瓜，西瓜很大，儿子是扛在肩头扛回家的。雷运姣和妹妹有事外出，三个孩子在家里玩累了，把西瓜切开吃，西瓜很甜，吃了一半不过瘾，忍不住嘴馋把另一半西瓜也吃完了。雷运姣回来一看，很生气，批评了儿子，让儿子写检讨。妹妹说，一个西瓜，孩子吃了就吃了呗，又不是什么大事。雷运姣说：这可不是小事，不论吃什么，应当先想到老人、父母。如果小时候不懂得孝敬父母，礼让别人，长大也不懂得热爱社会、关爱他人。

雷大妈的奖励方式也很特殊，她叫旅游奖励。当然，奖励也是有条件的，共三条：一、尊敬老师，遵守校纪班规不犯错

误；二、在家在学校都爱劳动；三、与成绩挂钩，进入班级前十名就有资格旅游，由妈妈安排，进入班级前三名有权自由选择旅游目的地。

在当时，不论是国家还是个人，都不算富裕，旅游的人很少，雷运姣舍得花大把的钱带孩子旅游，显得非常另类，非常超前。雷运姣带孩子旅游助学是为了培养孩子的综合能力：带孩子走出祁阳，看看外面的世界有多么宽广，让孩子开阔眼界，树立梦想，并为实现梦想去拼搏。

在旅游过程中，雷运姣一方面注重培养孩子参与社会交往的能力，出了家门，雷运姣除了掌管钱财外，什么都不管，排队买票、托运行李、买饭、办理住宿手续等等，都放手让孩子来做。另一方面，注重培养孩子的表达与写作能力。导游员讲了什么，要马上复述给她听；打听路、联系事项都要讲礼貌；一路上要尊敬老人，多交朋友，当天晚上还要记日记，写一篇作文。多年后，当孩子们一个个走进大学，回忆起当年妈妈带他们旅游的情景时，都觉得这些经历帮他们开阔了视野，增长了见识，收益多多。

雷运姣说：只学习，不玩耍，聪明的孩子也变傻。

当妈的智慧

在培养儿子的过程中，雷运姣也不是一帆风顺的，这时候就需要运用母亲的智慧。雷运姣的儿子读初二的时候，社会上读书无用论再度盛行：造原子弹的不如卖茶叶蛋的，拿手术刀的不如拿剃头刀的。这天，儿子跑回家说：妈，我不读书了，我要赚钱。雷运姣一愣，心里很着急，但脸上还是装着无所谓的样子，随口说：那好哇，你不读书，靠什么养活你自己？儿子说，我做生意呀，做生意就可以赚钱呀！见妈妈沉默，儿子振振有词地说：妈妈，你的文化不如爸爸多，但是你赚的钱照样比爸爸多。雷运姣说：我是没条件读书，但我通过自学，掌握了很多知识，才能办企业，赚到钱。见儿子还是坚持要做生意，雷运姣掏出40元钱给儿子，让他去做生意。儿子问：妈，我做什么生意呢？雷运姣说：我不管，是你自己要做生意的，就得靠自己选择，只要能养活你自己就行。儿子想想说：我去卖菜。他从城东的农贸市场买回红辣椒来卖。但是儿子不懂行情，买的是洒了水的辣椒，红彤彤的很好看。当天没卖完的，运回家，由于洒了水，一夜就烂掉了。事先他算得很好，买时多少钱一斤，卖多少钱一斤，扣除车费，可以挣到30元钱。结果，辛辛苦苦两天下来，只赚到一元五角钱。儿子明白了：妈妈，你同意我去做生意，不是让我赚钱。雷运姣抓住机会开导儿子说：我是想通过这事让你明白通过智力赚钱和通过体力赚钱的差别。生活是多层次的，你将来生活在哪一个层次，要靠你自己。

晴天霹雳

在她的精心呵护、教育和鼓励下，儿子在1991年考上了大学，三年后，女儿也考上了大学。多年的付出终于获得了丰硕的回报，她感到无比欣喜和骄傲。个体户女老板一双儿女都考上了大学，一时在县城传为美谈，雷运姣也很有些沾沾自喜。

这年暑假儿女开学后，家里有些冷清，雷运姣整理房间时，无意中发现了儿子一本敞开的日记本，那一页上正好是写妈妈的，仿佛是有意让她看的。儿子在日记中首先赞扬了妈妈吃苦耐劳、勤俭持家的优良品德，说没有妈妈的辛劳就没有这三层楼房的小康之家，他和妹妹也不可能每年去旅游，也不可能双双考上大学。看得雷运姣心花怒放。可儿子的日记接下来笔锋一转，说妈妈没有文化，性子急躁，心胸狭窄，与爸爸吵架时“尖喊鬼叫”；又说妈妈多年开店带学徒养成了高高在上的“土皇帝性格”，只是用命令式的口气要求他，母子之间没有平等的交流，说他在这样的家庭中“毫无希望”，并形象地描写他内心的孤独和苦闷“像茫茫原野中走着的一只孤独的狼”……仿佛晴天一声霹雳，雷运姣惊呆了，她不相信自己的眼睛，不相信这是她呕心沥血养育和培养出来的儿子写的。可一切都千真万确。她眼一晕，日记本掉到了地上。

这一打击不亚于唐山大地震，她倒在床上哭了两天两夜，不吃也不喝。本来她认为自己是一个成功的母亲，没想到在儿子心中还是“不合格”。她接受不了这一残酷的现实，她想不通为什么自己如此的付出儿子竟然“不领情”。经过两天两夜的思想斗争，她开始认真思考自己在儿子日记中的形象。她认识到与儿女在心灵上平等交流的重要性，认识到对儿女仅仅有爱和物质上的支持是不够的。

儿子的日记复苏了埋在她心中三十多年的一个梦。她又一次做出了一个令人震惊的决定：把门店租出去，开始读书，考大学！

求学之路

雷运娇最大的特点是：只要她下定决心要做的事，就什么力量也阻挡不住。

好好的店不开了，大把的钱不挣了，快做奶奶了却混在一群十二三岁的孩子中间读初中，家人不理解，外人嘲笑，孩子们觉得别扭，许多老师也觉得不太像回事，连她女儿都说：“妈，你还上什么学呀，我教你都绰绰有余！”这些对雷运姣来说还算不了什么，真正的困难是年纪大了，记忆力明显衰退，孩子们读几遍就背过的公式，她费了好大的劲才背过，睡一觉，第二天醒来又忘了。但这一切都难不倒雷运姣。乡下那十年多么难，差点自杀了，不也挺过来了吗？白手开店多么难，不也成功了吗？再想想三十多年前自己被迫辍学时痛不欲生的心情，眼前的困难又算得了什么呢？背不过她就抄，一遍不行两遍、三遍，早起晚睡，不懂就问，问老师，也问比自己孩子还小的"同学"。总之她拿出开店的劲头，克服了常人难以想象的困难，终于找到了适合自己的学习方式。从初中到高中再到考大学，八年来每次考试她都及格，从来没有补考过。

梦想成真

经过几年寒窗苦读，功夫不负有心人，雷大妈终于以优异的成绩考入了湖南涉外经济学院，成为一名名副其实的大学生，实现了自己埋在心里三十年的梦想。在她拿到大学录取通知书的那一天，全家就像过节一样，几个孩子为他们的妈妈举办了一场隆重的庆功宴，全家人别提多高兴了。

雷大妈开心屋

与其他人不同的是，雷运姣毕竟是位母亲，在求学过程中，她还在学校开办了"开心屋"，与5000多名学生谈心交朋友，改变了许多孩子的人生轨迹。

读初中时，有一天她看见班主任批评一个打架的男学生，这个学生不吭声，可从他斜视老师、拳头紧攥的神情动作可以看出他恨老师。雷运姣吃了一惊：这怎么行？怎么可以这样？她为这个学生的前途担忧，出于母爱，她主动找他谈心，但遭到冷落，雷运姣不灰心，又多次找他谈心，并把她与儿子交流的信拿给他看，终于感化了这个学生，使他改变了破罐子破摔的想法，从调皮捣蛋的学生变成了优秀的学生，这个学生的转变感动了全班并带动了全校，成为学校后进学生转变的典型。毕业后这个学生顺利地考上了高中，2002年又考上了重点大学。

1999年9月，雷运姣被省重点高中祁阳一中破格录取。不久，一个高二男生因为学习成绩差、心理负担重而跳河自杀。雷运姣虽然不认识这个孩子，却伤心得哭了很长时间，她哭父母培养孩子的艰辛，哭她自己20岁时自杀的经历。由这件事她又想起了上初中时帮助过的那个男孩儿，她决定用母爱义务为学生服务，创办了排解忧愁的“雷大姐开心屋”，开辟了学校思想政治教育的新天地。她考入湖南涉外经济学院后，“开心屋”也进了大学，只是名字改成了“雷大妈开心屋”，五年中，找她心理咨询和写信求助的学生已有5000多人。在与成百上千青少年的谈心中，她越来越感觉到青少年出问题的根子之一是母亲教育不得法。母亲是承上孝敬老人、启下教育孩子的桥梁，必须要树立母亲既是为国家教育孩子、又是为自己晚年幸福打好坚实基础的目标去提高自身的素质。要成为新时代的合格母亲要学习，要成为孩子们的良师益友更要学习。母亲的素质先提高了才能提高孩子的综合素质。家庭是社会的细胞，有了健全的细胞，才会有一个健全的社会乃至健全强盛的国家。雷运姣说：很多母亲自己舍不得吃而买好东西给儿女吃，自己舍不得穿好衣服却买名牌给孩子穿，以为这样无私地培养孩子，孩子就会成才。现实却是越是被宠爱的孩子越容易学坏，孩子没有付出自己的爱就不会珍惜得到的爱，所以母爱要分为三份：

首先给自己的事业一份爱。人必须有自己的事业和追求支撑着，精神才不会松垮。做母亲的千万不要把自己磨成汁喂养儿女、榨成油滋润丈夫而了此一生，做母亲的应该用不断的追求和创新意识去体现自己的闪光点，只有这样才会使自己精神充实而成为孩子进步的动力和榜样。

第二份爱是给家人。尊老爱幼是中华民族的传统美德，我三十多年孝敬公婆、与他们和睦相处的行为已潜移默化转变为儿女孝敬我的行为。给丈夫的爱要讲究技巧，给孩子的关爱不能太多。同样是十月怀胎做母亲，付出了同等的心血，仅仅是因为做父母的缺乏正确的教育方法，孩子的成长就有天壤之别。

第三份爱是给自己。前年我与妇联在农村办"母亲学校"教育时，一个妇女来投诉，她说她把家中仅有的六个鸡蛋煮熟了给丈夫和孩子吃。婆母骂她刻薄老人，她觉得委屈而吵架，她说自己也没有吃，全部给你的儿子孙子吃了。她认为做母亲的天经地义就不应该吃好东西。我听她诉说后对她说："你和老人就不应该补身体吗？种瓜得瓜，种豆得豆，你从不教育孩子孝敬长辈，他今后会孝敬你吗？他没有爱心他的家庭也不会幸福，到那时你会更伤心。"所以我认为各位父母要树立自我保护意识，在家注意营养搭配不要只拣剩菜剩饭吃，父母身体健康是对儿女的最大支持。

经过反复思考，雷运姣向省、地、县三级妇联提出，由她创办没有校址、不收费、流动的"母亲学校"。她的想法得到了各级妇联的大力支持和社会各界的欢迎，如今，她的足迹遍布大半个中国，为大、中、小学、厂矿机关、农村做了数百场次的德育报告和70多场"母亲学校"讲演，几十万学生和家长受到教益。全国妇联授予她"中国十大杰出母亲"称号。

感悟与思考

“人活的就是个精气神！”雷大妈的经历不可谓不坎坷，但是听她的讲述却又是那么振奋，她的乐观和坚韧足以影响她周围的所有人。

在我们身边，“我为孩子，为这个家放弃了……可是他们为什么要这样对待我？”之类的抱怨不绝于耳，雷大妈的“三分天下留其二”的母爱应该是每一个已经是母亲和即将做母亲的女人的“真经”。女人必须首先要爱自己，首先保证自己的健康才能有体力相夫教子；有快乐愉悦的心情才能去经营和睦温馨的家庭；有整洁得体的妆容才是女人最起码的尊严；有一份自己热爱并全力追求的事业才会给孩子积极向上的动力和榜样……当我们具备了这些之后才能给老人送上拳拳孝心，给丈夫送上盈盈爱心，给孩子送上充盈丰富又理性智慧的母爱。所以说一位好母亲胜过一所好学校，母亲的身教不仅关乎爱，更关乎品质、性格的养成，它无所不包，浑然天成！

中国的传统文化让我们的女性学会了隐忍、忘我、奉献。为了孩子、为了家庭可以没有自我、不要工作、放弃追求自我幸福的机会，甚至可以放弃生命。这是中国女性的伟大还是悲哀呢？爱别人就必须以放弃爱自己做代价吗？我们的爱就必须这么沉重吗？

快乐妈妈读书会

庄汝伟是来自河南驻马店市的"快乐妈妈"。30多年前，她是一位普通工人；而今天，她的足迹遍布大江南北，演讲近千场，成为家庭教育专家。是什么力量使她不断挑战自我、刻苦自学，实现了从工人、公务员、律师、企业文化顾问，最终到教育专家的跨越呢？

这，得从她的女儿佳佳说起。

女儿的"意外"成才令她深刻反思

做了母亲之后，庄汝伟对女儿疼爱有加，一心要把女儿抚养好教育好。为此她下了不少功夫，看各种各样的教育书籍，听形形色色的专家讲座。尽管如此，在女儿成长过程中，她还是犯过一些"无可挽回的错误"。比如说，女儿小时候，摔倒了就会磕着脑门儿、鼻子，磕得头破血流，而别人家的孩子，摔倒时手就摁在地上，摔不着脑门和鼻子。这是为什么呢？找了很多书最后才发现，原来是因为女儿没有爬的经历，会走路太早了。当时她还觉得很自豪呢。现在看了书才知道，爬，对一个孩子的成长非常重要，孩子四肢的协调能力、平衡能力、空间的方位感、甚至长大学习，都与爬有着密切的关系！

另一个错误，就更严重了些。

佳佳读小学的时候聪明伶俐，成绩很好。但从初中开始就严重偏科，文科很好，理科很差，特别是数学，成绩总是上不去。庄汝伟觉得孩子数学不好不怪孩子，而是怪自己。因为自己就没学多少数学，没把数学细胞遗传给女儿。于是她鼓励女儿：没关系，不怪你，好好努力吧。在妈妈的鼓励和肯定下，女儿不管考多少分，自信心还在，学习兴趣还在。但高考是无情的，由于数学不好，女儿落榜了，只考进一所中专。

后来，一个偶然的机会，佳佳到国外就读。没想到的是，出国以后佳佳居然学了金融，而且门门功课全优，提前一年毕业，在澳大利亚一个金融机构获得一个很好的职位。一个数学不好的孩子，怎么还会金融课程门门都是优呢？这一下，庄汝伟彻底读不懂女儿了。女儿对她说，国外的教师告诉她：你不是数学不好，你是计算不准。计算不准没关系，有计算器。听老师这么一说，女儿一下放下了背了十几年的对数学恐惧的包袱，轻装上阵，数学成绩一路扶摇直上。第二年，老师又对她说：数学不仅仅是计算，还要用逻辑思维来分析问题和解决问题。佳佳一听更高兴了，因为分析问题解决问题是她的强项。从恐惧到喜欢，佳佳的潜能像火山一样迸发了出来。

在国内用母语学数学，学得一塌糊涂；到国外用英语学数学，居然门门功课全优，提前一年毕业！这巨大的反差令庄汝伟深深反思：自己一直觉得是在鼓励孩子、肯定孩子，“我们佳佳除了数学不好，哪儿都好。”自己以为是在给女儿自信，实际上自己一直在对女儿进行一个负面的强化——数学不好。这样就压制了女儿的潜能。

为众多妈妈排忧解难，成立快乐妈妈读书会

女儿的成才令许多朋友羡慕不已，特别是那些看着佳佳长大的朋友问：你是怎么教育孩子的？你家孩子为什么越来越好？当时没看出来有多好啊，没看出比我们家孩子好多少呀？庄女士十分理解其他妈妈的困惑，她总是有问必答，尽可能满足对方的需求。但是一传十十传百，来询问的越来越多，上门的，打电话的，发邮件的，庄汝伟很有些应付不过来。而且，一个孩子成功的经验，不可以在另一个孩子身上复制。佳佳是由于一个偶然的事件促成了后来的结果，用在别的孩子身上，不一定灵。那怎么办呢？怎么更好地帮助这么多焦虑和困惑中的妈妈呢？她想，教育一定是有规律的，而规律则是适用

于大多数孩子的。于是，她就想寻找教育的规律，寻找一个教育的平台，寻找一群志同道合的朋友，一起来做这件事情。从此，庄汝伟就为那些因为孩子而苦恼而不快乐的父母忙碌起来了。在社区、在学校，到处都能见到她给家长作报告、和父母搞座谈的身影。2007年，在当地妇联的支持下，“快乐妈妈家庭教育指导中心”成立了。在她的指导方案中，第一项工作就是要帮助家长们进行自我审视，找到自己教育孩子存在的问题和误区。

为什么叫“快乐妈妈”？庄汝伟说，因为她看到很多妈妈太不快乐、太痛苦了。实际上，从自己的体验来说，父母给了孩子生命，孩子则给了父母人生的智慧。如果没有佳佳，自己可能还是一个工厂职工，现在也许早就下岗了吧。正是因为有了孩子，有了做母亲的这份责任，促使自己开始学习、思考、探索、进取，一直坚持了几十年，才走到了今天。那么，自己是这样走过来的，别的妈妈可不可以呢？应当是可以的。如果我们在教育孩子中遇到问题，没有办法解决的时候，一定是我们自己的能量不够了，需要充电了。这个充电就是学习。通过学习，找到解决问题的办法，孩子健康成长，妈妈也从中得到快乐，与孩子一起快乐成长。做妈妈本来就应当是快乐的，所以她选择了“快乐妈妈”来搭建这个平台。

我们通常在教育孩子上存在的误区

那么，在庄汝伟女士看来，一般父母在对孩子的教育上，存在哪些误区呢？

一、爱的错位。

爱孩子的身体，忽略了孩子的心灵。如果孩子中午没吃饭，做妈妈的肯定会心神不宁。但是如果孩子心灵出了毛病，他眉头有结、耷拉着脑袋，做母亲的就没有注意到，更不知道为什么。

爱分数胜过爱孩子。很多家长自从孩子上学开始，就爱分数。关注孩子的分数，有时甚至超过爱孩子。有个孩子告诉我：我考80分的时候，回到家里是女子单打，考70分的时候是男子单打，考60分的时候就是男女混合双打，考不及格我就没办法活了。

把孩子当作私有财产来爱。

以上三条都是爱的错位。如果骨骼错位了，是骨折，会非常非常疼痛。爱的错位，会给两代人带来非常大的痛苦。

有一次，一个12岁的男孩考了倒数第一。爸爸听说了以后怒火冲天，回家一看，孩子居然在看电视！他气冲冲地说：你还有脸看电视！同样是12岁的男孩，人家考第一，你考倒数第一，难道你就没有一点羞耻心吗？你把老爸的脸都丢尽了，你知道不知道啊？孩子说：爸爸，你看看电视再说。爸爸说：什么？看电视？电视有什么好看的？还看！

孩子就说：爸，你看那是谁？

那不是奥巴马吗？奥巴马有什么好看的？

孩子说：爸爸，同样是46岁的男人，奥巴马都当美国总统了，你为什么还是一个小职员呢？

这个小故事其实蕴含着一个大道理：当你在拿自己的孩子跟人家的孩子比较之前，不妨拿自己跟人家父母比一比。

父母与孩子的关系非常重要。常言道，父亲是山，母亲是水，青山绿水出秀人。庄女士多年来从事家庭教育，跟踪调查了上千个家庭，发现了一个规律：一个和谐的家庭，一对优秀的父母，认真学习的父母，才能培养出好孩子。

二、教育上的误区。

第一是比。老拿自己的孩子跟人家比。

第二是逼。逼的结果不但没有提高孩子的成绩，反而破坏了孩子的学习兴趣，导致孩子痛恨学习、恐惧学习。

第三是说。家长喜欢给孩子讲道理，唠唠叨叨，苦口婆心，张口闭口为你好，孩子受不了，家长就抱怨孩子不听话。其实是我们家长说的话不中听，是家长没有研究教育的规律，你说话没有说到孩子心里去，他自然是不爱听。

第四是打。孩子小的时候家长往往敢打，打着打着孩子长高了，打不过了。孩子到了青春期，你再打，就发现这孩子眼神都不对了，像刘胡兰，宁死不屈了。

第五是替。现在的爸爸妈妈、爷爷奶奶太爱孩子了，恨不得替孩子干完所有的事。替他收拾书包，替他穿衣服，甚至长到十七八岁，还替他把饭端到他嘴旁边。什么事都替他干完了，这孩子也就被彻底毁掉了。他就像一只小鸟，你把他关在笼子里，然后你把他的翅膀给捆起来。等到他长大了，你把他放出去：去飞啊，赶快去飞啊！那孩子一头栽到地上，你再责备他：怎么这么笨！为什么不会飞？不让孩子干任何活，不让他动手，不光是影响了他大脑的发育、四肢的协调，更影响了他成为一个独立的人。所以，真爱孩子的爸爸妈妈，一定要给孩子一个空间让他成长，一定要让他帮你干点活，那才是最爱你的孩子。

诀窍：把自己的孩子当别人的孩子来教

有很多人，其中相当一部分是教师，很困惑很急切：庄老师，我能把别人的孩子培养好，为什么就培养不好自己的孩子呢？我能跟别人家的孩子很好地沟通，为什么跟自己的孩子就没有办法沟通呢？

庄女士的分析是：第一，是一种职业习惯、职业病。当教师的见了很多孩子，所以总喜欢拿班上最好的孩子的优点，跟自己孩子的缺点比。越比，双方就越难以接受。这实际上是陷入了刚刚讲过的五大误区之一。第二，上班的时候已经够累了，面对那么多不同的孩子，你能耐下心来做思想工作，回到家里想放松一下，这时在面对自己的孩子时可能就会比较急躁、粗暴，没有那份耐心了。解决的办法其实也很简单：把对别人的孩子的那份爱，用到你自己孩子身上，你把自己的孩子当成别人家的孩子来教就可以了。

没有门槛的
“快乐妈妈读书会”

为了让众多皱着眉头的母亲尽快地快乐起来，庄女士在当地成立了一个“快乐妈妈读书会”。她认为，只有父母好好学习，孩子才能天天向上，而学习的最好方法就是读书。她说：快乐是我们的目的，所有的人都想快乐，妈妈们都希望自己的孩子一生幸福快乐。有了快乐的妈妈，才有快乐的孩子，妈妈是责任人。怎么做到妈妈和孩子都快乐呢？最好的办法是读书。要做一个卓越的妈妈，就读书吧。大家一起读书，一起快乐。

那么，读什么书呢？庄女士建议，就读王东华的《发现母亲》、周弘的《赏识你的孩子》，还有《三字经》、《弟子规》等传统文化精粹，还可以观看山东电视台《天下父母》节目光盘。庄女士说：《天下父母》的节目，宣传亲情孝道，让孩子懂得感恩。特别是《学会怎样做父母》系列节目，很有针对性，是很好的家教教材。

说到“快乐妈妈读书会”，庄女士讲了这样一个故事。有一位46岁的下岗职工，在家里闲着，庄女士请她来当助手。但她到读书会上看了一会儿，就不想干了。问她为什么，她说我不爱读书，从小，妈妈逼我读了那么多年的书，我痛恨死读书了。庄女士说你不爱读书就在我们这儿玩嘛。结果这位女士跟着玩了一阵，慢慢发现大家读的都是“好书”，感叹地说：这么多好书我怎么都没有读过啊！前半辈子真的是白活了！就这样，她成为“快乐妈妈读书会”的积极分子。

“读书会”没有门槛，你不愿意读书不要紧，那就来听吧。如果不愿意听，还可以看光碟。总之只要你来，总有一款适合你，而且用不了多久你就会被打动，会开始反思：噢，搞了半天是我错了。于是这位妈妈就会开始改变，一步一个台阶地成长。

金钥匙：对孩子微笑，读好书，听音乐，学《弟子规》

妈妈的进步，直接促使了孩子的转变。

有一个读高二的孩子，学习压力很大。爸爸妈妈来找庄女士的时候泪流满面地说：他们的孩子得了抑郁症，吃药吃了整整一年，没有见什么效果。有一天妈妈给孩子整理书包，发现孩子在本子里写着活着真没意思、不想活了之类的话。这对父母哭着说：庄老师，我们不让他高考了。他考多少分都无所谓了，只要他好好地活着，我们就谢天谢地了。

庄女士耐心地帮他们分析后说：你们首先要做的是改变

自己，孩子一进门看见你那张苦瓜脸，就会觉得自己肯定是不行了。与其为孩子担心，不如给孩子信心。她建议他们把孩子接回家住，给孩子创造一个温馨的环境，包括父母的脸上总挂着真诚的微笑，家里总放着轻松的音乐，还与孩子一起学习《弟子规》。孩子有什么问题，及时沟通，学习上也不给孩子压力。带着这几把金钥匙，这对父母将信将疑地回了家。一个月之后，父亲打电话来报告：孩子会笑了。两个月后又报告：孩子不吃药了。三个月后的报告是：孩子的成绩提高了50名。

做父母要持证上岗

庄女士说：为人父母是天底下最让人费尽心血的一个职业，因为从孩子出生的那天起这个职业将会伴你终生；为人父母也是天底下最重要的职业，因为孩子的教育不能重来，耽误了几年，也许就会误了孩子的一生。在各行各业都要持证上岗的今天，爸爸妈妈这个职业也应当“持证上岗”才对。绝对不能因为你生了孩子，就理所当然地成了合格的爸爸妈妈，必须进行学习，“领证”，而且最好是在决定生孩子之前就先接受培训。当然，这个“证”也许只是一个象征，我们在这里强调的是父母要好好学习。随着孩子的成长，爸爸妈妈要和孩子一起学习、成长。

感悟与思考

生命有它自己最经济最省力的形式。正如庄女士所发现的，“爬”是行走的前期训练，是生命以后灵活动作的最经济形式；妈妈“处心积虑”的鼓励与引导，却让女儿陷进了一个更深的成长误区。或许我们在教育孩子的问题上，已经不知不觉中为孩子的成长掘了陷阱。幸而，生命有很强韧的调适能力。当庄女士把“快乐妈妈读书会”的门槛放到最低，她已经把更多快乐成长的种子播撒出去。

以爱的智慧，给生命更多的阳光。世界因为幸福的孩子而有了幸福的明天，世上最伟大的事业就是引导孩子走出一条洒满阳光的路。让生命美丽、和谐地走过，是今世的理想也是人们来世的渴望。也许，只有放下流俗的理解，关切、尊重地走进孩子的世界，以爱心与智慧发现生命的真正期待，我们才能真正走入其乐融融、洒满阳光的生命旅程。

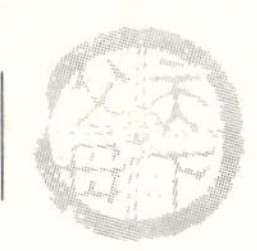

千万富婆签订协议，不把财产留给孩子

改革开放以来，有许多人通过勤奋劳动或合法经营率先致富。这是好事，但家境富裕之后如何教育孩子，又成为这些家庭的新课题。无须讳言，社会上已经出现了一些所谓的新贵人家的纨绔子弟。他们花天酒地，不思进取，甚至飚车伤人违法犯罪。读一下这位千万富婆与儿女签订财产协议的故事，也许对这些孩子及其父母不无益处。

风波骤起

如果你有数以千万计的家产，你将会如何处置？

财产数千万的四川富婆冉敬芳决定与儿女们签订这样一份《家庭财产继承协议》：

1. 五个子女中，如果谁愿意读书以及深造，父母必须全力支持。

2. 五个子女中，如果谁自动放弃读书，就必须踏入社会就业，未满16周岁的必须在家参加劳动，家长不做任何经济上的援助。

3. 子女就业，家长可以给予一些建议、指导等，但不给予任何经济上的支持。

4. 子女将来耍朋友（按：即谈恋爱）时，必须先出示此《家庭协议》给对方看，表明自己没有权利继承父母的财产。父母对子女的婚姻，只有建议权，没有决定权。

5. 父母的财产以及遗产只能由父母支配，任何子女没有权利过问和干涉。

协议一出，立即在家内外引起一场风波，她也成了新闻人物，因为这实际上是一份不许儿女们继承家庭财产的协议。巨额资产和家族企业将来不留给儿女，又留给谁呢？孩子们说，继承家庭财产是法律规定的权利，凭什么不让我们继承？不给我们给谁？社会上的人说：咱们辛辛苦苦一辈子，不就是为了儿女们吗，千万家产不给儿女，这富婆真是疯了……

10岁的冉敬芳靠一条腿，顽强地支撑着一个家

1966年，冉敬芳出生在重庆合川县一个极其贫穷、闭塞的山区家庭。从她记事起，就跟着父母讨饭为生。1976年，10岁的她在资阳要饭时，随父亲爬火车，父亲爬上去了，她爬时，正巧火车摘钩，咣当一声，两节车厢分开了。父亲的一节向后，她扒住的一节向前。而她还没爬上去，车一开，她差点掉下来，左脚拖到了车轨上。就这样一直拖出数千米，把大半条腿和脚拖得烂糊糊的。幸亏一些好心人的救助，她才保住一条命，却从此失去了一条腿，成了残疾人。尽管只有10岁，又断了一只腿，可生性要强的冉敬芳还是把家庭重担担了起来，包括家里的地，都要她自己去种。种玉米的时候，她一条腿没办法往田里挑粪，就与别人换工，请别人帮她挑粪，才把玉米种到地里去。一只脚插秧也非常地艰难。冬天更痛苦，那条断了的腿冬天特别怕冷。幸存的一只脚又赤着，一天到晚一跳一跳的，冻得通红，而那只半截的，冻得长了冻疮，整天流黄水。每个冬天都是这样，整整度过了8年。除了种地，一条腿的她还给人家织毛衣、缝锅盖、打草鞋，维持着整个家庭的生计。

18岁去安假肢，逼出一条致富路

1984年8月9日，是冉敬芳18岁的生日。那天，冉敬芳背着几十斤粗杂粮，带着借来的100元钱，到重庆假肢厂安装假肢。交了90元钱以后，厂方让她等15天取货。除去到重庆的5元车费，借来的100元钱只剩5元。

5元钱，如何能生存半个月？万般无奈之下，她照葫芦画瓢，就近跟着人家学做生意。第一天，卖了6只卤鸡，竟赚了8块钱。当时的8块钱可不是小数目，冉敬芳太高兴了。第二天又去进了8只鸡，赚了12块钱。到半个月假肢做出来时，她已经赚了100多块钱了，把借的钱全赚回来了。从此，冉敬芳走上了做生意的路。刚开始做生意，她要求不高：这辈子能存1000块钱就心满意足了。结果只用了一个多月，就实现了这个目标。

结婚后，冉敬芳开始在重庆做卤菜生意，随后批发牛肉、牛皮。生意兴隆了，婚姻却出现了问题。冉敬芳与丈夫离婚，三个孩子归她抚养。

2000年，离婚后的冉敬芳与蒋长春组建了一个新的家庭。自己的三个孩子，加上丈夫的两个孩子，组成了七口之家的大家庭。

2003年春节期间，冉敬芳萌生了向子女们提出不许他们继承家产的问题协议。5月召开家庭会议，出台了协议文本。

孩子们无法接受，大女儿最委屈

对于这份不让孩子继承家产的协议，反应最强烈的是冉敬芳的三个亲生孩子——张敏、张兰英和张远洋。

大女儿张敏最委屈：“母亲难道忘了我四五岁就为她分担家务，做生意时我跟着她受苦，也忘了她做批发牛皮生意失败后，我的懂事和体贴！”

那是1995年，重庆连下了几天暴雨，把冉敬芳存放牛皮的仓库淹了。牛皮浸水后腐烂卖不出去，那次赔得家里连饭都吃不上。张敏就把自己的零花钱拿出来买菜。当时冉敬芳接过钱愧疚地对她说：“我一定要让你们姐弟像其他有钱人家的孩子一样，过上衣食无忧的生活。”

之后，凭着坚强的毅力和良好的信誉，冉敬芳重新杀回批发牛皮行业，并在广安兴建了肉牛养殖场。张敏的弟弟妹妹随母亲到广安读书，留下她一人在重庆度过了一个最冷的冬天：孤孤单单地自己照顾自己，每天得坐半小时的车到学校上学，晚上9点钟才回到冰冷的家里。

直到读高三时，母亲才把张敏接到广安。谁知只过了短短一年，母亲就把这份财产不继承协议摆在了她面前，还说她“最喜欢跟妈妈受过苦的张敏”，叫张敏帮她做弟弟妹妹的工作呢。

而小儿子张远洋从小自恃家庭条件优越，又是唯一的亲生儿子，从没把学习放在心上：反正妈妈有钱，可以花高价读好学校、上大学，干想干的工作。没想到母亲的这份财产不继承协议，击碎了他的美好幻想，他甚至想自杀。

协议的出台还引起了儿女们的相互埋怨和猜忌。张敏三姐弟百思不得其解地猜测：这是针对继父带来的那两个孩子。他们随即把矛头指向蒋军、蒋丽两兄妹：你们家原来很穷，现在却到我们家来享受，在学校显摆家里有钱，现在连累我们……把蒋丽说得哇哇大哭。蒋军和蒋丽两人也认为：冉敬芳的这份协议是专门针对他们的。继母的财产不继承协议，导致来自两家的异姓孩子闹矛盾。为表明自己对继母的财产无非分之想，犟脾气的蒋军决定初中毕业后去参军。

母亲剖心，女儿流泪

子女对财产不继承协议的抵触情绪，冉敬芳早有察觉。她分头找他们谈话，了解孩子们的真实想法：同意就签字，不同意就不签。结果，他们都不吭声。

尽管在母亲的劝说下，五姐弟的关系表面趋于缓和，但他们仍拒绝签字。直到有一天，张敏无意间发现了母亲的一个秘密，才使五个孩子对母亲的这份财产不继承协议有了新的认识。

张敏在母亲房间里看到一张《四川法制报》，当时就哭了：报上登着母亲那段不曾向他们透露过的往事。成了残疾人的冉敬芳，小学没读完就辍学了。她躲在家里哭了一阵后，开始重新面对现实。她努力练习走路，逼迫自己用一只脚跳着插秧、打谷子。正常人能做到的，她都要求自己尽力做到。生意上她也不是一帆风顺，而是三次失败三次东山再起，摸爬滚打了20年后，才拥有了上千万资产。

没想到母亲残疾右腿的背后竟然有一段艰苦创业的故事，张敏想和母亲好好聊聊。这是她在母亲提出签订财产不继承协议后，第一次主动和母亲坐在一起。冉敬芳趁此机会说了自己的经历，还把残腿解开给女儿看。冉敬芳创业初期劳碌奔波，装着假肢的腿常被摩擦得血肉模糊。她用胶布、止血膏贴上继续奔忙，从不言退……

张敏终于明白了母亲跟他们五姐弟签订财产不继承协议的真正用意。得知母亲的故事后，弟妹们也都觉得妈妈了不起：母亲的腿不方便都能做出这么大的成绩，我们健康人应该比她做得更好。

同时，冉敬芳也对孩子们"各个击破"。她对小儿子张远洋说：如果自己没有真本事，即使当了总经理，也做不好。

2003年7月13日，经过近两个多月的磨合后，在张敏的带动下，其他四人终于同意在协议书上签字。

千万富婆的孩子们
春节上街擦皮鞋

协议的签订决不是一纸空文，而是立马见诸于行动：大女儿上高中时每月生活费是150元，而在北京读大学每月的生活费却只有300元；同样，还在读高中的妹妹的生活费也从每月的五六百元下降到300元。弟弟不读书了，在家待了一个月，一分钱的零花钱也没得到。

这还不算。

2004年春节前夕，冉敬芳对五个子女说："现在你们已经签了协议，春节就不发压岁钱了，你们自己去挣吧。"冉敬芳要孩子们自己想办法赚钱，"只要是在法律范围之内，都是可以的。"

五个孩子聚在一起，考虑了许多种挣钱的办法。后来，他们决定上街擦皮鞋。五个孩子向冉敬芳贷了200元钱，购买了擦皮鞋的工具，在冉敬芳开的"川王奇"中餐厅外面摆起了擦鞋摊。大年初一，他们清早5点就出门，直到傍晚6点多钟才收摊。手冻肿了，腰累得直不起来，手都是乌黑乌黑的。这样辛辛苦苦地干了两天，挣了600元钱，除掉还妈妈的200元贷款，每个人只分到了23块5毛钱。钱挣得太辛苦了，这是他们十多年成长中从未体验过的。

这次体验虽然只有短短两天，却使张兰英和蒋丽姐妹的生活态度发生了很大变化。张兰英说："挣钱不容易，用钱晓得节约了。我们原来出门都是打的，觉得花不了多少钱。现在不了，我们现在能走路就走路，尽量不打的。"

蒋丽说："靠体力和手艺挣钱还是不容易，努力学习考大学，以后出来也许好一点。"

就是要让孩子体验老板与打工仔的差异有多大

暑假，冉敬芳又让孩子们在公司的餐厅里打工。中午吃饭的时候，孩子们跟员工们一样，去吃白米饭和咸菜。而冉敬芳在另一个餐桌上，吃的是鲫鱼、海鲜什么的。有餐厅的服务员说：冉总，让他们到这边来吃吧？冉敬芳说：不，他们在打工，就应该与员工一起吃工作餐。孩子们本来看到妈妈在就近的一个桌上吃好的心里就不是滋味，听到妈妈这样说，心里特别难受，眼泪一下子就流下来，像断了线的珠子流到了饭里。

孩子们的眼泪，冉敬芳并非没有看见，更不是不心疼，可她却不改初衷。她说："我就是要让孩子体验打工的感觉，体验老板与打工仔的差异有多么大！"

合约签订后，五个子女在学习和工作上发生了翻天覆地的变化。五姐弟间也彻底消除了长久以来的猜疑和误解，关系变得越来越融洽。他们生活节俭，学习勤奋，工作努力。同时，他们对未来也有了新的打算：2004年，张敏考取了北京经贸学院，开始新的学校生活。她早起晚睡，刻苦学习，吃饭总是买最便宜的菜。"签了协议就没有退路了。"她说。她的新目标是努力争取公费留学。蒋军想当完兵后再考学，并且争取考到他喜欢的上海去，他也想有一番像妈妈这样的大事业。张远洋不愿意读书，现在在一个亲戚的厂里打工，从事的是他所喜欢的电脑维修与软件开发。他说等他有了本事，将首先为妈妈的企业开发几个适用的专用软件。由于是试用期，目前他没有工资，而且就住在亲戚家的盥洗室里。对此，他也没有怨言。他说：没签协议前很空虚，签了之后不再东想西想自杀的事了，只是专心工作，一步一步发展。

溺爱是害，两代人的惨痛
教训是冉敬芳心头永远的痛

去年暑假，孩子们还主动承包了一段路的土方回填。正是最热的那几天，他们挥汗如雨，手上起了血泡，皮也晒暴了。由于必须在两天内完成，他们累得筋疲力尽，最终挣了300元钱。

面对山东电视台《天下父母》的拍摄镜头，冉敬芳第一次说出了深藏在心底的隐情：溺爱就是害孩子。她之所以不让孩子继承遗产，恰恰是为了孩子们有一个好的将来。

她含着泪，诉说了他们家两代人血的惨痛教训。

冉敬芳的爷爷和奶奶生的孩子不少，但只有冉敬芳的父亲是男孩，也因此父亲备受冉敬芳爷爷奶奶的溺爱。结果他畸形成长，饭来张口，衣来伸手。从什么活也不用干，到什么活也不愿意干，到什么活也不会干，最后是什么也干不了，只好四处流浪、讨饭。也正因为这样，10岁的冉敬芳尽管残了一条腿，还得坚持着维持全家的生计。

时光流逝，就在冉敬芳的生意蒸蒸日上的时候，弟弟又开始困扰着她。从创业起弟弟就跟着她，在最难的时候，弟弟帮姐姐照看孩子打理生意，姐弟二人相互扶持走过了最艰难的日子。冉敬芳事业发达之后想，自己受了这么多的苦，无论如何不能叫弟弟再受苦了。所以对于弟弟她是有求必应，不管要求是否合理，一律满足。令她始料不及的是，弟弟竟然与父亲一样，变得四体不勤五谷不分，很懒惰；经常出去乱花钱，赌，嫖，花天酒地。当她意识到这样下去不行，会害了弟弟时，想约束弟弟已经来不及了。弟弟竟然拿着枪逼她给钱。她彻底绝望了，痛苦地断绝了与弟弟的一切来往。现在弟弟还是居无定

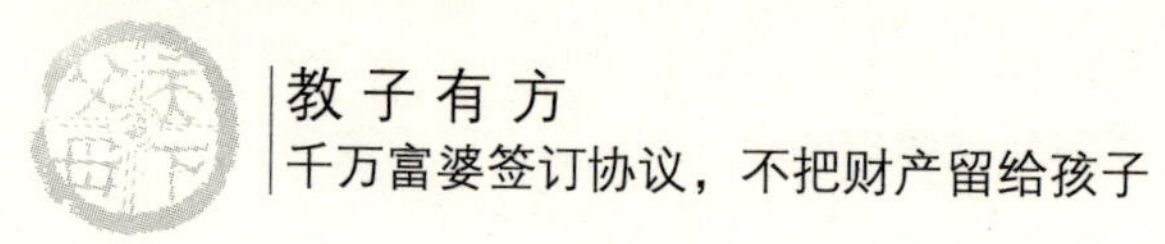

所，没有房子，没有孩子，没有老婆，一个人四处流浪。那情景，竟酷似当年的父亲……

并非绝情母亲，对子女还有“最后的安排”

冉敬芳说，等小儿子到了法定年龄，就将“家庭协议”拿去公证。她说：“我一个女人，只有小学文化，又只有一只脚，做到今天这一步，完全是靠自己的努力达到的。现在好多学生，在学校里攀比吃穿，还要名牌，好逸恶劳，我很看不惯。签订这样的家庭协议，就是要培养子女自食其力的能力。我一只脚能够走到今天这一步，他们好手好脚的，为什么不能？我的目的，是让我的娃娃们不能丢了我那种生活的精神！”

最近，冉敬芳对协议做了小小的修改：她盖了五间小屋，如果哪个孩子成年后不能自立，向她提出申请，她可以给这个孩子一间小屋，配备炊具，并且给他每月100元的生活费。

对自己的财产以后怎么处理，冉敬芳说：“我是一名残疾人，一只脚上山割过牛草，插过秧，干过所有的农活。20年来我起早贪黑地做生意，尝遍了人生的艰辛。对于财产的处理，将用来回馈社会，资助残疾人事业。”

感悟与思考

故事的主人公冉敬芳的成功来之不易。10岁就因意外而失去一条腿，18岁便开始凭自己的努力走上一条致富之路，这所有的一切都与其自身的意志和努力密不可分。不但如此，冉敬芳对儿女的教育方法更值得各位家长朋友深入思考。只是一味地付出、关爱甚至溺爱子女，并不会帮助子女取得成功。在教育子女的过程中，明智的教育方式是万万不可缺少的。

作为一位母亲，冉敬芳对儿女的教育是特别的。冉敬芳吸取了溺爱对父亲和弟弟的影响，虽然拥有千万财产，却下定决心设立协议不分家产给儿女。这一举动对儿女的影响是深远的。子女从开始的不理解到后来的接受这一现实，并且凭借自己的努力，无论在学业上还是工作中都取得了自己的成绩。

天下父母皆含辛茹苦，为了能让孩子有一个更好的明天，能有一个更高的起点而奋力打拼，我们的努力是真的将孩子送上了成功的捷径，还是剥夺了孩子体验的权利呢？

笨爸爸改弦易张把迟钝女儿教成书法奇才

自己没能实现的理想，就拼命让儿女实现；自己的缺点和弱势，最害怕遗传给子女——这是许多做父母者心中难以解开的一个结。当然，不论是望子成龙还是望女成凤，家长的心都是好的。然而不幸的是，许多家长心太切，结果却适得其反。

曾孺牛与女儿的故事，再次让我们警醒、反思。

曾家弱智儿，笑话闹出一箩筐

曾孺牛对于自己小时候的不够聪明，归咎于两个原因：一是因为爸爸妈妈忙于工作，刚生下来40天，就被送到成都，让一位姓黄的婆婆照看他。这位黄婆婆很忙，白天要出去买菜、做家务，小曾孺牛哭、闹她都不管，只是晚上回来喂他一点米糊。几个月以后，他小脑袋就耷拉下来了，面无表情，既不会哭也不会笑了。医生说，已经有点脑障碍了。二是6岁那年，跟小伙伴们爬上高墙看部队演练，下墙时小伙伴们都是脚先着地，他却是头先着地，摔伤了大脑，使本来就不够聪明的他更是雪上加霜。

叫他去买醋，他买回来的却是酱油。爸爸怒斥：再去买一瓶醋！若再错了，打断你的腿！他一路上念叨着：买醋，买醋，买醋。到了小铺，店主问他：小朋友，你念叨什么呀？他一紧张，又记不起买什么了。结果买回家的，又是一瓶酱油。

考试成绩差，回家也挨打。于是他以一块橡皮买通了班里第一名，抄了卷子，洋洋得意好几天。结果爸爸到学校查，老师却说没有他的卷子，而班里考第一名的，却有两份卷子。原来，曾孺牛连同学的姓名都抄上了。

他还曾穿着妈妈的花上衣到了学校，而且，鞋子是一只白色、一只黑色，结果被老师赶回家。

每次，爸爸对他的奖励都是“竹笋炒肉”——扒下他的裤子，用竹条使劲地打，直到皮开肉绽。他说，这是爸爸最愿意做，而他最不愿意吃的一道菜。

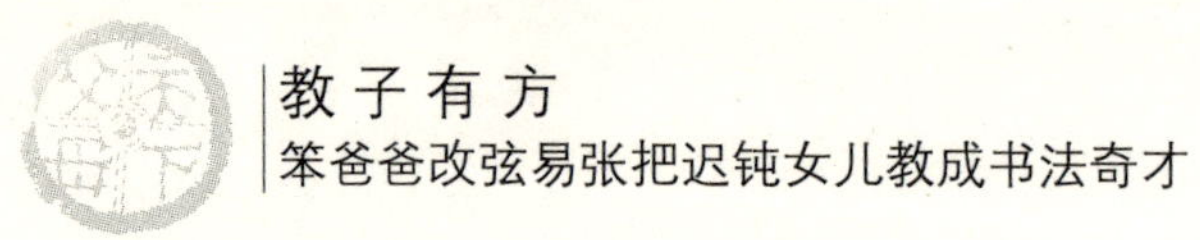

遭遇爱情，发奋练字

吃着爸爸的“竹笋炒肉”，伴着小伙伴们的讥笑，曾孺牛一天天长大了，尽管自卑，却也忍不住对异性的好奇和好感。这天，单位组织员工到海滩玩，因为没有泳装，他穿的是爸爸穿过的又肥又大的内裤。一个并不算大的浪打过来，内裤就不翼而飞了。他慌忙寻找，像一只被打昏了头的海狸鼠在海里乱钻。忽然有人大叫：“鲨鱼！有鲨鱼！”人群骚动起来，曾孺牛光着屁股就冲上了岸。赤条条的他顿时成为所有人关注的焦点，人们的笑声和掌声令他无地自容。有位女同事以最快的速度跑过来，抛给他一条浴巾，然后双手紧捂着通红的脸扭头跑开了。

逃出窘迫的曾孺牛对这位女同事无比感激，兼之女同事非常漂亮，他不免就有了非分之想。一连几夜辗转反侧之后，他鼓起勇气给她写了一封求爱信。

信发出后，曾孺牛惴惴不安。这是他第二次给姑娘写求爱信。第一次是写给一位女同学，那个女同学很快就回了信。信中，女同学讽刺他字写得臭不可闻，问他是不是用脚写的。这一场未果的求爱使本来就自卑的他再次受到伤害，但也使他下决心练习写字。笨人自有笨办法。他的办法就是苦练，以至于睡梦中都在练习写字。有一次在公厕大便，他一边蹲着，手还比划着写字。结果邻坑递给他一张手纸，原来人家以为他是聋哑人，打手势向他要手纸呢。

俗话说，只要功夫深，铁杵磨成针。曾孺牛虽然生性愚笨，但由于专心和刻苦，写字的水平一天天见长，而且逐渐小有名气。在一次全国硬笔书法大赛中，他居然得了金奖！一时间，报纸、杂志和电视都对曾孺牛进行采访报道。凑巧的是，海滩救场的这位女同事也喜欢书法，而且听说过曾孺牛练字刻苦的许多故事，本身就对他有些好感。有共同的话题，以字为媒，两个人处起了朋友，并终结百年之好。

宝贝女儿反应慢，一个“曾”字气昏老爸

不久，爱情的结晶——女儿婷婷出生了。曾孺牛把全部的希望都寄托到了女儿的身上。他和妻子最害怕的，就是女儿像他一样，不够机敏和聪明。

然而，怕什么却偏来什么。女儿婷婷进入幼儿园后，老师们就多次说她不完成家庭作业，请家长督促。于是曾孺牛亲自上阵。一开始他还挺有信心，无论多忙，每天都会挤出一点时间来教婷婷写字。可是，很快，他就绝望了。婷婷不调皮，但实在是太笨了。比如写左右的“右”字，婷婷下笔第一横就从右往左写。曾孺牛反复教她横画是从左到右行笔，而女儿却坚持从右起笔。忍无可忍之际，曾孺牛狠狠地打了女儿一顿。打完，女儿终于知道横是从左往右写。但第二笔的撇，她竟然也从左到右行笔（同时也是从下往上行笔）。曾孺牛暴跳如雷，再次暴打女儿一顿。连续挨打后，婷婷更不知道该怎么写了。她每写完一笔，就以惊恐的眼光看着爸爸，生怕又挨打。有时明明写对了，又擦掉，再从错处下笔。

有一天，老师叫孩子写自己的名字，一个“曾”字使女儿和曾孺牛的关系达到了冰点。女儿先是写了一撇，挨打后就改为先写中间的部分，又挨了一顿打后，竟然下笔先写最下面的“日”字。

彻底绝望的曾孺牛失去了理智，他痛打了女儿一顿，发誓从此不教女儿了。曾孺牛说，他将教女儿的心路历程整理出来，希望可以为其他的父母提供一点借鉴。

女儿昏迷，父亲痛悔

在父亲的棍棒之下，婷婷越来越不爱说话了。她变得孤独，白天一个人躲在角落，夜里则经常无缘无故地大哭不止，边哭边哀求："不要打我，不要打我。"电视上出现坏人，她就会喊："这是爸爸。"她的记忆力也越来越差，上课时注意力也越来越不集中。这些表现更令曾孺牛对女儿失望，形成了越笨越打、越打越笨的恶性循环。

2003年10月10日晚上11时，婷婷突然上吐下泻不止，曾孺牛和妻子急忙把女儿送进医院。婷婷高烧到了39度，根本无法进食。昏迷中，女儿不时梦呓："爸爸不要打我……"看到女儿的可怜样，妻子不停地流泪，曾孺牛心里也很不好受。住院的第三天，婷婷突然高烧到了40摄氏度，整个人处于昏迷状态。曾孺牛非常害怕，担心女儿再也不能醒来。

直到10月15日，婷婷才终于度过了危险期，曾孺牛一颗悬着的心也才放下。在医院陪护期间，他无意间读了《家庭》上的一篇文章《生死承诺：下岗寡母托举一双儿子进清华》。这篇文章写的是一对父母培养双胞胎儿子的事迹。特别是，父亲患绝症之后，最大的愿望就是儿子们都考上一流大学。父亲去世后，母亲历尽艰辛，终于使两个孩子双双考入清华大学。文章令他痛哭流涕，特别是读到"父亲为消除儿子的精神压力，强忍剧烈病痛陪儿子下象棋"那段，他被深深震撼了。相比之下，自己这个父亲做得太不合格了！他意识到自己犯下了不可饶恕的错误，是自己亲手用暴力一步步把原本活泼可爱的女儿逼进了死胡同。

他痛悔不已，下决心帮助女儿走出心灵上的那片黑暗。

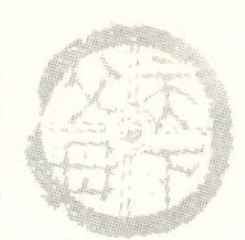

拼板游戏

婷婷出院后，有很长一段时间都很少说话，很少笑，行为举止十分木讷。为了改善与女儿的关系，曾孺牛一反常态，对女儿特别和蔼。他给女儿讲故事，还边讲边扮演故事里各种各样的角色，以滑稽表演逗女儿开心。如果是讲童话，就模仿各种动物的声音和动作。婷婷常常不由自主开心地笑，逐渐变得活泼开朗。

为教育好女儿，曾孺牛借来许多有关婴幼儿教育方面的书籍进行研究。他终于明白了，对婴幼儿的教育应着重培养他们的兴趣，让他们在快乐中学到知识才是最好的方法。这令他豁然开朗。有一天，他看到女儿玩拼图玩得很开心，突然来了灵感：如果把拼图零件改成书法中的笔画和部首偏旁，教女儿拼字，不就能让女儿在玩耍中学会写字了吗？这一想法令他兴奋不已。于是他对汉字的笔画进行研究，从中精选出了50个元素，通过这50个零件，能拼出4000多个汉字。他还设计制作了一个宽17厘米的大田字格，让婷婷在田字格中摆字。

书法智力拼图做成后，他把婷婷叫到跟前："婷婷，爸爸教你玩一个游戏，好吗？"婷婷惊讶地问："今天不用写字吗？""不用。"婷婷高兴地欢呼起来："哦！太好了，不用写字喽！"然后他就教婷婷拼"看电视"三个字。为了让婷婷掌握正确的笔顺，他按照写字的笔顺来教她摆放笔画，每个字教六七遍，然后让女儿试着摆。有时女儿忘了下一笔是什么，他也不着急，而是帮女儿把笔画找出来；有时女儿虽然拿对了，但不知道如何摆，他就示范一下。一开始，女儿摆得歪歪斜斜，曾孺牛就耐心地启发她把字摆在田字格的正中。女儿终于能摆好"看电视"三个字了，曾孺牛高兴地说："婷婷真聪明，学会'看电视'三个字了，现在可以看电视了。"婷婷就乐滋滋地去看电视。

第二天是星期天，他教女儿拼"肯德基"三个字。拼完，就与女儿去吃了一顿肯德基。女儿非常高兴，回家的路上，看到一辆很漂亮的轿车，就问是什么。曾孺牛说，这是“奔驰轿车”。女儿说：“爸爸，回家你教我拼‘奔驰轿车’好不好？”曾孺牛迟疑了一下说：“婷婷你别着急，等爸爸买的福利彩票中了头奖，爸爸一定教你拼这几个字。”

拼字游戏让婷婷兴趣盎然，记忆力和注意力得到了很大提高。起初，一个字要教她七八遍，到后来，只教一遍就会了。

克制冲动学狗叫，不幸被咬伤

毕竟，仅仅会拼字是不行的，归根结底还得会写字。于是，曾孺牛又尝试着教女儿写字。但是，婷婷对写字仍心存疑惧，一拿笔就紧张，很简单的笔画，教很多遍仍写不对。时间一长，曾孺牛又不耐烦了，禁不住抬手打了女儿。婷婷惊愕地看着他，一脸的惊恐，却不敢哭。曾孺牛意识到自己情绪又失控了，赶紧道歉：“对不起，爸爸不该打你，爸爸实在是太着急了。”为了防止自己再次失控，他跑出家门想找地方发泄。下到二楼，二楼的狗突然跑到他的面前“汪汪汪”直叫。他无名火起，就跟那狗对叫。那狗显然没想到这个直立的动物居然也会像它一样叫，吓得一边往角落里缩一边仍旧虚张声势地叫，曾孺牛也不示弱，冲那条小狗使劲地叫。楼道里两只狗对叫的情形是从来没有发生过的，楼上的不敢下来，楼下的也不敢上来。曾孺牛与那条狗对叫了十几分钟，直到嗓子哑了，情绪也宣泄得差不多了才回家。那条可怜的小狗也不叫了。

之后，他一旦觉得自己可能要对婷婷动粗的时候，就跑到二楼去跟那条小狗对叫。

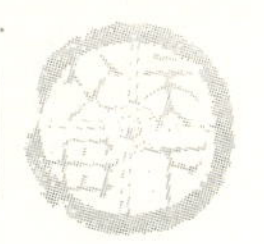

然而，好景不长，几个星期过后，二楼的人家把那条狗就牵走了。没有了这条小狗，情绪快要失控时，曾孺牛就出去找别的狗对叫。有一次到了村头，远远看见一条大狼狗，曾孺牛就冲着它汪汪地叫，可那条狗不按规矩来，它并不叫，而是冲过来，以迅雷不及掩耳之势咬了曾孺牛的脚一口。曾孺牛拖着血淋淋的脚到医院打狂犬疫苗。医生说，必须打完一个疗程，不然会得狂犬病，跑出来乱咬人那可就更麻烦了。

女儿说：拿了金牌就能给爸爸治病了

2004年6月30日，曾孺牛因剧烈腹泻且便中带血，体重急剧下降。到镇医院检查，用手可摸到腹腔内有硬块，医生说是胃癌。面对病痛的折磨和对死亡的恐惧，他唯一的想法就是一定要在离开人世之前把婷婷培养成人。

为了让婷婷获得最佳学习效果，他尽可能合理安排学习内容，写一会儿字，听一个故事，再画一会儿画，让婷婷始终保持兴趣盎然。一晚上下来，由于努力忍着剧痛，他的衣服都湿透了。然而看到女儿消除了对写字的恐惧，字也写得逐渐像模像样的了，他心中还是充满了欣喜。

一天，曾孺牛在网上看到“希望杯”全国师生书画大赛的消息，顿时萌生了让婷婷参赛的想法。在好友的建议下，他让女儿练习较为容易的隶书硬笔书法。婷婷学了一个月后，进步很快。

2005年8月30日，曾孺牛和妻子正兴奋地谈论我国奥运健儿为国争光、勇夺32枚金牌的事情，婷婷突然插了一句：“我也要拿金牌。”曾孺牛与妻子笑着逗女儿：“婷婷，你拿金牌做什么呀？”婷婷说：“拿了金牌就能给爸爸治病了。”这句话感动

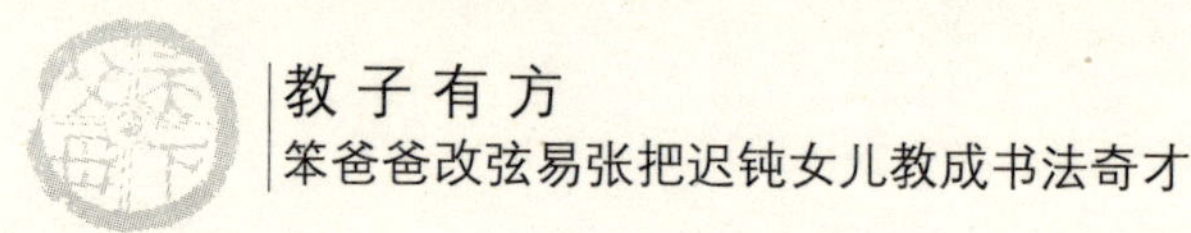

得曾孺牛和妻子泪流满面。此后，婷婷经常主动找一些废纸很起劲地画画、写字。2006年1月19日，婷婷终于完成了自己的参赛作品。这是一件扇面作品，形式新颖别致，书法天真烂漫，充满了童趣。当然，为了不给女儿增加压力，曾孺牛没有告诉女儿参赛的事。女儿像完成平日的一次练习那样，完成了这件参赛作品。

喜事连连，他坚信是女儿给自己带来好运

不久，大赛结果公布，婷婷获得了第九届“希望杯”全国师生书画大赛幼儿组金奖，同时被授予“新世纪校园艺术之星”的称号。喜讯传来，曾孺牛激动得热泪盈眶。兴奋之余，又有些伤感：婷婷成功了，自己却要带着深深的遗憾离开这个美好的家庭，离开这个美丽的世界。婷婷一边用小手帮他擦眼泪，一边安慰：“爸爸，不哭，我拿了金牌，你不高兴吗？”曾孺牛说：“爸爸高兴啊！这是爸爸今生最高兴的事。爸爸要好好奖励你，明天爸爸和妈妈先带你去买几套最漂亮的衣服，然后带你去吃肯德基，好不好？”婷婷说：“不，我不要衣服，我不要吃肯德基。”曾孺牛说：“乖女儿，不管你要什么，爸爸都满足你，你说吧，你想要什么？”婷婷说：“我要陪爸爸去治病。”

曾孺牛始终坚信，是女儿给他带来了好运。因为2006年3月5日，宝安人民医院的复诊结果出来了，曾孺牛得的是胃溃疡而非胃癌！这一结果令他欣喜若狂。他感到自己是全天下最幸运的人，数月之间，经历了生与死的考验与煎熬，最幸福的，是女儿得以迅速成长。

感悟与思考

父爱是踏实的、厚重的，无言的、深沉的。父亲大都是沉默的，但是，父亲对儿女的爱却从来都是毫无保留的。

故事的主人公曾孺牛从小就是一个不聪明的人，面对同样不聪明的女儿，他忽略了孩子的成长是一个曲折的过程，采取了简单、粗暴的方法。当孩子不能如期发展，他变得急躁、失望，甚至埋怨、粗暴地对待孩子。婷婷也就变得越来越笨拙、沉默，一无是处。后来，曾孺牛觉醒了，他开始以他的爱心、耐心来教婷婷，让婷婷从零学起。慢慢地，婷婷开始一点一点地进步，变得越来越懂事。在孩子的成长过程中，作为家长首先要尊重孩子，根据自己孩子的具体情况因材施教，而不是一味地与其他的孩子进行对比，抹杀孩子自身的特点。每个孩子都是上天赐给我们的天使，虽然，每个天使都不一样；虽然，有的天使的翅膀很娇弱，难以飞翔。但是上帝在对我们关上一扇门的同时也一定会为我们推开一扇窗。为人父母，要走进孩子的心灵，挖掘孩了的潜能，帮孩了一起推丌那扇生命的窗。当面对孩子的时候，作为父母，你是否尊重了孩子的想法？你是否根据自己孩子的具体情况来教育呢？

发现儿子特长之后

每个成功人士都有其独特之处，这个孩子的成功得益于有一个开明的老爸。在老爸的赞许和支持下，他开始学习电脑。一个星期熟练打字；半个月，独立自学编程；一个月，通过北大青鸟“初级程序员”资格考试；又一个月，顺利晋级为“程序员”；又两个月后，一次顺利通过该认证系统的“软件工程师”考试，一跃成为全国年龄最小的软件工程师……他已经掌握了C++、C、JAVA等10多种高级编程语言，并独立完成了3种毕业设计和3份共计2万多字的毕业论文，编制了40余个应用和学习软件……

2006年，郭厚佐13岁，是哈尔滨市南冈区虹桥学校初一十六班的学生。他创造了一项“中国吉尼斯之最”：是目前年龄最小的全国计算机信息高新技术考试合格证书的获得者。换句通俗的话说，他是当今最年少的电脑软件工程师。全国计算机信息高新技术考试合格证书是当今最炙手可热的证书之一，许多从事电脑软件开发的朋友梦寐以求。全国每年参加这个证书考试的人达到18万之多，而真正能考试及格获得这一证书的，却寥寥无几。

两把螺丝刀打开了
通向软件工程师的道路

郭厚佐与其他许多男孩子一样，从小就对身边的所有事物都充满着好奇。钟表为什么能滴答滴答地跑，到时候还能当当当当地报时？小汽车为什么能满屋子跑，碰到桌子腿还会拐弯儿？电视机里怎么会有那么多的人在表演？为什么有那么多可爱的动物？为什么有坦克飞机大炮各种神奇的武器？为了寻找答案，他就拆开了他所见到又能拆开的家中所有东西，电器、玩具、钟表，等等。当然，与其他的孩子一样，拆还相对容易，再装起来就不那么简单了。好在父亲郭大为并不在意，只要不“带电作业”，没什么危险，就让儿子拆。有这样一个宽容的父亲，郭厚佐可谓如鱼得水。两把螺丝刀成了他的最爱，凭着这两把螺丝刀，他真是“所向披靡”，无所不能拆。

用他自己的话说就是：“我从小就喜欢研究一些电器方面的东西，不管大型家电，还是小型家电，我都喜欢看它的内部构造，尤其是线路的构造，还有各个芯片。”

他甚至敢拆电视机、电脑。

为拆电脑，他平生第一次挨了父亲的巴掌

2001年5月，郭大为花了8000多块钱买回家一台电脑。用他的话说，“这是家中最昂贵的电器”。这时的厚佐8岁。一年之后，9岁的厚佐就拆开了这台电脑，并为此挨了父亲一巴掌。

电脑买进家时，技术人员随机到家安装。8岁的厚佐就不眨眼地跟着看，神奇的电脑立刻成了他的最爱。那时电脑还不太普及，使用中也常常出现故障，维修人员就经常上门服务。每次厚佐都看得眼里冒火，恨不得亲手拆一下。于是，在一次维修人员离开后，9岁的厚佐按捺不住自己的双手，趁爸爸不在家，就把电脑拆开了。但拆开之后，如同他拆开的电视机、录音机、钟表一样，都没有装起来。父亲回家一看，吃了一惊，这么贵重的东西也敢拆，实在出乎他的意料，因为平时他见厚佐很喜欢这台电脑，只要有空就围着电脑转，就叮嘱他：你千万不要乱动。没想到厚佐还是拆坏了，父亲忍不住抽了厚佐一巴掌。

虽然挨了一巴掌，但厚佐觉得还是有点冤。因为事先他已经发觉这台电脑不对劲，觉得软件和硬件部分都可能有点问题，但是判断不清楚到底是软件出了问题还是硬件出了问题。以粗浅的判断，他以为是硬件出了问题，所以就把电脑拆开了，但经过检查，是软件出了问题。以他当时的水平，还修不了。而且，在装的时候，不知道不小心碰到了哪个机关，机器连启动都没反应了。用一句通俗的话说，就是“聋的治哑了”。

一鸣惊人，父亲从此不敢小觑儿子

后来的一件事，使郭大为再也不敢小觑自己这个什么也敢拆的儿子了。

单位一台电脑出了故障，许多重要的数据丢失，大家都急得不得了，特别是具体操作的同事，非常紧张。一下子丢了那么多的数据，责任重大啊。拿到电脑公司去修，刚开始电脑公司的技术人员告诉他：哎呀，坏得很厉害呀，你得拿一万块钱左右才能修好。同事咬咬牙说：行呀，只要能修好，找回数据，花多少钱我也认了。捣鼓了半天，对方说：你这机器是彻底坏了，你就是给我一万块钱我也修不了了。这个同事特别着急，单位的领导也很着急。最后有人提议：郭大为的孩子不是会修电脑吗？反正连电脑公司都修不好了，就死马当作活马医吧，请他儿子给修修看吧。于是有人找到郭大为，先不说电脑坏成什么样，也不说电脑公司修不了，只说听说你孩子挺会修电脑，你问你孩子能不能修。郭大为是电脑盲，就答应了。回家对儿子一说，儿子听了大致情况，小大人似的皱着眉头说：这个问题挺严重，我去看看吧。到了单位，厚佐拆开电脑一看，原来硬盘是假的，数据基本全都丢失了，确实挺难抢救了。厚佐就运用他自己平时玩电脑自学掌握的知识，用了不到两个小时的时间，把所有的数据全都抢救出来了，一共挽救了大约3000多个文件。同事们那个高兴和感激就不用说了。这事传到电脑公司，很多人都不相信，甚至专程来看厚佐到底是个什么样的孩子，能有这样的神通，比他们公司最棒的技师水平还高。

两次测试，父亲明确了培养儿子的方向

惊喜之余，郭大为更多地想到的是要弄清楚儿子到底达到了什么样的水平，在电脑方面，应当如何发展。于是，他两次带儿子进行了专门的测试。

第一次是在2003年的5月，厚佐经过一年多的自学，已经

掌握了一定的电脑知识。郭大为就找了哈尔滨一位电脑权威，让他看看厚佐的电脑水平到底怎么样。这人说，你儿子掌握的电脑知识远远超过同龄人，而且天赋很高。从这时起，郭大为就开始注意培养厚佐这方面的才能。

第二次也是找了一位懂电脑软件的朋友。这位朋友说，从挽救数据来说，你儿子掌握的知识，应该超过一些专业的大学生水平了。你就好好地培养他吧，应该不会有错的。

正确引导，把儿子对网络游戏的好奇变为钻研的动力

互联网是把双刃剑。很多孩子玩游戏上瘾之后，染上网瘾，一发不可收拾。与其他孩子一样，厚佐也好奇、贪玩儿，一下子就喜欢上了网络游戏，一度把眼睛都累坏了。郭大为也曾非常担心厚佐陷进去。怎么办呢，他没有粗暴地干涉孩子，而是冷静地分析。如果限制孩子，不让孩子接触电脑，孩子如何在电脑方面有所发展？如果监视他，总不能一天24小时都盯着他吧？再说，管住了人，也管不住思想。谁能保证孩子不分神呢？电脑在今后的社会中是必需的，现在各行各业都离不开电脑。于是郭大为采取了两种方法：第一种就是做儿子的思想工作，告诉他电脑是用来学习的，应该正确地使用，而不能把它作为单纯的玩游戏的工具；同时又告诉他，既然想玩游戏，可以玩打字方面的游戏，比如说警察抓小偷，通过这个软件，可以练习打字的速度。果然，通过玩这个游戏，厚佐把打字速度练出来了。在学校打字比赛中，他获得了第一名。

第二个方法是兴趣转移。郭大为对儿子说：你玩《警察抓小偷》也好，玩《摩托车》也好，都是玩别人编辑的软件、别人设计的游戏。你既然这么喜欢电脑，是不是可以试着编个游戏、编一个软件，让别人来玩你编的游戏，让别人使用你设计的软件？这话激励了厚佐，他就在编程上下功夫。

这两条对于厚佐还挺管用。现在厚佐对所有的游戏几乎都不感兴趣，基本上不玩了，而是专心致志地投入到软件开发上。

强制休息，父亲首先保证儿子身心健康成长

要搞好学习，还要学习电脑编程，厚佐的时间不够用，他又是个极勤奋极投入的孩子。为此，父亲郭大为为儿子设计了一张《作息时间表》，不许他早起，不许他晚睡。这实际上是一张强制休息、保证睡眠的时间表。

由于时间安排太紧张，厚佐与外界的联系，基本上就是通过互联网。每天学习之余，厚佐绝大多数时间都用来学习最新的电脑专业知识，研究电脑软件编辑。为了帮助儿子及时了解计算机行业发展的趋势，及时了解时政性的要闻，郭大为就把报刊上重要的内容画出来，告诉儿子。而对于同龄孩子迷恋的电视节目，厚佐每周大约只看 10 分钟到 15 分钟，而且主要是《走近科学》一类的节目。为防止厚佐偏科，特别是防止厚佐文字表达能力“退化”，郭大为根据儿子打字快的特长，建议儿子每天在电脑上写日记，然后由他给儿子打印出来，装订成册。这一招很增加厚佐的成就感，并且由此养成了写日记的好习惯。《作息时间表》还规定了厚佐每天锻炼身体的时间。

小雪花的故事：集腋成裘、水滴石穿

教育的真谛贵在“润物细无声”。还是在厚佐刚上小学时，有一天爸爸送他上学的路上，天上飘起了雪花。厚佐对爸爸说：这小雪花挺漂亮的。爸爸就借机引申出一个关于学习的话题。他说，这么多非常非常小的雪花，组成了茫茫一片的雪地。在学习当中，也是要不断积累这么点点滴滴的知识，最后才能汇成知识的海洋。集腋成裘、水滴石穿，一个深刻的道理就这样轻松愉快地在儿子的心底扎下了根。

2004年，厚佐买了个《微软飞行模拟器》软件装到了电脑上。但是由于不懂得开飞机，操作起来不太明白。郭大为并不因为这是个游戏软件就不帮助儿子。相反，他找了当飞行员的朋友，一一为儿子解答问题，甚至把厚厚的一本飞行员用的《机组操作手册》交给厚佐看。通过学习，厚佐不但掌握了玩这个游戏的要领，而且对流体力学等专业知识有了了解。

风雨无阻，通过游泳锻炼儿子的毅力

郭大为为儿子设计的强身健体计划之一是游泳，每周4次，大部分是由奶奶陪着去。不管下大雨刮大风，还是冬天下大雪，这每周4次的固定活动是必须做到的，一次都没落下过。有一次下大暴雨，到了游泳馆，管理员小伙子吃惊地说：哎呀，这么大的雨你们还来？你们游泳有瘾啊？奶奶乐呵呵地说：小伙子，我们可真不是游泳有瘾，我这是锻炼孩子的毅力。

除了培养厚佐的毅力，父亲和奶奶还注意培养厚佐艰苦朴素的习惯。厚佐从小到大穿的衣服，都是表哥们穿过的。厚佐从来不挑剔，从来不要求穿名牌。包括他到演播室做节目，穿的都是略加改制的旧衣服。

不注重外表，注重的是内涵。爸爸和奶奶告诉他，人的内在的东西才是最重要的，比如道德、修养、诚信、助人等。厚佐出名之后，很多人来找他修电脑，也有人请他帮助做软件，甚至打字，他都非常乐意，把助人确实当成了一件快乐的事情。为此，郭大为专门为厚佐订了几个本子，把他为别人服务的工作一一记录在案。记录的另一个作用是督促厚佐做到言必信行必果，说好什么时间给人家修好，就一定要按时完成。

全面发展，立志做中国的比尔·盖茨

如果你认为厚佐仅仅是一个电脑奇才，那可就错了。郭厚佐是一个德、智、体全面发展的学生，不仅学习成绩名列前茅，而且积极参加各项社会公益活动，还先后担任或同时兼任团支书、学习委员、副班长等职，游泳和跳绳都在当地的学校比赛中获得过好名次。他是老师和同学们公认的好学生。

他的志向是成为中国的比尔·盖茨。他说，我从小立志成为中国的比尔·盖茨，我会向这个目标努力。我想成为比尔·盖茨的目的是，推动中国软件业的发展。

最后需要说明的是，厚佐从小生活在单亲家庭中。相比于单亲家庭的孩子高问题率高犯罪率，厚佐的成长就更具有其特殊的意义。

感悟与思考

郭大为对郭厚佐的“放手”，基于他对孩子个性的理解和尊重。现在不少独生子女身上出现的问题让家长们束手无策，他们为孩子付出了所有，但收效甚微，甚至适得其反。问题有时就出在对孩子个性的压抑上。如一些家庭对孩子管得特紧，保护过分，甚至限制他们的活动空间。这实际上剥夺了孩子们亲自尝试的权利，使其碰到生活难题时，显得怯弱、失望、烦躁不安，还有的会逐渐形成冲动、任性的不良个性。这位父亲有意放手，使孩子有了自己的时间和思维空间，自己去观察、体会生活，实现生活目标。他的“放手”并不意味着不管，而是让孩子在前面走，自己跟在后面观察，并在恰当的时候鼓励孩子，尊重孩子的自然发展。克制自己想为孩子做些什么的主观愿望，让孩子在生活中学会思考、总结经验，并从中看到希望。这种教育方式，无疑能让孩子在实践中磨练意志、培养独立性，在孩子成长过程中奠定基础，走一条身心健康的人格发展之路。

从郭厚佐的成长中我们不难看出，宽松的教育环境与规范的生活习惯、良好意志的养成是不矛盾的，宽容并不代表放纵。

“玩”出来的超级英语天才

“望子成龙”、“望女成凤”是每个父母的迫切愿望。在孩子的学习中，如何让孩子学好英语又是众多父母最头痛的事情之一。有不止一位教育专家说过，要让孩子在快乐中学习，要注意让孩子在兴趣中学习，学习是一件很快乐的事情。对此，许多家长不理解。广州女孩钟琬婷“玩”成英语天才的惊人故事，也许能给你某些启示。

钟琬婷是个普普通通的女孩儿，天真、可爱而且不乏任性，曾为了看电视与爸爸大动干戈，也曾为打游戏欺骗奶奶。在语言上，她似乎也没有什么过人之处：出生在重庆，父母都是用重庆话交谈，她却不会说重庆话；成长和生活在广州，却不会说粤语。

但同时，她又是名副其实的英语天才！从来没有出过国的她，却说得一口地道而流利的英语！9岁时，她参加广州地区PETS-2级考试（全国公共英语二级等级考试），她年龄最小，是唯一的小学生，成绩却是第一！而此时，她只学了两年英语。2006年2月，年仅14岁的钟琬婷，参加雅思考试，拿到综合分8.5分（满分9分）的好成绩，其中，阅读、听力、口语单科都获得了满分！这是雅思考试迄今在全国出现的最高分。

由于水平过高，她从小学到初中都被特许可以不听英语课，而是在英语课上写英语作文或英语小说。现在她已洋洋洒洒地写了几万字的英语小说，英语水平相当于硕士研究生！

更令人不可思议的是，她的英语不是苦学苦练出来的，而是“玩”出来的。

4岁的时候，她被一个名叫《living books》的电脑游戏迷住了，游戏中那些憨态可掬的小动物令她喜不自胜。但因为听不懂、看不懂游戏中的话和字母，她不知道这些小动物说的是什么，非常着急。当爸爸告诉她，那些小动物和那些黄头发、蓝眼睛、白皮肤的外国人口中讲的是“英语”的时候，她苦苦哀求爸爸：“爸爸，你一定要教我学英语！”

那么，爸爸钟沛、妈妈吴玲是怎样教女儿的？女儿又是怎样在玩中快乐地成为英语天才的？

4岁起玩电脑游戏，一年级时一度沉迷

也许，钟琬婷的成功得益于她的专注。还在她两岁多时，爷爷教她小堂哥背唐诗。堂哥四五岁，贪玩儿。结果，往往是小堂哥还没背过，在一边"旁听"的她却背过了。这让爷爷惊喜不已，说，干脆我一块儿教你们两个吧！

1996年，为了让琬婷接触最新技术，爸妈买了电脑，还安装了"森林小子"等游戏软件。这是个很令小朋友着迷的游戏。爸爸和女儿一块闯关，过关，玩得不亦乐乎。一年级下半年，钟沛因胃病住院，吴玲陪床。正值春节期间，琬婷的爷爷奶奶来广州玩，在家照看琬婷。小琬婷把这视为天赐良机，玩电脑游戏玩得天昏地暗。快半夜了，她还瞪大双眼盯着屏幕双手紧张地闯关。爷爷奶奶劝她去睡觉，她说：不行啊，打不过这一关，是关不掉电脑的，如果硬关，电脑就会坏掉。爷爷和奶奶不明就里，只得眼睁睁地看着孙女熬夜。直到孙女玩够睡了，他们才悄悄打电话给吴玲。吴玲回家一合计，偷偷拔掉了电脑的电源线。第二天琬婷开电脑时，电脑没有反应。问爷爷奶奶怎么回事，爷爷奶奶说我们都不懂电脑，我们也不知道是怎么回事。中午吴玲回家，琬婷很害怕地对妈妈说，电脑坏了。妈妈趁机教育她说：人都要吃饭都要休息，电脑也要休息，不能无节制地玩。你老是玩，不但电脑受不了，你自己的眼睛也受不了，身体也会坏掉的。

为了正确引导女儿发展，钟沛和吴玲商量，根据女儿的爱好，在电脑内安装了绘画游戏、数学游戏和英语游戏。琬婷喜欢画画，利用电脑作画使她兴趣倍增。数学游戏也是闯关，做完一部分题，屏幕会出现鲜花，还会出现一个小奖杯。

这一系列的办法，使琬婷的兴趣从纯粹玩游戏转移到学知识上。

也就是在玩新装的卡通人物游戏时，琬婷产生了学习英语的强烈愿望。

女儿设计英语游戏，出英语试卷考爸爸

但是，对于让女儿学英语，钟沛似乎并不着急，吴玲催促了他多次，他总是说，你不要着急，我有办法，到时候再学嘛。吴玲沉不住气，就给琬婷报了个英语兴趣班，每周六上一次课。那时琬婷读小学二年级，她对学英语表现出很大的兴趣，回家拿着书问爸爸，这个怎么读、那个怎么念。也许这表现感动了钟沛，到琬婷二年级寒假的时候，他就亲自教女儿英语了。那是1998年12月25号，钟沛清楚地记得那一天，琬婷差一个月7岁。

作为高级电器工程师，钟沛在教育女儿学英语上还是颇费心思的。他觉得，如果按一般方法，教些单词、字母、语法、音标，小孩子学起来可能会感到比较枯燥，不感兴趣。于是他就从句子开始，从简单的对话开始：Hello，你好；Good morning，早晨好。这样，让女儿自然而然地进入另一种语言。

在教女儿学英语的过程中，钟沛发现女儿对于语法、音标、修辞等非常不感兴趣，老是问什么时候结束，盼着与爸爸做游戏。这使钟沛想起女儿4岁时玩的那个游戏。于是，钟沛让女儿把家中所有的绒线玩具找出来，由女儿给玩具起上英文名字、设计故事和故事情节。然后，在女儿的指挥下，钟沛与女儿各手拿一个玩具进入角色，开始英语游戏。用这种方法，女儿很快就学完了《英语900句》。在做游戏时，琬婷手拿玩具兴致勃勃地与爸爸对话，而钟沛除了拿着玩具，还要拿着英语教科书。因为他是教女儿，怕自己万一说错。而女儿如果说错了，钟沛并不指出来，而是慢慢引导，让女儿自己觉悟、改正。

在具备了一定的基础后，钟沛又指导女儿进行英语阅读训练。

学习方法不一样，考试的方法也不同：由女儿出题，考爸爸。这既满足了女儿当老师的愿望，又检验了女儿的学习成果。因为女儿要尽量把题出得难一些，让爸爸考不及格，她才算合格。

琬婷喜欢画漫画，她漫画里的人物对话，也全是用英语写的。

兴趣使女儿学英语的积极性越来越高。外出时只要遇上外国朋友，小琬婷就会挣脱父母的手，跑过去主动与外国人交谈。有一次在一家大商场，两位外国女士在买化妆品，与售货员沟通不了，比比划划的，双方都很着急。钟琬婷跑过去跟人家打了个招呼，主动做了双方的翻译，很快就帮助她们选定了要买的化妆品。两位外国女士非常高兴，把琬婷抱起来，好一顿亲。

父亲的理论：让孩子直接进入英语思维

钟沛说，对于我们来说，听到、看到母语后，经过汉语思维系统反馈到大脑，变成一个大脑指令。这很简单。由于成年人的汉语思维系统已经很成熟了，我们在学英语的时候，英语信息要首先进入一个翻译系统，翻译成汉语，所以我们还是用中文在想问题，发出大脑指令。

但是，小孩子的汉语思维系统还不成熟、不完善，如果先进行“翻译”，可能就有障碍。于是，他就让女儿在学习时，直接进入英语思维，而不通过翻译。因为女儿一直是用英语来思维，如果她觉得英语理解力差，她就会觉得她的英语学少了，就会更刻苦地学。而一旦这个英语思维的系统被培养起来，她学英语时就会超前。

事实也正是这样。作为校报的小记者，琬婷在采访外国友人时，用的就是纯正的英语，完全是英语思维，问得及时、到位，令外国友人非常惊讶。她在采访时，根本就没有想到中文。琬婷用英语写作文和小说时，用的也是英语思维。写完，如果需要译成中文，才用汉语思维。

钟沛进一步说，大脑至少可以分为三部分：汉语思维，英语思维，公共思维。所谓公共思维就是既知道汉语的，也知道英语的。这部分开始时可能很小，随着女儿年龄的增长、语言能力的增强，公共部分会增宽。而增宽之后，不论是汉语的还是英语的，随时都可以进来，运用自如。

三个本子记录琬婷的成长，英语促进了其他学科的学习

采访中，钟沛和吴玲向记者展示了两大一小三个本子。蓝皮的大本子里，是琬婷得到的各种荣誉证书：三好学生、竞赛第一名、奖学金、英语过级证等；红色的大本子，是琬婷从小学到现在在各类报刊上发表的文章复印件；小一点的本子，则是琬婷的“语文数学医院”——学习中，如果出现了错误，要立即纠正。比如，写错了一个字，妈妈就会说：快，把它抬进语文医院。然后注明是怎么错的。过一阵再检验一下，是否真正改正了。

橱子里还摆着许多奖杯，还有琬婷学英语用坏的许多个录音机、学习机，用过的许多录音带等。它们都默默无语地见证着琬婷成长的历程。

钟琬婷有很多外号：“怪兽”、“不倒翁”、“怪才”。因为她不光是英语超前，其他功课也样样出类拔萃。学校的大考小考，几乎每次都是第一，只在初一的时候，有两次以半分之差屈居第二。所有大考的总分，在级里总是排第一。每次外出竞赛，外校的选手只要见她参加，都要倒吸一口凉气，明白自己只有争老二的份儿了。

总是考第一，竞赛总是拿冠军，琬婷是不是学得很累、很苦？

不，恰恰相反，她学得很轻松，很愉快。

琬婷说，她学习上有几个特点：一是合理利用时间。眼下她住校，晚上10：50熄灯，很快就能睡着。早晨大约6：40起床。她说她不是很喜欢像某些同学那样开夜车，她所做的是，在自习课上高效率地利用时间。第二是培养学习兴趣。有了兴趣，学习就会投入，思考就会更深入。解出一道难题的成就感

是很鼓舞情绪的。

与许多人所想象的相反，琬婷学习英语，不但没妨碍其他学科的学习，还对其他学科的掌握产生了很大的促进作用。琬婷经常访问一些国外的英文网站，包括数学、物理、化学等学科的网站。国外那些网站做得很巧妙，大量的信息是通过一些很有趣的方式展示出来的，而且联系了现实生活中很多的实例，生动、活泼，不像国内教科书那样死板。比如，通过讲童话故事，了解数学知识。在英文网站上与外国同学和老师的直接交流也促进了她英语和其他学科的进步。

父母细说培养
孩子的三大秘诀

说到培养女儿成长，钟沛和吴玲向记者道出了三大秘诀。

一是品格的培养，做学问首先要学会做人。从小学到高中，琬婷的评语里都有“琬婷在自己学习进步的同时，还能带动班上其他同学的学习”这样的字样。父母从小就教育她，你会的知识你要毫无保留地教给同学们。这个社会是竞争的社会，但同时也是个合作的社会。你以后会走进社会，还要生活在社会里集体里。

二是学习习惯的培养。从小，父母就培养她正确的看书阅读习惯，有不认识的字、不懂的句子，可以问大人。培养她生活的规律，有错及时改正等。

三是教给孩子正确的学习方法和能力。父母能教给孩子的知识再多，也毕竟是有限的。在知识膨胀的时代，对我们来说什么才是最重要的呢？是学习内容本身，还是学习方法？对于前者，我们穷尽一生，也取之不竭；对于后者，我们一旦掌握，就终身受用。培养学习能力，首先就要培养孩子的自学能力。他们从来不

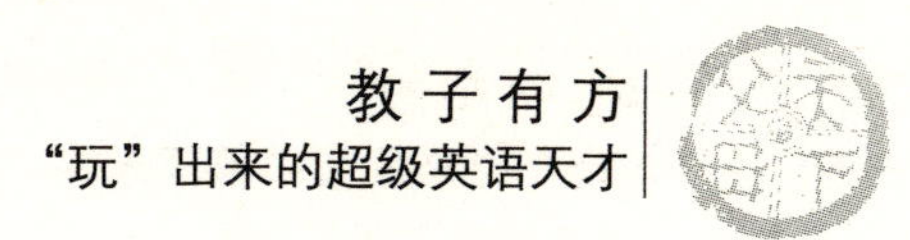

手把手地教孩子，琬婷的学习都是主动和自主完成，从来没有依赖父母。每年的寒暑假，她都把下学期的课程全部预习一遍。

许多孩子可成为钟琬婷

钟沛的教育方式是值得深思的。他从引发兴趣入手，然后选择适宜的时机教授；从简单的教材入手，然后循循善诱地引导孩子向更高一级的领域迈进；从正统的英式思维入手，鼓励孩子以英语作为工具向其他学科发展，从而形成了儿童学习语言的一种家庭教育模式。

只要教育得当，许多孩子都可以像琬婷那样，快乐学习，快乐成长。

附：钟琬婷学习英语的进程表

1998年12月，开始学习《英语900句》第一册教材。

1999年寒假，练习英语口语。

1999年暑假，开始练习用英语讲故事，第一次与外国朋友对话。

2000年开始，学习《新概念英语》第二册。

2001年2月至今，坚持每天用英语写日记、写作文。

2001年3月，参加全国公共英语二级考试，以笔试84分、口试4分的成绩闯关成功。

2001年5月，网上冲浪，直接与外国朋友英文交流。

2001年8月，写出2万字英语作文《The Happy Little Reporter's Club》

2001年12月，写出首部英文小说。

2002年3月，参加英语四级考试，以笔试70分、口试4分的成绩通过考试。

感悟与思考

寒窗苦读,这是中国书生的传统状态。中国古代不少勤学苦练的经典也以生动可感的方式告诉今天的“书生”:学习,可以并且应该“苦”,比如“囊萤映雪”,比如更为可怕的“头悬梁,锥刺股”。“头悬梁,锥刺骨”,这可能是一种勤奋的境界,但这种境界背后的痛苦却让人恐惧。那种勤奋时头顶及屁股可能承受的折磨,形象地告诉人们,那个勤奋的人正承受着常人难以忍受的煎熬。勤奋是成功的基石,但传统似乎早已宣告:勤奋,必然包含常人难以忍受的“苦”。

钟琬婷,以她的优秀告诉人们,“玩”也可以成为天才;成功,也可以快乐从容。伴随快乐的感觉,通过游戏的方式,钟琬婷的成功宣告了“寒窗苦读”的理想改变,告诉人们,勤奋,还可以有快乐的形式。

人,本就是自然的一分子。寒窗苦读,已经把生命中太多的灿烂阳光交给了黑夜;一味追求“苦中作乐”,已经以以偏概全的方式曲解了生命的丰富内涵。也许,面对孩子的成长,我们需要重新审视我们既有的理念与尺度;我们需要坚持生命美好的前提,对成长重新定义。因为,与快乐相伴,生命会更为放松地展露笑颜。

全职爸爸

世界很奇妙，世界很精彩。眼下，一种颠覆中国传统家庭观念的新角色——“全职爸爸”已经在某些前卫城市的家庭中悄然登场。南京一位名叫何力行的“全职爸爸”与妻子、女儿一起兴致勃勃地接受了记者的采访，眉飞色舞地讲述了他带孩子的感受，使记者很受感染。

玩儿的就是心跳，他曾发誓不要孩子

人到中年的何力行，谈吐无拘无束，处处透着对生活的满足、对女儿的骄傲、对自己做全职爸爸的自得。他们一家最引人注目的，是同样的文化衫上，都印着女儿的头像。他说这是他们家的家庭装，每套3件，他和妻子、女儿都穿同样的。有一次他们举家到香港游玩，这身家庭装使他们的团队特别引人注目，以至于到处受到优待呢。

何力行出生在沈阳，7岁时来到南京，高中毕业后当了工人。20世纪90年代初，在改革开放的大潮中，年近30的何力行也下了海，与朋友一起注册了一家公司，做电脑销售。

何力行不但很有商业头脑，而且很会享受生活，收入又高，属于金领一族。社会上流行的，他没有不会的；社会上还没流行的，他也率先尝试。那一阵卡拉OK流行，他下班后先到饭店吃饭，再K歌，玩到半夜才睡。在此期间，他结识了吴敏。俗话说得好，不是一家人，不进一个门。1992年，何力行与吴敏结婚时，两个人便达成了共识：婚后不要孩子，做丁克一族，尽情享受人生！

但是，两家的老人，特别是何力行的父母，却盼望孙子辈急得不得了，整天催着小两口生个孩子。说你们都老大不小的了，再不生，还要等到什么时候？小两口当然不能对老人说他们要做丁克族，只能搪塞。

不巧的是，1998年夏天，吴敏不小心怀孕了。何力行坚决不要这个意外而来的孩子，吴敏拿不定主意。两位老人得知，喜出望外，再三劝说吴敏生下孩子，还说：

只要把孩子生下来，就由他们老两口全权负责，一点儿不用他们小两口操心。有这前提条件，何力行才勉强同意生下这个孩子。

这是我的孩子，那感觉，实在太好了

但是，孩子出生后，何力行却完全变了态度，仿佛是换了一个人。

1999年3月，女儿何萌夕出生了。从看到女儿第一眼起，何力行的心里就咯噔一下，泛起一种道不明的情愫。哦，这是我的孩子呀！每天见不到孩子，就像是缺少了很多的东西。特别是女儿三四个月大时，他抱着女儿，女儿的小脚在他左胳膊上一蹬一蹬的，小嘴则在他右臂上一吮一吮的，那种感觉，令他无法形容。工作的原因，他原先需要经常出差，自从有了女儿，他变得很不愿意出差了。因为出差就看不到女儿，心里空落落的。原来出差到深圳，少则一周，多则半月。这次又有深圳的业务，他事先在电话里与客户反复沟通，一切都谈好后，他乘早上8点的飞机到深圳，签好合同，中午与客户吃了顿饭，下午就乘4点的飞机飞回了南京。吴敏问：你不是要到深圳去吗？怎么还没走呀？他说：我去了，已经回来了。吴敏奇怪地问：你怎么这么急着回来呀？他搔搔头说：哎！我这不是想孩子嘛！一天见不着孩子，心里就像是缺了一大块什么似的！

恰在此时，他发现父母亲对于女儿太过溺爱。于是他决定，丢下工作，回家做全职爸爸，享受天天与女儿在一起的快乐。

他的决定首先引起了吴敏的强烈反对。这倒不是因为角色的颠倒，而是丈夫不上班，家中的收入会大大减少。毕竟，一个月一万多元的收入在当时的国内并不多见，对于一个家庭来说也是非常重要的。但丈夫在家待的时间越来越长，终于不上班了。她不但无可奈何，还得对公婆保密。因为老人都是从穷日子过来的，对于经济收入看得更重。再说，如果丈夫在家做起了全职爸爸，那不就很明显地是嫌老人看孩子不合格吗？但纸又怎么能包得住火？老人先是疑惑地问：何力行这一阵怎么老待在家里呀？她只好搪塞说公司这一阵事少，他又喜欢孩子，就让他带吧。老人摇摇头，说：没见过这么当爹的！

全职爸爸，另类的带孩子方式

何力行带孩子，全然不按套路来。比如，所有的父母或者奶奶爷爷姥姥姥爷，都是小心翼翼地把孩子抱在怀里，轻轻摇动，而何力行则是把女儿兜在浴巾里，上下左右地晃，大幅度地甩，就差没抡圈儿了。而女儿，则高兴得咯咯直笑。一般人都是千叮咛万嘱咐孩子要老实，别磕着碰着，他却是只要女儿愿意，女儿愿意干什么就干什么，安全问题由他来负责。下大雨，别人都是往家跑，他却带着女儿往外跑。街上的水没到女儿的腰，父女俩把雨伞一扔，在瓢泼大雨中，打起了水仗。回家，吴敏心疼得不得了，他却大大咧咧地说：这有什么？洗个澡不就行了？冬天下雪，父女俩堆雪人，直到子夜才回家。有一次吴敏到小区找女儿，却发现这父女俩竟然爬到了小区健身的栏杆上，饶有兴致地看大街上的风景呢。吴敏吃这一惊可不小，急得大叫：快下来，你们怎么爬到顶上去了？万一摔下来怎么办？何力行还埋怨说：你总是给女儿不安全的心理暗示，这样反而更容易出问题。还有一次，半夜了，女儿要求出去“逛逛”。何力行抱起女儿就往外走，开开门，小区的保安听见动静过来了，手电筒照到父女俩的脸上。吴敏趁机说：夕夕，你看，都半夜了，哪儿还有出去玩的？保安叔叔都不高兴了，快回来吧。女儿才只好作罢。她说，若不是她劝阻，父女俩就出去了，因为此前经常发生这样的事。有一次她一觉醒来，是凌晨三点，父女俩还在下棋呢！

其实，何力行做的出格的事，还多着呢。

从孩子会站，他就把橱顶上甚至天花板上用不干胶粘上件玩具，让女儿爬到他身上、站到他肩上去拿。女儿习惯了，不但不害怕，反而觉得特别有趣，锻炼得平衡能力特别强，以至于他能让女儿站在他肩头上父女俩逛街，引得众人侧目。家中换电灯泡，他也让女儿站在他肩头换。两个人打羽毛球，球落到墙头或挂在树上，也不用搬梯子，就让女儿站在他肩头上，再用拍子挑下来就行了。有一次全家人去逛超市，奶茶放在货架的顶部，附近又没有小梯子，何力行就让女儿站在他肩头拿，其他顾客见了，连连称奇，也叫何萌夕帮他们拿了几包。

女儿才3岁，他就教她“高台跳水”，从1.2米的高处往水里跳。

西瓜买来先不切开吃，而是叫女儿当球踢。

他不但让女儿由着性子练琴棋书画，学打羽毛球、打网球，还让女儿练跆拳道！

父女俩演小品，父亲的“枪”还没响，女儿已经“中弹倒下”。

女儿要吃南瓜饼，父亲坚决支持，告诉女儿怎样做。然后女儿点火、放油、炸饼子，父亲则端着摄像机全程记录。突然一个油星溅到脸上，女儿疼得哭了。父亲却鼓励女儿一不怕疼二不怕哭，于是女儿一边擦泪一边炸南瓜饼子。过后吴敏发现女儿脸上有个小红包，问怎么回事。小萌夕告诉妈妈：已经不疼了。何力行则说：只要锅不翻，就不会有事；如果万一锅翻了，我会挺身而出，保护女儿。

女儿骑小自行车，父亲不但不保护，反而站在小小的后货架上，让女儿载着他飞奔，像是玩杂技。而作为回报，上街时，女儿则站在父亲自行车的后货架上。

这样的教育和护理方式，吴敏当然看不下去。私下里，两口子也没少争论，但十有八九是以吴敏妥协告终。因为她觉得，丈夫说得更有道理，而且，女儿成长得确实非常健康。

吴敏不无幸福地感叹说，何力行就像一个大孩子，而女儿则是他的大玩具！

学琴，女儿表现出很强的自制能力

何力行也叫女儿学琴。但不同的是，他从来没考虑让女儿考级，也从来没给女儿定什么指标，甚至没给女儿任何压力。而恰恰是这种教育方式，却让女儿更加自觉。

第一次学了一支曲子后，按规定下周到教师那儿汇报。恰好这周何家事很多，何萌夕一次也没练习。星期四，何力行与女儿商议：要不我打电话给老师，咱们这周不去了，下周再说？女儿思考了一阵说：你先别打电话，明天再说吧。第二天傍晚，夕夕对父亲说：我练练试试，实在不行再打电话给老师吧。于是晚饭后，夕夕把自己关在屋里，一气练了3个小时。期间，只出来喝了两次水。然后她对爸爸说：明天咱们还是去吧，你对老师说，把我排在最后一个。

第二天，夕夕最后一个出场。她镇定自若地一气儿弹完，一点错也没出。这让何力行也非常意外，非常感动。

何萌夕不但身体结实，从来不生病，精力还非常旺盛，中午从来不睡午觉，早起晚睡，一天都精力充沛得很。从上幼儿园大班起，双休日她给父母做早餐。父母还在睡懒觉呢，她起床洗漱后，先熬上粥，再切开面包夹上生菜和火腿肠，放到微波炉里转一下，做成三明治，然后喊爸妈起来吃饭。

平时在家她收拾饭桌、洗碗、打扫卫生，还会洗自己的小衣服呢。

如今，何萌夕在南京市鼓楼第一中心小学读书，成绩非常好，是学习委员。更重要的是，小小的何萌夕独立、有个性，学习从来不用父母催，知道什么时候学习什么时候享受生活。每天她写完作业，玩完了，会主动把家里打扫得干干净净，然后洗漱睡觉。而业余活动方面，她又学起了游泳，已经能漂在水上，游出几米远，但是还不会换气。

在学校里，何萌夕除了学习成绩突出，与同学相处也显得很“大器”。同学们玩游戏，其他同学都不愿意演坏人，何萌夕就主动说：“那我来吧！”几个小朋友下跳棋，有一个小朋友下输了，然后就哭鼻子，何萌夕就安慰他：“输一次有什么关系？每一次都是你赢，别人怎么办？”

不怕孩子疯玩，就怕孩子不敢玩不会玩

说起当全职爸爸的体会，除了幸福，何力行还有许多感触。他说：“一开始，朋友们根本不相信，晚上依然会打电话约我去喝酒唱歌，但是我的心思全部在女儿身上。”妻子上班去了，他支起摄像机，带着牙牙学语的女儿一玩就是一天。“开心，从来没有享受过这样的快乐！”这些年来，他先后用了五个摄像机，相机也从胶卷的换成了数码的，给女儿留下了180多个小时的录像资料，两万张照片，成为家中最珍贵的财富。

他说，虽然他爱女儿胜过爱一切，但却从没有给女儿设计过任何未来。“我对女儿唯一的要求就是热爱生活，不逼她学任何东西，不会因为功利的原因让她去考任何证书。”带着这样的想法，何力行任由女儿发展，只要她快乐。

何力行的教育理念是：孩子可以不出众，但不可以没个性；可以不优秀，但不可以没有快乐；可以不是很听话，但要懂事理。他不怕孩子疯玩，就怕孩子不敢玩不会玩；他不要求孩子一定成才，但要成为一个真正的人。

他说，孩子只要会玩，就一定是聪明的。

全职爸爸给传统育子观带来冲击

中国有句古训：知子莫若父。可见古代对于父亲对孩子的教育是相当重视的。但现代家庭中的许多男人却认为，体现

男人对妻子及孩子的爱的方式就是提供给他们足够的物质财富，而相夫教子则是女人的天职。其实，父爱不只体现在物质上，更重要的是体现在精神上和行动上。

2006年，有人曾对深圳的家庭中的父子关系做过一次调查。结果是，超过半数的子女表示爸爸每星期陪他们的时间不足两小时，更多的孩子表示与爸爸的关系不融洽。虽然爸爸们辛苦挣钱是为了孩子，但大部分孩子并不领情。而“全职爸爸”的出现恰恰弥补了这种不足。

湖南师范大学教育科学学院的涂光辉教授在谈到这一现象时指出，男性在子女教育的许多方面的作用是女性所难以取代的。“全职爸爸”的出现是对传统社会家庭教育观念的一种变革，是父亲参与、重视家庭教育的一种体现，因此有着相当积极的意义。

涂教授指出，心理学的研究发现，孩子在家里和父亲在一起的机会越多，时间越长，智力也就越发达，这是因为父亲通常以完全不同于母亲的教养方式和态度对待自己的孩子。母亲的游戏经常是静止的，较保守的；而父亲的游戏方式却是动态的，富有创造性的。父爱的功能主要表现在教会子女怎样应付和解决各种人生问题，使子女的意志和智力得到最佳发展。研究显示，父亲积极参与照顾的孩子，在与父母分开或遇上陌生人时哭得较少。

一项“少年亲子关系”的研究表明，父亲的人格、阳刚之气，对孩子人格的塑造影响极大。

感悟与思考

何力行的教育理念是：孩子可以不出众，但不可以没个性；可以不优秀，但不可以没有快乐；可以不是很听话，但要懂事理。从某种程度上讲，尽善尽美主义意味着惰性。经常听到有人说，我要么不做，要么就做得最好。但试想一下，如果你做都不做，怎会做得最好？如果你总是在为自己制订一些尽善尽美的标准，那么你便不会去尝试任何事情，也不会有多大作为，因为尽善尽美这一概念并不适用于我们每一个普通之人，我们每个人都不可能做到事事尽善尽美。因此，如果你已经身为人之父母，就不应要求自己的孩子在任何方面都去努力做得最好，因为这种要求会使小孩子产生精神瘫痪和怨恨情绪。相反，你可以和孩子们谈谈他们最喜欢的那些事情，并鼓励他们在这些方面努力，而不是"做得最好"。至于其他活动，"做"比"做得最好"更为重要。你可以教孩子尝试许多事情，但不一定要求他们做得最好，更不能因为他们可能做不好某件事就不让他们去做。要培养孩子的竞争意识，但不要让他们永无止境地去竞争、争强好胜，试图将每件事都做得最好。相反，你应该在孩子们所喜欢和重视的那些方面着力培养他们的自尊、自豪与兴趣。与成人相比，儿童更容易受到外界的影响，他们往往将自我价值与其成败等同起来。因此，他们会避开那些自己不会做或做不好的活动。更为危险的是，他可能因此而养成一种自卑、寻求赞许、内疚等心理，这些都是由于自我摒弃心理而产生的个性误区。

从小要给予孩子充分的自由空间，不要看得太紧，不要总是把孩子捧在手心里。宽松、民主的家庭生活环境，自由、轻松，充满着爱，充满了和谐、温馨的气氛。在这样的环境中，孩子的积极性、主动性、创造性能得到充分发挥。在这种环境里成长的孩子能充分认识自我价值，其独立能力、解决问题的能力和适应社会的能力将得到较好的发展。

神童 沉浮录

他确实是个神童，还不会说话就开始认字，3岁就能写诗，4岁进小学，8岁进入重点中学，13岁考入重点大学，17岁考上中科院硕博连读研究生。

同时，他又确实是个低能儿。已经大学毕业了，还不会穿鞋带，不会洗澡，不会洗头。由于早上找不到自己的鞋子，甚至光着脚去上课……

终于，因为生活自理能力太差，多次错过了考试，20岁时，他被中科院取消硕博连读资格，劝退回湖南的老家。

这个“神童”，就是魏永康。

妈妈曾学梅：发誓把儿子培养成大科学家

魏永康是湖南省华容县人。从他出生那天起，只有高中文化的妈妈曾学梅就决心把儿子培养成科学家。于是，魏永康还不会说话，她就教他认字。魏永康刚会说话，曾学梅就开始教他背古诗，然后教他学数学，连说话都要求他像曹植那样“七步成诗”。儿子也特争气，从小就表现出过人的天分，过目不忘，反应敏捷。3岁时魏永康就能识记4000多个汉字，会写诗歌和百字短文；三位数以内的四则混合运算他根本不需要笔算，一口就能报出正确答案。4岁上学后，魏永康只用三年就学完了小学六年的课程，8岁考入重点中学华容一中，13岁以湖南理科状元的优异成绩考入省重点湘潭大学。2000年，17岁的魏永康以总分第二名的成绩，考上了中国科学院高能物理研究所硕博连读研究生。

为了充分发掘儿子的潜能，让儿子学到更多的东西，曾学梅采取了特殊的教育方法。她对儿子要求特别严格，除了让他偶尔看看电视外，不准他有任何玩的时间，每天除了学习还是学习，更不允许他与别的孩子玩耍。这样，魏永康从小就没有一个朋友，也根本没有任何的交流能力。

曾学梅还不让孩子做家务，包括洗自己的衣服，甚至洗头、洗澡这样的事也全部由她包办。有一次吃饭时，父亲让他拿筷子和碗，还让他打扫一下地上的脏东西。但妈妈马上制止说：“你是要让儿子将来做奴隶吗？我们的儿子将来是要做科学家的。他的手是来拿笔的，不是拿扫把的！”她经常对儿子说：

"你从小就跟那些'笨孩子'不一样，所以你不需要学做任何家务，因为你以后成了科学家，所有的家务都有保姆替你做！"她不光这么说，更是这么做的。魏永康直到高中毕业，没有动手刷过锅碗，没有洗过自己的袜子，没有自己洗过澡，甚至没有自己挤过牙膏，一切都由母亲代办。在迎接高考的日子里，曾学梅甚至让儿子一边看书，她在一边喂他吃饭。

由于儿子年龄太小，同时自理能力也太差，曾学梅要求到学校陪读。这也是儿子考了理科状元却没有选择清华和北大的原因。学校破例答应了她的要求，说可以陪读一年，并安排曾学梅到学校图书馆当清洁工，挣一份工资补贴家用。学校还破例同意让他们母子住在学校提供的一间房子里。学校的这些出于好意的照顾，却无意中助长了曾学梅包办孩子一切的做法。本来，学校只同意母亲陪读一年，但在母亲的一再要求下，一直到读完了大三。大四那年，学校看到了魏永康自理能力和交际能力太差的问题，为了锻炼他，决定把永康安排到集体宿舍。曾学梅再三阻止，但学校这次没有让步。没想到的是，搬入集体宿舍的魏永康竟然连系鞋带、扣扣子、挤牙膏这些最起码的事情都不会做，甚至经常错穿别人的鞋子，闹出了许多笑话。尽管同学们都很热心地帮助他，但他与同学却无法沟通，无法融合。曾学梅再次提出由她照管儿子，并向校方提出，如果不由她照顾，如果儿子毕业后考不上研究生，学校要负全部责任！在她的"要挟"下，学校最终又作了让步，同意魏永康搬到母亲那儿去了。

也就是说，从出生到大学毕业，神童一直生活在妈妈的庇护下。

这就导致了被中科院最终劝退。

干妈张锦平：帮助孩子学会做人

落地的凤凰不如鸡。“神童”被劝退回家，妈妈曾学梅觉得特别丢人。为了避人耳目，她让儿子到姨妈家躲了好长一段时间。如果有人问起，就谎称已经毕业，正在等待分配工作。但躲避和谎言总是不能长久的。神童自幼就是一方名人，考上大学后曾引起很大的轰动，甚至有人称他为“东方神童”。如今神童被劝退回家，事情传开后，引起的反响更大，各种议论纷至沓来。曾经给家庭带来巨大荣耀的儿子，如今却给家庭带来了巨大的耻辱！彻底绝望了的母亲觉得无颜见人，不许他出门，甚至对儿子非打即骂。魏永康产生了严重的逆反心理，视母亲若仇人，两年多不与母亲说话，更不叫她“妈妈”。他曾几度离家出走，最长的一次出走长达39天。他用仅有的500元压岁钱走遍了18个省，最后因没有路费，被广西北海市警方遣送了回来。在家里，他把自己的房间用厚厚的纸糊了起来，终日深居，灯下苦读，不与任何人交往。

巨大的危机笼罩着这个家庭。昔日的神童处于人生危急的十字路口。

在此危难之时，有一个关键人物出现了，她就是魏永康的“干妈”张锦平。

张锦平是位出色的教育工作者。十几年前，张锦平在华容县任教时，学校恰好是魏家的邻居。魏永康的爷爷是朝鲜战场上的战斗英雄，一级残疾军人。她多次请他到学校给学生作报告，与魏永康一家关系非常密切。魏永康上学后，她还当过魏永康的班主任。张锦平特别喜欢魏永康，把他认作了“干儿子”，经常给他开“小灶”；永康也把干妈的家当成自己的家，经常在干妈家吃饭休息。魏永康的每一点成绩都使她非常高兴，她一直关注着魏永康的人生之路。当得知永康被中科院劝退回家后，张锦平十分吃惊，也非常牵挂。此时，她在长沙，工作十分繁忙。她专门利用一个星期天到华容县来看望魏永康。不巧的是，魏永康没在家，她没有见到干儿子。曾学梅搂着她放声大哭，诉说自己的苦恼和无助，诉说儿子与她的隔膜。她现在与丈夫和儿子都不能交流，昔日幸福的一家三口，因为神童的跌落陷入万劫不复的灾难。曾学梅痛不欲生。

张锦平也为曾学梅难过，为这个家庭难过，陪着曾学梅流泪。但她更关心的，还是干儿子。她仔细询问了永康的各方面情况，觉得神童落魄的根本原因，是这些年来他除了学习还是学习，生活自理和社会适应能力太差，根本无法适应成人的大学生活。张锦平看到，干儿子确实把自己房间的窗户都用厚厚的纸糊了起来，里面黑乎乎的什么也看不见。她为干儿子人格的扭曲而深深担忧。如何帮助干儿子走出自我走出黑暗？她想亲自引导干儿子一段时间。于是，她婉转地对曾学梅说：“永康的聪明是无可置疑的，你对他的教育也是有功劳的，只是后来我们的教育方法出了问题。你看这样好不好，让永康到我那里生活一段时间，我想用一种特殊的方法来教育他。”曾学梅问她准备用什么方法来教育永康，张锦平说：“你别管，给我两个月的时间，到时候还你一个各方面全面发展的儿子。当然，这个阶段你不要来看他，也不要干涉我对他的指导。”已经束手无策的曾学梅只得同意了张锦平的要求。

张锦平说：那好，等他回来，你就对他说干妈想他了，邀请他到长沙去做客。记住，让他自己来找我就可以。

曾学梅怕儿子找不到去干妈家的路，提出送儿子去长沙。张锦平说：“他已经20多岁了，难道坐个车还不会？他自己不是能跑了十几个省吗？不是也平安地回来了吗？你得让他锻炼一下自己。”曾学梅想想，勉强同意了。

几天之后，魏永康应干妈之邀来到长沙。下了火车，他打电话给张锦平，让她到车站接他。张锦平说自己正忙，让他自己坐公交车来。简短地说明路线后，张锦平就把电话挂了。魏永康辗转折腾了两个多小时，才终于来到干妈家。张锦平立刻赞扬他能一个人来到长沙，找到她家，告诉他一个男子汉，就是要有独立生活的能力，要能自己闯天下、打天下。在长沙，张锦平限制他看书，而是教他买菜、做菜、洗衣、做饭、待客、出访，甚至鼓励他与异性交往。这期间还有个小故事，有一次，干妈让他与一个女大学生去另一个城市看望一位老教授，魏永康不懂得人际交往，一路上闹了三个笑话：一是一天未与那个大学生吃饭，女大学生饿坏了，买了个西瓜，两个人一顿饕餮；二是晚上魏永康与那个女大学生开了一间房，那个女生紧张得要死，他却什么动作也没有；三是带的礼物老教授客气了一下说不要，他居然又提了回来……

不到50天，魏永康从一个上楼梯都捧着书、见谁也不说话、坐席吃饭不顾别人的书呆子，变成了会上市场砍价买菜、会炒菜做饭、会礼貌待人，甚至会向女生讨好的大男孩。

神童脱胎换骨，健康成长

关心魏永康的不止张锦平，而是大有人在。在许多好心人的牵线搭桥下，央视《实话实说》栏目组邀请魏永康去做节目。魏永康怕丢人，不愿意去。张锦平觉得这是给魏永康正名的好机会，就鼓励他前去录像。同时，她还鼓励干儿子自己赴京。她相信干儿子已经脱胎换骨了。

2005年8月16日，《实话实说》播出了魏永康专辑。上海航天技术研究所邢光谦教授看后，觉得人才难得，想收他为弟子。8月29日，张锦平亲自陪同魏永康来到上海，顺利地通过了学校的笔试和邢教授的面试。邢教授对魏永康非常满意。

10月8日，魏永康赴上海读书前，亲手做了一桌菜以感谢干妈。他端着酒杯，眼含热泪地说："干妈，你放心，我以后一定要在读懂书本知识的同时，再把生活这本大书读懂，不辜负你的一片苦心……"张锦平禁不住流下了热泪。她好欣慰，她的干儿子真的长大了……

现在，魏永康正在邢光谦教授的带领下，进行航空航天领域的研究。让我们祝福他发挥聪明才智，也祝福他享受美好人生。

感悟与思考

中国人一向注重知识的力量，“学而优则仕”的观念在许多父母心中还是根深蒂固的。只要孩子能够学习好，父母可以不让孩子参加任何社会活动、不接触任何家务，让孩子把全部的精力都放在学习上。这样的教育方法最终的结果是把孩子培养成为了一个“书呆子”。四体不勤、五谷不分，不明人情世事，不分人间事理，这就是他们真实的写照。报道中的魏永康就是这样的一个典型。作为曾经的神童，3岁就能写诗，4岁进小学，8岁进入重点中学，13岁考入重点大学，17岁考上中科院硕博连读研究生，这在常人看来是何等的奇迹。但就是这样的一个神童，在上大学的时候连基本的生活还不能自理，这又是多么的让人难以置信。

“神童”的成长经历告诉我们，只有文化知识的学习是不能在社会中生存的，当今的时代需要的不再是“两耳不闻窗外事，一心只读圣贤书”的“书虫”。现在的社会处于一个开放、发展的时期，各种信息日益浩繁，各种关系日益复杂。要想在社会上获得更好的发展，只有文化知识的储备是不够的，它需要的是一个“多面手”。各种各样的知识和技能都需要涉猎，尤其是需要掌握有关的实际生活的技能。只有这样，才可以称得上是新时代的“骄子”。

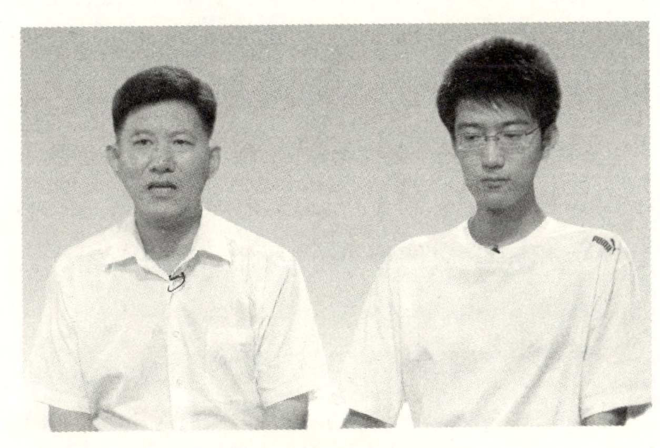

高考落榜的小“发明家”

一个应届毕业生，因为忙于搞发明，耽误了学习而高考落榜。父亲痛惜，老师惋惜，社会同情。记者呼吁，大学校长们，能否对创新型的学生网开一面？

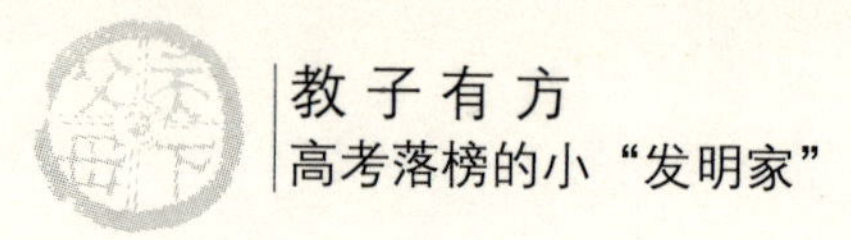

2006年度国际中学生创新成果展评于4月15日至24日在丹麦首都哥本哈根举行。山东师范大学附中高三（8）班学生潘立群发明的“可解决色觉障碍的交通信号灯”获得工程学的一等奖——“最佳国际项目奖”，这是中国选手首次获得此项赛事最高奖。18岁的潘立群和其他两位获奖者（一位是德国的，另一位是丹麦的）一起受到丹麦王子的接见。此前，该发明获得山东省和济南市的青少年科技创新一等奖，并申报了专利。

我国现行的驾驶员管理办法一直禁止红绿色盲的人考取机动车驾驶证，这一人群便失去了驾驶机动车的权利。这引起了很多色障者的不满。有人甚至在体检时做手脚，蒙混过关，为交通安全带来隐患。仅在我国患色觉障碍者就达6500万人左右，在全世界，这个群体则数以亿计。

有关专家认为该项目在科学性、先进性和实用性方面很具有代表性，还体现了“以人为本”的理念，注重人文关怀，对于预防和减少交通事故的发生，以及构建和谐社会都有积极的意义。

然而，在接下来的高考中，由于有一年多的时间投身于这项发明影响了学习，平时学习成绩优秀的潘立群只考了379分，远远低于山东省本科录取分数线。潘立群的落榜在学校和社会上引起了很大的反响。

父亲：我是被迫支持他搞发明的

在潘立群的这项发明中，父亲潘波起了非常重要的作用。资金的支持且不说，光是到公安局交通设施大队为他购买和讨要废旧的交通标志灯，就很是费了一番周折。由于他经常在公安局交通设施大队门口转悠，甚至引起误解，被叫上去谈话。当交通设施研究所的田所长得知他是为帮助儿子进行科学发明时，不但送给了他几个旧的，甚至还慷慨地送给了他一个新的。为帮助儿子寻找色盲人士进行现场测试，他扛着显示牌到大学里召集志愿者；在对发明申报专利、参展评奖过程中，他也出了不少的力。

可是，他却说，他是被迫支持儿子的。

因为，当儿子告诉他这事时，已经是2005年的八九月份。他先是不相信，继而是愤怒。因为高中的课程已经结束，进入全面复习了，正是高考前最后一年的全面冲刺阶段。一问才知，儿子的发明已经进入实际操作阶段了。此前，儿子从有这个想法、进行全面构思到进行初步实验，已经搞了三个多月了。潘波很生气，他认为儿子是不务正业。他要求儿子先把这事放下，至少要考完大学后再说。但是他发现儿子已经不可能放下，又通过儿子的辅导老师了解了这项发明的意义，才“被迫”支持儿子。毕竟，血浓于水嘛。“到今天为止，也不能讲我是从内心去支持他。我只能是被迫的。儿子的研究已经走到这一步，已经不可能阻止他。”

潘波说：“像我们这个年龄的人，没能赶上高考。我的父母亲特别喜欢潘立群，特别希望他能考上大学。发明毕竟是很侥幸的事情。你若是成功了、被人家肯定了，还好一点，若是没成功、没被人家承认呢？那不就更惨了？孩子今年期中考试成绩并不低，接近580分。如果照这个路子继续走下去，给我们的欢喜可能会更多。高考前20多天拿了一个国际大奖，只有20天了，他怎么可能考好？尽管我还存有幻想，期望他能超水平发挥，但最终还是失望了。”

查分的时候，潘波心里面忐忑不安，但还是盼望奇迹能发生。那种期盼、矛盾、紧张的心情，用语言很难形容，几乎要窒息了。听完分数，他把茶杯一摔就出去了。

“哎呀，你想想，谁最爱他？就是爷爷奶奶。爷爷奶奶对孙子的那种期望就好比你在他们面前放一张一百万美金的支票，他们可能不一定感兴趣；你给他们一张理想的大学录取通知书，爷爷奶奶得年轻10岁。他们快乐！他拿着个小马扎，往局里机关那门口一坐，拿着个扇子，逢人就讲。他心情就好，老人嘛。”

潘立群：如果时光倒流，我还是选择发明

考出这个分数，确实是有点太低了，感觉对不起家长。因为我临出国之前，也参加过模拟考试，是一次比较完整的模拟考试，我也能考450分左右。虽然是好长时间没学习了，我觉着这个分数应该还可以维持住。没想到高考发挥也不是很好。我没为这个分数流过泪，倒是觉着对不起家长，偷偷流过泪。

我个人而言，我比较欣赏的一句话就是：前面有一座山，你一定要跨过它。你要不跨过它，有可能下一座山你也过不去。就我来说，发明是经过反复思考的，应该是把它搞下去。至于学习，我对我自己还是比较有信心的，以后可以补回来。

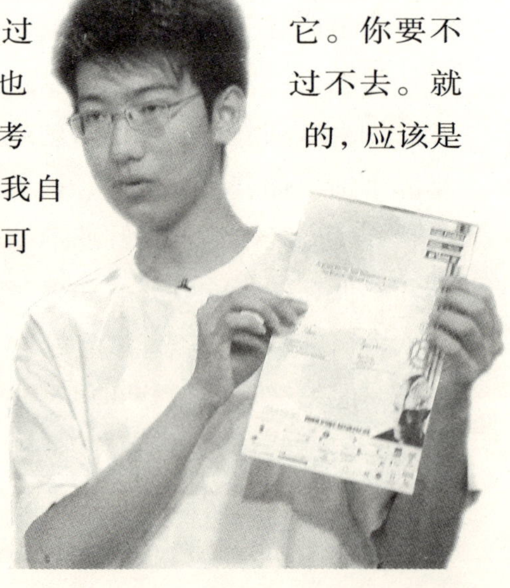

对于爷爷奶奶，我确实感到很歉疚。我爷爷是高级工程师，文化程度非常高。我奶奶虽然说文化程度不高，但是很通情达理。所以

我觉得，在这个项目问题上，他们俩比我爸爸更理解我。高考成绩出来之后，我去爷爷那儿，想把这事跟他说一说。可是我去了以后，实际我也没什么话说。当时我就拿一张报纸，在那儿看。这时我爸已经批评我好几天了，摔了三个茶杯了。我也做好了准备，有可能挨爷爷批评。没想到我爷爷一句也没批评我。爷爷语气非常和缓，他竟然拿来高考的数学卷子，一道道题讲给我听，因为我数学考得特别差。爷爷已经七十四五岁了，这令我感到特别愧疚，因为有一些题，我感觉我解得都没有爷爷解得清楚。讲完题，爷爷告诉我，落榜要正确对待，能上大学，特别是能上好大学的人，毕竟是少数，大多数人都是落榜的。主要是看你以后，下一步你应该怎么走，你自己心里有没有一个目标，才是最关键的。

刚才父亲说，如果时间倒流，他一定把我拉回来。但我绝不后悔，我还是觉得搞发明更重要一些。如果重新选择，尽管我看到父亲这么失望，也觉得对爷爷奶奶很多愧疚，选择变得更困难了，但我还是选择发明。

刘老师：这是个好学生，盼望出台相关政策

当记者问到这么好的学生为什么不能保送时，潘立群的指导老师刘玉修说：“保送是有条件的，教育主管部门有规定。在高中阶段，高一、高二在创新大赛里面获得国家一等奖、二等奖，可以具备保送资格。很遗憾的是，潘立群是在高二开始研制、高三获奖的。当初，潘立群同学到我办公室里提出这个项目，当时我的思想也很复杂。搞这个项目肯定要耽误一些时间，这是必然的；而且搞完之后，即便是获了奖，也不具备保

送资格。但是这么好的一个项目，要不搞呢，确实也很遗憾。尽管他的高考分数低了一些，但是高考时像体育特长生分比较低也可以上大学，三百多分就可以了，艺术特长生也可以。国家有关部门能不能在这方面出台一些相关的政策，让这一部分学生也通过创新大赛获奖实现他们的一些愿望。"

谈到潘立群，刘老师说："我这学生是好学生，我从高一就教他，高一、高二，直到高三。这个学生最大的一个特点就是思维比较活跃，他动手能力比较强。再一个最大的特点就是特别有爱心。四月份，我带他到丹麦哥本哈根，来回有十天时间吧。他去的时候，拎着两个大箱子，带着好多东西，包括展板什么的，还背着一个包。一同去的还有一个女生、一个男生，上下飞机、来回坐车，他还要帮其他同学来拿东西。一路上他不断地关心别人，包括帮助外国的老太太。其实，他搞这个发明，就是为别人着想嘛。"

学生们的看法：素质教育是最重要的

记者随机采访了几个男女中学生，他们反应不一。

"在中国人看来，考上大学是衡量学生的唯一标准。如果不进大学的话，很多人就觉得难以理解。"

"我觉得他搞这个发明，要是很有意义的话，应该可以抽一部分时间去搞，但还是要保证学习。"

"我不是很赞成他这种做法，我觉得还是上大学比较好吧。他这样做，也没有保送资格了，也浪费了时间。"

"有的时候，政策有它的道理。但是对有些学生来讲，的确也是不大公平。"

“我觉得，高考是一种选拔人才的方式。潘立群在创新方面表现出了很大的潜质，应该有更多大学去关注一些这样的学生，不能仅仅从高考这一张试卷上来决定一个人的命运。这样会很不公平。现在都提倡素质教育了，素质还是最重要的。”

老百姓：祝愿小潘能破格进入大学

相比之下，老百姓的看法倒是比较统一。其中这位女士的话颇有代表性：“我挺支持小潘的。我要劝一劝小潘的爸爸，你应该想一想，咱们上大学的目的是什么？就是把孩子培养成有用的人才。这孩子不是很有用吗？给社会创造了一个别人都发明不了的东西，难道你不感到光荣吗？你还觉得好像没按照你规划的路走就不正确吗？我就不这样认为。我希望不管孩子上不上大学，他都能成为对国家有用的人才。我们应该支持这样有创新能力的孩子。我也呼吁有些大学，你们不要光看考试成绩怎么样，应该在素质方面在各个方面看这个孩子是不是真正的有用的人才，国家和社会需不需要这样的人才。如果是有用的人才，可以破格让他进入大学进一步深造嘛。我觉得应该这样，这样才是正常的。”

附记：

节目播出后，引起各方关注，潘立群被山东大学破格录取。

感悟与思考

“21世纪最缺的是什么？——人才！”这句流行语反映的正是一个最浅显不过的道理：人才是最稀缺的资源，没有人才一切都无从谈起。自主创新更是需要具有创新能力的人。

潘立群的发明不但具有科学性、先进性和实用性，还体现了“以人为本”的理念，注重人文关怀，对于预防和减少交通事故的发生，以及构建和谐社会都有积极的意义。但是在科技发明上耗费了大量时间却为他的高考筑成了难以逾越的壁垒。对科学发明的执著追求，使小潘遭遇现实的残酷抉择。“前面有一座山，你一定要跨过它。你要不跨过它，有可能下一座山你也过不去。”小潘就是始终恪守着这一信念，坦然面对生活的现实。

面对小潘的尴尬，社会中有不同的声音。我们是不是要反思一下当前的人才培养机制。新时期，创新人才的衡量标准是什么？面对小潘这样的特殊学生群体，我们的大学之门该不该向他们开放呢？

快乐教育

即使是在今天，能自觉地以科学的理念和方法教育孩子的家长也并不是太多，而这对普通的夫妻，早在24年前，就成功地对儿子进行了教育，轻松地克服了孩子学习波动、迷恋电脑游戏等难题。孩子快乐学习，父母轻松引导。如果不是亲眼所见，真是令人难以置信！

爱孩子是父母的天性。望子成龙、盼女成凤是所有家长的心愿。然而，不容否认的事实是，由于爱子心切，许多家长过于功利，采取了不正确的方法，导致与孩子关系紧张。有的孩子与家长反目成仇，甚至离家出走，更极端的例子也经常见诸各种媒体：大学生、中小学生都有因厌学而自杀的，甚至还有杀死自己父母的！

于是，教育专家呼吁：给孩子更多自由的空间，让孩子快乐地学习、快乐地成长。

于是，许多家长苦苦寻找，求索，反思，追悔，陷入深深的苦闷。应试教育的压力和素质教育的追求，究竟有没有一个结合点？

在湖北襄樊，有这样一个普通的3口之家，20多年来，父母与儿子快快乐乐地一起成长。儿子从小就特别优秀，小学中学当了12年班长，多次获得奥赛一等奖，直到考上清华大学，毕业找到了一份令人羡慕的工作，真可谓是一路顺风，轻轻松松，无波无澜。说起教育孩子，他们认为不但是非常容易，而且，简直就是非常愉快的一件事儿。了解剖析这个家庭，对于那些焦灼和无望的父母，显然是很有意义的；对于年轻的父母们，更有极为现实的借鉴作用。

一对普通的夫妇

彭介民和田丽华这一对男女就像他们的名字一样普通。他们的命运也与绝大多数的中国人一样，在那个特殊的年代，他们从中学生变成了下乡知识青年，几年后又双双返城，就业、结婚、成家。1982年，儿子彭聪的出世给他们带来了巨大的欢乐。和所有的父母一样，他们对儿子的人生充满了希望，小彭聪的每一个微笑和每一个小小的动作，都令他们由衷地开心。随着孩子的出生，他们感受到了自己人生道路的新开端，也由于孩子而感受到自己被耽误的时光，痛感补充知识的需要。于是，在工作之余，他们双双上了中专，之后母亲田丽华又上了大专。在紧张的学习中，他们不忘教育孩子。尽管那时他们没有去测试孩子是不是高智商，尽管那时还没有专家提出快乐学习的教育方式，也没有专家提出早教的概念，他们却无师自通地决定了在学习上不给儿子任何压力和过分的要求，而是要给孩子一个宽松的家庭环境，让儿子健康快乐地成长。

每天为儿子编一个故事

彭介民和田丽华并不是编故事的行家里手，也从来没表现出这方面的特长。可是，当小彭聪渐渐长大，和别的孩子一样缠着父母给他讲故事时，他们却并没有简单地买一本故事书读给儿子听，而是要求自己每天编一个故事讲给儿子听。这些故事不但要生动有趣，而且要涉及到孩子生活的方方面面。为此，他们要翻阅大量社会科学和自然科学的书籍。而对于这对读书成瘾的父母来说，为给孩子编故事而读书，更是体验到无穷的快乐。

小彭聪属狗。于是，一只可爱的小狗便经常出现在了故事中。

“有一只快乐的小狗，整天蹦蹦跳跳，吃饱了玩，玩够了睡，他觉得自己是天底下最幸福的小狗了。这天，妈妈要送他去学校。小狗说：‘我不愿意上学，我这不挺好嘛，有吃有玩的，干嘛要到学校去呢？还要早起，还要写作业，还不能和其他的小狗一块儿玩了。’妈妈耐心地对他说：‘不上学可不行。老在家里玩，就学不到本领，就不能自己挣钱养活自己。小狗长大了是要靠自己养活的，不能老靠父母养着，没有知识没有本领怎么行呢？’小狗听了妈妈的话，就高高兴兴地上学去了。在学校里，小狗不但学到了很多知识，懂得了很多道理，而且还交了许多新朋友，他觉得上学真好，比在家里玩有趣多了。”

从孩子能听懂故事，到孩子能主动地理解故事并且给爸爸讲的故事加一个结尾，前前后后几年的时间，彭介民和田丽华编了成百上千个故事。在许多人看来，这是一个相当大的工作量，非常不容易。事实也正是这样，为了编好这一个个的故事，不管工作多么忙多么累，他们都要翻阅大量的资料，结合生活中遇到的问题和儿子成长中的困惑，在儿子睡觉前编好这个故事。有时候真是要"绞尽脑汁"，可是彭介民说，尽管有的时候也挺累，但总的来说，这很容易，因为不是一天编多少个，而是一天只编一个。看着儿子津津有味地听自己讲故事，特别是与儿子在故事中交流沟通，是一件非常幸福的事！

随着故事中的小狗一天天长大，儿子也一天天长大。故事中的小狗喜欢学习，并且通过查字典认识字，儿子也通过查字典能笨拙地看画报，甚至能查到少儿节目的播出时间。再后来，儿子还给爸爸妈妈讲故事呢，爸爸是属鸡的，儿子就讲一只大公鸡，下了一个蛋，孵出一只小鸡，这个小鸡长大了，也像大公鸡一样非常喜欢学习。可是讲着讲着儿子突然省悟了：爸爸，大公鸡是不会下蛋的，你怎么生了我？

大概也就是这之后吧，儿子逐渐地能自己看书了，彭介民和田丽华编故事的工程也就告一段落。

"东山再起"的故事

这是彭聪上学之后，有一天全家人正吃晚饭呢，彭聪突然煞有介事地对妈妈说："我准备东山再起了。"妈妈田丽华觉得有些突然，她看了丈夫一眼，耐心地问儿子："什么叫东山再起啊？"小彭聪说："东山再起就是失败了恢复力量再干，就是重新任职！"田丽华与丈夫交换了一下目光，继续问儿子是怎么回事。原来，今天上体育课时，老师嫌他喊操声音不是太响亮，就把他的班长“职务”降为副班长了。“我一定要再做回班长，所以我要东山再起。”听了儿子的话，彭介民和田丽华真是又惊又喜。儿子小小年纪，竟然能这样贴切地运用故事中学到的成语表达自己的志向，表达自己的上进心，确实难能可贵。于是他们就鼓励孩子，既然你能想到，有决心，就一定能够东山再起的。同时，他们也耐心地帮助儿子分析当班干部的艺术，应当注意的事项，说得小彭聪两眼发亮。没过多久，彭聪果然又当上了班长，而且一当就是12年，从小学一直当到中学毕业。

与孩子一起学习，背周期表的故事

彭聪两岁的时候，田丽华和彭介民上中专；彭聪进小学的时候，田丽华开始读大专。也就是说，彭聪是与父母，特别是与母亲一块学习、共同进步的。初中时，老师要求背化学元素周期表，彭聪感到很困难，怎么也背不过，就向父母求助。父亲彭介民觉得对此“束手无策”，但也没有轻易地回绝孩子，他就与妻子商量。田丽华也没有好办法，她就天天琢磨。虽然她自己用不到这方面的知识，但她觉得孩子既然问了，就得给孩子一个满意的答复。她瞅着元素周期表琢磨了两个晚上，终于发现了诀窍。她发现，周期表就是七八个族，比如第五组族是“氮磷砷锑铋”，这句话，如果用鸡蛋孵小鸡、小鸡快出壳的时候伸胳膊踢腿来形容，还是很形象的，小鸡快要出壳的时候，不就是“蛋临伸踢壁”吗？就这么一句话，第五组族的几个元素符号就都记住了。这一发现令她欣喜不已。按照这个思路，她把周期表编成了一段顺口溜，教给孩子。彭聪根据妈妈的办法，只用了5分钟就背完了元素周期表。田丽华的聪明不但帮助了孩子，也让丈夫惊讶和佩服不已。

“创历史新低”的故事

田丽华和彭介民都知道，对于一个男孩子来说，高中是最重要的阶段之一。小学、初中学习的知识相对要简单一点儿，孩子凭那点小聪明就能应付自如。可能也正因为这样吧，彭聪在学习上一直不太刻苦。而彭聪的问题，也恰恰是考进一所重点高中之后出现的。在这所强手如林的省重点高中里，彭聪一下子就感受到了巨大的压力。有一次他回家与父母半开玩笑地说：“唉，这次我又创了历史新低！”田丽华说：“你是不是开玩笑？考了最高分反而说是历史新低？”彭聪说：“不是不是，我这次数学考了100分。”田丽华一听就明白了，因为满分是150分，但她还是笑着说：“哦，不错呀，是满分嘛！”彭聪说：“妈妈，这次我考得真的很不理想，我们班上好几个同学都是考了满分，包括数理化，很多同学几门课都考满分，而我的数学只考了100分，我这次真是特别糟糕。”

看到儿子有些沮丧，彭介民和田丽华赶紧安慰儿子说：“不要紧，分数是次要的，重要的是咱们要分析一下存在什么问题。”彭聪冷静下来，与父母一块分析，觉得主要原因就是进了一个特别好的学校之后，压力特别大，考试的时候，有些东西明明能够答出来，但真正做的时候，一紧张，糊里糊涂不知道为什么就错了。田丽华说：“你这叫乱了阵脚。明明会做的题，却把分丢了，说明情绪不稳定。现在你什么也别想，去睡觉，以后要保证睡眠和休息，头脑清醒了，学习效率会高一些，就会事半功倍。”因为这时候彭聪还当着班长，很想尽快把学习成绩搞上去，心里特别着急。彭介民和田丽华支持儿子继续担任班干部，继续开展社团工作，同时注意减轻他学习上的压力，正确对待分数。同时他们也考虑到，让孩子适当承受一些压力，经受一些挫折，对他以后的人生有好处。孩子某一次考得不好，他们认为不是坏事而是好事，有挫折，孩子就不会总是飘飘然，同时也会树立新的奋斗目标，有新的动力。如果不经历挫折，啪一下摔下来就受不了。

为了儿子，妈妈放弃工作

然而，就是这个说“教育儿子很容易”，看上去大大咧咧的妈妈，在儿子读高三、向高考冲刺的关键时刻，却做出了个令丈夫也为之震惊的决定：为了儿子，毅然放弃了锦绣前程，提前办了内退！

田丽华在公司是搞技术的，负责工艺，她工作扎实、肯钻研、爱学习，工作非常出色。单位上上下下都很看好她，提拔个分管生产技术的副经理很有可能。可是，当她看到读高三的儿子与其他六七十个孩子一起挤住在一个大礼堂里，睡眠不好，直接影响学习时，毅然做出了提前内退的决定。她在学校附近为儿子租了一个五楼的单元，让儿子和其他几个同学一块住了进去；每天中午，田丽华做了可口的饭菜，给儿子和同学送去。儿子吃饱了，还可以午休一小会儿。对于妻子的决定，一开始彭介民是坚决不同意的，他说，如果你是个学烹饪的，内退回家我没意见，回家你可以做饭做菜；可是你是个搞化验的，咱们家不需要做实验。当妻子一意孤行，内退已成事实后，他又担心妻子的举动会给儿子造成太大的思想压力。但田丽华自有办法，她对儿子说：妈妈办了个短期内退，只一年，等你结束了高考，妈妈就还回公司上班。儿子居然就信了，欣然接受了这个现实。只是，每天妈妈来送饭，他都坚持把妈妈送下五楼。这让彭介民又是感慨又是感动。他说，儿子太懂事了，居然知道感恩，比我当年懂事多了！

永远以微笑面对孩子

彭聪的成长也并不是一帆风顺的。在高三那年，特别是临近高考的时候，他的成绩出现了较大的波动。如何对待孩子出现的波动？彭介民和田丽华首先达成一致的是：不论我们心里是怎么想的、有多么担心、有多少压力，都不能让孩子察觉，绝不能让孩子因为父母而增加压力。当然，他们也去找老师了解情况，也想办法，但面对孩子，永远是微笑的，放松的。

在高考的前夜，为帮孩子放松，他们劝儿子不要再熬夜复习，而是一家三口到街上散步。在路上，他们天南海北地扯，就是不提高考的事。父母的放松情绪影响了孩子，彭聪放松地睡了一个好觉，第二天以饱满的精神和放松的心态参加了高考。

梦见孩子的高考分数

高考结束，彭介民和田丽华与所有的家长一样，关心孩子的高考分数。尽管他们表面上还是非常地放松、非常地自然，但内心的焦灼和牵挂却是任何人也替代不了的。就在可以电话查分的前一天晚上，田丽华做了一个梦，她梦见自己到儿子的学校去，进门就看见一块大黑板，上面写着儿子的名字和高考成绩，是681分。她欣喜地往前走，越近，最后那个1字上面就长出个小折，越近折越长，近了，原来是个7，也就是说，总分是687分。醒来，她告诉儿子，儿子不信，说自己考不了这么高的分数。一家人终于等到夜里十二点，彭聪打电话查分。查完，他一句话也不说，猛地搂住了妈妈的脖子。田丽华问他怎么了，他激动地说："妈妈！这可真神了，与你梦见的一分都不差！"

687分！彭聪以优异的成绩考进清华大学！

这当然是巧合。但同时也说明妈妈对于儿子的了解，说明母子连心。

快乐、无拘无束
——孩子眼中的家

“家本来就是一个快乐的字眼儿，在家中可以无拘无束地与爸爸妈妈谈心；可以把水龙头打开，让清凉的水冲洗自己的手臂；也可以坐在椅子上静静地看书；可以随时做自己想做的事……爸爸妈妈坐在草地上，我躺在他们身边，望着漫天的星斗，心里就想了，家庭的快乐真是无穷无尽，拥有家庭便拥有了快乐……”

这是彭聪四年级时写的作文。当他考上清华大学后，回过头来审视自己的成功之路，拥有一个快乐的家也许是最重要的因素之一。一位教育专家曾说过，孩子如果有一颗快乐的心，生活得特别快乐，比什么都重要。彭家这一家三口只要在一起，就是欢声笑语，就是轻松快乐。其实，与别的孩子一样，彭聪也喜欢玩游戏机、玩电脑游戏，甚至迷恋网络游戏。但这不但没有影响他的学习，甚至没有影响他们全家的快乐。彭家是如何轻松愉快地度过孩子游戏关的呢？

还在彭聪很小的时候，彭介民借出差之机，从武汉给儿子买回了第一台游戏机；当计算机出现后，他又亲手给儿子插了一台286，以后升级为486。彭聪对于游戏爱不释手，回家写完作业，就一头扑在电脑上，玩得昏天黑地。这时候，爸爸和妈妈不但不制止他，还陪他一起玩儿，特别是妈妈，见儿子双手都在忙着打游戏，就剥瓜子给儿子往嘴里送。丈夫见了眼馋，她就也给丈夫一个。丈夫开玩笑说，儿子吃十个，我才吃一个，太不公平了。

对于让儿子玩游戏，彭介民的理由是，反正早晚是要接触的，与其大了迷恋其中，不如趁早让儿子玩个够，他还把这美其名曰“脱敏疗法”。说来也怪，脱敏与否先不说，儿子玩游戏不但没耽误学习，还促进了学习。起因是彭聪迷上三国游戏，由游戏他又喜欢上了这段历史，先是读《三国演义》，后来又读《三国志》，系统地研究这段历史。再后来，学文言文时，就有一种似曾相识的感觉，居然非常轻松了。

说起这个快乐的家庭，还有一个关上窗户唱歌的故事。有时候彭聪学习或是玩游戏累了，说要唱歌，妈妈就说“拿出你的音乐书，咱们一起唱”。爸爸这时就一边关窗户一边说：“咱们一家三口都五音不全，别把狼召来了。”窗户关上了，全家人的歌声也响起来了，有时，一家三口就躺在床上放声高歌。在这样的家庭中，孩子与父母根本没有什么代沟，也没有什么隔阂。有什么话，彭聪都乐意对父母说。有了快乐，三个人分享，就是三倍的快乐；有了忧愁，三个人一分担，也就无影无踪了。他们自己把这种关系定义为“合作基础上的让步；相互之间互相理解，互相沟通和宽容；资源共享，高兴的事也共享；如果有不高兴的事，有什么困惑，三个人分担”。

成功秘诀总结

在总结“成功经验”时，这对夫妇说，他们不过是“碰巧”在20多年前就对孩子实施了“比较符合科学规律”的教育方法。回首过往，他们总结了这么几条：

一、他们夫妻都有读书的习惯，特别注意各种学科知识的积累，喜欢看书，家里到处都是书。特别是田丽华，读书已经成瘾。她甚至对语言有特殊的兴趣，精通英语，法语也过了关，还懂日语、德语、俄语、世界语呢。这种学习型家庭的氛围对于孩子的成长无疑是极其重要的。

二、给孩子营造一个宽松的环境。

三、与孩子的老师做朋友，与孩子同学的家长交朋友。这是为了随时了解孩子在学校的表现，了解孩子结交了一些什么样的朋友。

四、言传身教。父母不要说得太多，要尽可能多做。

五、要有一颗平常心。

六、夫妻两个人教育孩子的态度要保持高度一致。

儿子感谢父母尽力为他撑起一片天，父母感谢儿子教会他们怎样做父母

彭聪现在是北京一家外企的“金领”，说起父母，他的感激之情溢于言表。他说：“我知道，父母是在他们所能够承受的最大范围内，尽最大的努力给了我这样一片愉悦的天空，我心里非常感动。我觉得，做人最起码的一点就是要懂得感恩。父母对我任何的一点进步、对我任何的一点长处，都给予了最大的赞赏和鼓励，这是对我从小到大最大最大的支持。”

彭介民则说：“孩子知道感恩，我觉得这是我们的教育最成功之处。我们之间，应该是一种相互的感恩。”

田丽华说：“亲爱的儿子，风风雨雨陪你走过这些年，我们真心地感激你，是你教会了我们如何做父母。”

感悟与思考

孩子是船，家教是帆，家庭是孩子成功的港湾。在彭介民和田丽华的眼里，培养孩子是“非常愉快的一件事”。他们的成功经验让那些焦灼、无望的父母看到了希望。

“文革”期间“下乡”带给他们的知识空白使得他们返城后恶补知识，对知识的渴望让他们嗜书如命。在他们的眼里，学习是快乐的，而对儿子的教育也是快乐的。在他们看来，教育孩子就是“在学习上不给儿子任何压力和过分的要求，而是要给孩子一个宽松的家庭环境，让儿子健康快乐地成长”。通过为儿子编故事的方式，既激起儿子的兴趣，又增进了与孩子的沟通和交流。夫妇俩有耐心、常鼓励、不给孩子施加压力。孩子学习遇到困难时，他们会适时地找老师了解情况，积极研究对策。面对孩子，永远是微笑的，放松的。

用什么方式教育孩子最好呢？似乎没有标准的答案。但是民主式的家教方式无疑是较好的一种方式。民主式的家教方式要求尊重孩子的个性、兴趣、需求，建立双向沟通的良师益友的人际关系。通过民主式的家教方式，才能营造和谐的家庭文化氛围，才能施以健康的、有效的教育。彭聪的成功得益于他有一个良好的家庭环境，是父母为他的成长撑起了一片天空。

每位家长都应该深刻反思和审视自己的家教方式，看看自己是否还因为怀有强烈的“望子成龙、望女成凤”的功利化心态，而苦于寻求不到合适的家教方式呢？

爱的智慧

12年前，身无分文的单亲母亲与11岁的儿子相互激励；12年来，母亲经历了下岗，家经历了被洗劫，儿子经历了多次挫折和失败。

今天，母亲成为作家、教育家，儿子成为世界著名的钢琴新星！

这位母亲名叫吴章鸿，儿子叫吴纯。

“人不论以什么样的身份活在这个世界上，都应该活出自己的人格和尊严。”吴章鸿说。

两分钟获奖感言，让听众泪流满面

2005年9月17日，天津母亲文化周，全国十佳母亲颁奖仪式正在隆重举行。一位身材单薄的中年妇女即席作两分钟的获奖感言：

"我是一名普通工人，不懂音乐，是一个单亲妈妈。离婚后，我和孩子所有的财产就只剩下一架旧钢琴和各自换洗的衣服，家徒四壁，连桌椅、板凳、床都没有了。很多人跟我说：'你不懂音乐，又没有钱，一个单亲妈妈，却想培养出一个钢琴专业人才，这不是痴心妄想吗？'但是我毫不动摇。为了给儿子学习钢琴创造物质条件，我一直到处打工，拼命挣钱，我干过产品加工、学过缝纫、送过外卖、做过家教、当过推销员。我一直规定自己每天的生活费不能超过5元人民币，而每年花在儿子身上的各种学习、比赛费用却以万元计。孩子成长的过程并不是一帆风顺的。1997年12月底，吴纯被选送去香港参加'首届中国钢琴曲目比赛'的决赛，我倾其所有，给他凑足了往返机票所需的5000元钱。但由于临场发挥不好，儿子没有取得名次。当我从别人那儿了解到这个情况后，最先考虑的是儿子失利后的感受，想到此刻他最需要妈妈的理解和支持，于是我决定到机场去迎接儿子。我家距离机场非常远，乘出租汽车要100多元，而当时我身上总共还有不足十块钱。我花1元钱，乘公共汽车到民航小区，然后步行走上了通向机场的高速公路。我的脚受过伤，走路很痛。有位好心的环卫工人告诉我：'凭走，是到不了机场的，你还是拦个车，求好心人带你一程吧。'当我历尽艰辛终于到达天河机场后，一打听，才知道儿子乘坐的飞机因天气延时了。晚饭时，机场商店出售的食品价格比外面商店的贵很多，我连一包饼干也舍不得买，硬撑到晚上8点多钟。最后走下飞机的儿子忽然听见我的呼唤，一脸惊讶地说：'妈妈，您怎么来啦？真对不起，我花光了家里所有的钱，却没有拿到奖。'我拍拍儿子的肩头，笑着鼓励道：'正因为你没有获奖，妈妈才专门赶到机场接你。妈妈从不以一次成败来论英雄，相信你能从这次参赛中总结经验和教训。'孩子听后十分感动……"

家徒四壁，她却执意让儿子坚持学钢琴；节衣缩食，她倾其所有支付儿子学琴费用

一阵热烈的掌声，打断了她的发言，许多听众和她一起流下了激动的泪水。

这位母亲就是吴章鸿。

12年前，吴章鸿终于从不幸的婚姻中解脱出来时，儿子吴纯11岁，正在读小学五年级，已经学习了六年钢琴。当时，母子俩家徒四壁，连桌椅、板凳、床都没有。本来，亲戚朋友们就劝她不要带孩子。可是，既没有经济基础，也没有一点音乐知识的她，却决心让儿子继续把钢琴学下去。她不允许自己婚姻的失败影响儿子的成长。离婚后她做的第一件事，就是带着年幼的儿子走进新华书店，选购了"自立"、"坚毅"两张警言条幅，挂在家里以鼓励自己和儿子。为了保证儿子学琴的费用，她在干好本职工作的同时，还到处打工挣钱，她先后干过线路

焊接加工、缝纫、餐厅服务员、个体书店的营业员，还送过外卖，做过家教。她从来没有节假日，工作起来常常顾不得休息。有时甚至通宵不睡觉，实在是熬不住了，就趴在桌子上睡一小会儿。她把自己每天的生活费限制在5块钱之内，而每年花在儿子身上的各种学习、比赛费用却动辄超过一万元！

这期间，他们家还遭受过一次洗劫，对于这个困难的家庭来说，无异于雪上加霜。但吴章鸿却平静地对待这一切，默默地承受着。

让儿子面对现实，接受苦难；让儿子自强自立，走进社会

作为一个离婚女人，儿子是她生命中的全部和唯一，可她并不溺爱孩子，而是有意识地让儿子面对现实，接受苦难。在不影响儿子学习和练琴的前提下，她常常把儿子带到她打工的现场，让儿子目睹自己辛苦劳动的场面。那年暑假，她带儿子去购买材料和配件。正是武汉最热的8月，高温40摄氏度，她和儿子一起挤上公共汽车，乘车两三个小时，辗转几家商店才购齐所需。几十公斤重的材料，她与儿子肩扛手提。饿了，她和儿子蹲在马路边吃最便宜的盒饭。一天下来，儿子感慨地对她说：“妈妈，我今天终于理解了为什么当年离婚的时候，会有那么多的伯伯阿姨劝妈妈不要带我，放弃对我的抚养。妈妈，你为我付出了太多的心血！”

小吴纯学琴渐渐有了名气。这天，有位同事对吴章鸿说，想请吴纯去做他女儿的钢琴家教，她马上就意识到这是锻炼儿子的好机会。但吴纯担心自己只是个初中生，害怕教不好，不

敢去。吴章鸿认真地对儿子说："如果你担心自己没有经验，害怕教不好，我们可以不要阿姨付报酬，先去大胆尝试，积累经验。"她还对儿子说："妈妈当然会一如既往全力地支持你。但是，世界上充满着意外，妈妈也会随时因为各种意外死去，那么在这个世界上，你依靠谁呢？只能依靠你自己。所以你应当尽早地进入社会，学会自立。"在她的鼓励下，年仅14岁的儿子走进一户人家，开始教钢琴。当儿子拿到辛苦一个多月的收入100元钱跑步回家时，他敲开门，对吴章鸿挥舞着钱说："妈妈，您看儿子能挣钱了！"看着兴高采烈的儿子，吴章鸿情不自禁地流下了滚滚热泪。后来，小小的吴纯又收下了两个学生，他不仅敢教小朋友弹钢琴，还教退休老教授学钢琴，月收入达到500元以上。他把所有的收入全交给妈妈来管理，从不随便花一分钱。

吴纯毕竟还小，看到一起住校的同学穿名牌，也非常眼红。有一次，吴纯对妈妈说，同学穿的一双名牌旅游鞋很好看，他也想要。吴章鸿带着儿子来到商店，面对四五百元一双的名牌鞋，吴章鸿犹豫了。她对儿子说，这鞋不值这么多钱。儿子没说什么，回家闷闷不乐。可是冷静下来一想，自己辛辛苦苦一个月才挣多少钱？妈妈辛辛苦苦一个月才挣多少钱？妈妈一个月的生活费才150元呀。于是他主动找到妈妈，承认错误，说不买了。可这时，吴章鸿也转变了想法。她觉得孩子也不容易，既然提出了要求，就满足孩子一次。她说：既然你喜欢，那妈妈就带你去买吧。妈妈的决定让儿子十分感动。虽然，在儿子的坚持下，名牌鞋最终没有买，但儿子心中却非常舒畅。他学习和练琴更加刻苦也更加自觉，只用了3年半的时间，就提前完成了初、高中学业，凭着优异的考试成绩赢得了乌克兰敖德萨音乐学院的大学邀请函。

母亲用一封封信支持远在异国他乡的儿子

1998年11月3日，首都机场。当16岁的儿子拖着100多斤重的行李走过安检门后，刚才还强作欢颜的吴章鸿再也忍不住汹涌而出的泪水。回到家，她寝食不安地度过了20多天，终于盼到儿子的第一封来信。然而，儿子的信却更令她牵挂！儿子在信中说："为了节约5美元的小费，我自己提着100多斤重的行李，一口气上了30多级台阶，我第一次感到自己已经长大了。在基辅转车时，我被一个高大的男人撞倒在地，竟然爬不起来了，我这才想起自己已有一天多没吃没喝了，那时我多么想念您呀，妈妈……乌克兰学校的床和书柜都要自己组装，我还没有装好床，就累得在室友的床上睡着了，他很不友好地将我踢醒，并让我离开他的床。真感谢您以前没有娇惯我，一直要我自立自强，否则，我真不知道自己该怎么面对这一切……"

吴章鸿马上提笔给儿子写回信，她把泪水藏在心底，在信中鼓励儿子："儿子啊，你要清楚，乌克兰不是天堂，也不是地狱，你出国的目的是去寻找钢琴的根，去吸取音乐的精华。因此，无论在留学过程中出现任何艰难和险阻，你都要勇往直前，妈妈坚信你一定能行！"

儿子远在异国他乡，如何与儿子交流，如何让儿子树立信心战胜各种困难正确面对人生与成长？吴章鸿苦苦思索着。后来是儿子的一封来信启发了她。儿子到乌克兰不久，竟意外遭到抢劫，一下子丢失了近400美金，郁闷之中，他翻开妈妈给他的剪报文集，重读《没有钱的日子》和《不畏困难，愉快生活》两篇文章并从中受到鼓励，才调整心态渡过了难关。看了儿子的这封信，吴章鸿思索良久，最后决定用每周一封"剪报家书"的方式激励和指导儿子。为此，她主动要求承担单位的义务报刊收发。她利用这个岗位翻阅大量的报纸、期刊，精心挑选对儿子成长有用的文章复印下来，然后再把自己的阅读心得写在小纸片上，一起寄给儿子。尽管她经济拮据，每天限定自己的生活费不得超过5元钱，但每周花6元8角钱给儿子寄信却雷打不动。这些信不但是吴纯的宝贝，也是与吴纯一起留学的中国学生的共同财富。每周共同盼望和阅读吴妈妈的来信成为全体中国留学生的节目，同学们都羡慕吴纯有个好妈妈。后来，当吴章鸿了解到电脑网络的快捷与便利后，又开始了她的远程家庭教育。为此她学会了五笔打字，学会了上网发电子邮件。没钱买电脑，就利用别人休息时间，用别人的电脑发邮件，或者到网吧发邮件。后来她得知早晨网吧收费最低，就利用早晨到网吧上网给儿子发信。

在最困难的时刻，儿子如一座山让妈妈有了依靠

2001年初，吴章鸿由于没有大学本科文凭而痛失心爱的工作岗位，成为一个待岗人员。尽管她据理力争，尽管她工作一直尽职尽责，但规定是铁的，领导表示不能为她而搞特殊。这犹如晴天霹雳，把她击倒了。在最困难的时刻，她想到远在天边的儿子，不顾许多朋友的劝说和阻止，毅然写信给儿子，告诉儿子她下岗的消息。儿子接到信后，马上打来国际长途电话："妈妈，您不要感到孤立无援，您不要害怕，因为在您的身后有一座山，那就是您辛苦养育了19年、正在不断长大的儿子。儿子一定要用自己的成功，来支持妈妈，帮助妈妈走出困境。"吴纯是这样说的，更是这样做的。2001年，他参加了3次国际钢琴比赛，荣获了两个第一名和一个第三名。他还应邀去俄罗斯、德国、匈牙利举办了个人钢琴演奏会。

母亲：出书，作报告，走进人民大会堂；儿子：获得十几个国际大奖，正在攻读钢琴演奏家专业

儿子的成功反过来激励着妈妈。吴章鸿决心向儿子学习，用成功来证明自己。她把这些年自己作为一个单亲母亲如何教育和培育儿子的经历和体会写成文章，投往报刊，结果大受欢迎，多家报刊竞相刊登、转载。她还开通了一条母亲热线，为全国许多素不相识的母亲和正在成长中的孩子们免费提供力所能及的帮助。同时，她的名气也越来越大。2002年，她成为“全国教子有方的好家长”，光荣地走进了人民大会堂，作了她人生中的第一场报告。随后，她又参加了教育部、全国妇联、共青团中央联合组织的“更新家庭教育观念”巡回报告团，接着还不断应邀赴各地与广大家长交流在培养教育孩子成长中的心得体会，几乎到过所有的省市，从繁华的大城市，到偏僻的山区农村，至今已作报告500多场。她还和儿子共同完成了长达18万字的自述性报告文学《母子同奏激扬琴声》。2004年2月，她又把寄给儿子的“每周一信”中的有关文章及读后心得辑录成书出版，这就是《每天进步一点点》及续篇。这两本书被教育部、共青团中央评为“全国青少年最喜欢的优秀图书”。

而吴纯，至今已经获得十几项国际大奖。特别是2004年6月德国汉诺威音乐学院招考钢琴系博士生，来自全世界几百名高手竞争2个入学名额，吴纯用自己精彩的演奏征服了在场的8位评委，脱颖而出，成为当今世界著名钢琴家克莱涅夫教授的学生，继续攻读钢琴演奏家专业。

感悟与思考

这是一个单亲妈妈用智慧和毅力托起世界级钢琴新星的故事。从12年前的身无分文，到现在的教育家和钢琴新星，12年的艰辛、挫折与失败，都体现在母亲吴章鸿的一句话里："人不论以什么样的身份活在这个世界上，都应该活出自己的人格和尊严。"

作为母亲，吴章鸿培养孩子的教育方式是智慧的。看好孩子的天赋，坚持让孩子学习钢琴，为了孩子省吃俭用，倾其所有支付高额学费；在孩子失利时给予理解和支持，给予妈妈的温情和鼓励；培养孩子自立、坚毅的品质，让其面对现实，接受苦难，在自强自立中走入社会；注重情感上的交流，坚持写信鼓励在乌克兰求学的孩子，坚定其信心。

这是一个成功的教育案例。在孩子的成长道路上，父母需要充分尊重孩子的合理意愿和要求，培养孩子自立自强的生活能力，同时给予情感上的支持和鼓励。

教育孩子需要智慧。父母应该选择哪种教育方式才能充分激发孩子的潜能？这需要父母基于实际情况作出理性的选择。

库金会教子四绝招

他是一位普通的军转干部，在企业负责职工教育，用儿子的话说，他是一位"半文盲"。可就是他，从自己儿子身上，发现了改革的可能，并且大胆地用自己的儿子做试验，取得了极大的成功：两个儿子的成功，家庭的成功，他自己的成功。

库金会是湖北十堰市一位颇具传奇色彩、在国内也小有名气的人物。

他是一位普通的企业干部，只有初中学历，做过苦力，当过兵，但他却在家教领域取得了骄人的成果。他以超人的执著和独特的方法，呕心沥血培养自己的孩子，使两个孩子先后考上了名牌大学（一个考上北京航空航天大学，一个考上北京地质大学）。他自己也通过不断的自学和总结，先后出版了《没有不成功的孩子》、《普通的孩子也能进名校》等9部著作。他的家庭被评为首届全国学习型家庭。他的儿子称他是“一个很棒的人生策划师，不但将我们全家策划进了小康，还策划我们兄弟俩由厌学、成绩差到考上了重点大学，他自己则由一个半文盲成了畅销书的作家”。

于是，我们请库金会走进《天下父母》，向观众公开了他教育孩子的四大绝招。

绝招之一：学习不好——跳级

库金会有两个儿子，读小学时，大儿子库博飞学习成绩还不错，但小儿子库稳飞成绩却很差，在班里是倒数几名。作为企业的教育科长，库金会管的就是职工子女的上学。通过大量的调查，他对于别人家孩子的学习情况也都有所了解。对学习差的孩子通常做法是留级，但效果却并不怎么好。留级的孩子一是自卑，二是已经学过一遍了，学习上缺乏新鲜感，没有积极性。怎么办呢？爱动脑子的库金会转念一想，降级不行，跳一级怎么样？这个念头一跳出来，就牢牢地占据了他的脑海。跳级有很多好处：由于是跳级，考最后一名也不丢人，没有自卑感；学习上有压力，会变成动力；还可以节省一年的时光。他越想越高兴，就决定先拿学习好的大儿子做实验。如果哥哥成功了，弟弟就肯定也会成功。因为弟弟虽然学习成绩差，但人比哥哥还要机灵得多，分给他们哥俩点好吃的东西，弟弟总能把哥哥那一份也吃了，还让哥哥心甘情愿。学习不好那是贪玩，不用功，比如考试，他经常早早地交卷走人，有时连自己的名字都忘了写。库金会到学校查看小儿子的试卷，找不到，老师笑着说：不用找，那张没写名字的就是。

库金会让大儿子跳级获得了成功，学习成绩不但没跟不上，名次还有所上升。库金会让小儿子跳级的决心更坚定了。转过年，库金会就让小儿子也跳过小学六年级直接上初一。小儿子不愿意，一是怕跳了级学不好，二是贪恋那一帮小哥们玩儿。库金会就给他做工作，鼓励小儿子。解除思想包袱之后，库金会又拿来六年级的数学书，让库稳飞自学。结果只用了两天，库稳飞就把这本书看完了。库金会选了几道题让他做，还真做出来了，这一下父子俩都充满了信心。库稳飞跳到初中后，成绩不但没落下，反而一路飚升，最后居然成为前几名的学生。

当然，仅仅让儿子跳级是远远不够的。儿子上初中后，库金会紧接着使出了第二招。

绝招之二：每日感动法——送饭

十堰市有一百多所学校，库金会利用工作之便全部进行了走访。他发现，一个优秀学生变为后进生、一个前十名的学生变为倒数第一的学生，很多都是从玩网络游戏开始的。同时，住校生晚上回到寝室，往往交流一些不良信息。为了杜绝这一切，库金会采取了两个措施：一是不准孩子住校，无论什么情况，晚上必须回家；二是每天中午给孩子送饭，他说这一做法有两个目的，一是感动孩子，二是掌握孩子的行动，更全面地了解孩子。

让孩子走读，孩子会很辛苦，但是家长以更辛苦来感动孩子。早上，库金会和爱人比孩子起得早，把早饭做好，让孩子吃得舒服，保证营养。晚上，孩子写完作业，给孩子做夜宵。孩子不睡，家长绝对不会早睡。更让孩子感动的是，库金会风雨无阻，每天中午给两个孩子送饭，从初中到高中，一天不落。有一次下大雪，孩子觉得父亲不可能来了，就跟同学一块到外面吃了。回来，看到父亲坐在教室里，守着热腾腾的饭菜等他，孩子很内疚，觉得对不起父亲。还有一次，库金会在下公交车时急了一些，被一伙青年人推下车，重重地磕在了马路牙子上。然而就在倒地的一刹那，库金会保护的却是饭盒。他磕得口鼻流血，几乎昏过去。清醒之后，还是坚持把饭送到儿子手中。

每天中午给孩子送饭不仅仅是形式，还有更多的内涵。利用儿子吃饭的时间，与儿子交谈几句，及时了解孩子的思想，同时观察其他学生。譬如，他发现，午休这段时间，一些男学生和女学生公然成双成对做出许多亲昵的举动。这使他十分吃惊，更坚定了让孩子走读和自己每天送饭的决心。

绝招之三：写检讨

孩子在青春期，与父母亲发生冲突是必然的。如何缓和与儿子的紧张关系？库金会的做法是：给儿子写检讨信。一旦父子之间发生冲突，总是父亲给儿子写检讨，而且有时不止是一封，是连续写好几封，直到问题解决。

亲爱的儿子：

你好！

昨天晚上爸爸妈妈做得不对，在你高考紧张的时期，我不该跟你妈妈争吵，影响你学习了，做得不对，向你做诚恳的检讨。但是你做得也不对，爸爸在这里也给你提出来。你看你害得爸爸一晚上没睡觉，腿也走软了。假如你今后做父母，你怎么看这件事情？

爱你的父亲　库金会

这是2001年寒假里，库金会写给大儿子的一封检讨信。起因是头天晚上他与妻子因为生活琐事发生争吵，声音大了些，库博飞愤而摔门出走。库金会赶紧追出去，想劝儿子回家。不料儿子横起脸对他说：你若是再跟着我，我就一头撞到汽车上！这一来库金会不敢跟得近了，就装作回家，悄悄跟在儿子后面大约500米的地方。儿子虽然不知道父亲还跟着他，但七拐八拐还是把父亲甩掉了。其实他说出走只是气话，内心里烦，就出来走走透透气。晚上9点摔门而出，11点就回家睡觉了。但库金会不知道，还在街上找，直到天亮也没找到。一瘸一拐地回到家，才发现大儿子在床上睡得正香呢。他不气不恼，而是赶紧为儿子做饭，并且写下了这封检讨信，笑着交给儿子。

还有一封信也很有代表性，由于比较长，节选如下：

博飞：

今天话题的前提是：假如一切都是我的错。爸爸在与你的争论中，假如都错了，但是你和弟弟在十堰家中分别只有100天和两年多一点的时间了。也就是说，你们马上

就要离开父母走上社会了！你们目前的身份其实是十堰的客人，你们是客人啊，你作为客人，也是父母身边的客人。你想过吗？作为一个客人，就要像一个客人的样子……总之，错，都在父母，但为了你们兄弟俩的前程，你们就再忍一忍吧。忍，能使你们走向成功。特别是你，再忍100天，不要让父母生气，原谅父母的错，做好100天的客人，做个真正的客人，争取考上清华。

父亲

一望而知，这是为即将参加高考的儿子鼓劲。写给儿子的检讨信，有的是利用中午送饭当面交给儿子，有的是放在儿子的书桌上让儿子回家看到。对于父亲的检讨，儿子有时候会当时就感动得流泪，但有时候也不屑一顾，特别是在气头上时，还会批上“胡说八道”、“放狗屁”这类大不敬的字。但是冷静下来，看看父亲的检讨，也觉得父亲态度很诚恳，并不完全是在说假话。再说，父亲在检讨中指出自己有些地方做得也不对，还是很有道理的。说到底，父亲还是为自己好嘛！这样，那点剩余的火气也就消了。

那么，库金会不管错在何处，一而再，再而三“忍气吞声”地给儿子写检讨，他就不觉得委屈吗？他说，我不委屈，因为我爱儿子，真心为儿子好。再说，儿子在青春期，有逆反心理是正常的，做父亲的怎么能与他一般见识呢？他说，有时教育儿子，儿子那股子拗劲儿上来了，捂着耳朵不听，还命令家长“闭嘴”。在这种情况下，家长如果再说下去，只会激化矛盾。于是库金会就想到了笔谈。笔谈也得选择最易让孩子接受的形式，于是他选择了写检讨信。

绝招之四：利用恋爱引导孩子上进

毋庸讳言，目前在中学生中确实存在着早恋现象。许多家长对此忧心忡忡，有的惊慌失措，有的如临大敌，有的为此与子女关系紧张。那么，库金会是如何陪伴孩子走过迷茫的青春期，如何对待孩子可能的早恋的呢？

库金会是在给孩子送午饭时发现不少学生搂搂抱抱的，惊讶之余，他马上想到如何正确地引导自己的孩子。他想，这事肯定是得制止，但是不能来硬的，硬来很可能适得其反。大的原则就是不能让孩子在青春期谈恋爱，同时还要利用这件事情鼓励儿子好好读书。他对儿子说，爱美之心人皆有之，但是真正的美女不在十堰，而在北京。要想找好对象，就要到清华和北大去找，那么你们自己首先就要考上清华和北大才有希望。他对儿子分析说，高中谈对象成功率只有千分之一，那九百九十九个都失败了，都耽误了学业，浪费了感情。他说，什么是漂亮的女孩？漂亮的女孩不是那些穿得花里胡哨的，而是那些学习成绩好的。你要向那些学习成绩好的学习，和她们交朋友。而要做到这一点，也首先要自己学习好，否则人家和你交流时就没有共同语言。他的这些话令笔者想起“知心姐姐”卢勤在一次报告中讲的一个例子。她说有一个男孩在上中学的时候喜欢上了班里最漂亮的一个女孩，爱得死去活来。爸爸知道了，与儿子进行了一次谈话。儿子说他真的喜欢那个女孩，那个女孩也是真的喜欢他。爸爸说好哇，我也希望你们是真的互相喜欢，但是我有一个问题，你将来是想就在咱们县里发展呢还是到省城发展、到北京发展？儿子说：我当然是到北京发展了，这个破县城有什么前途？爸爸说，那么，爸爸给你一个建议：如果你想在省城发展，你就要到了省城再解决这个问题；如果你想在北京发展，你就应当到了北京再解决这个问题。如果你们真的是互相喜欢，我也不干涉，但你们要好好学习，双双考进北京的大学之后再进一步发展感情，好不好？儿子幡然省悟，说：啊，那就等考上大学再说吧！

库金会的做法，不知是受了高人启发还是“英雄所见略同”？

讲究技巧，与孩子做朋友

库金会说，通过教育和培养自己的两个儿子以及其他许多孩子，他发现了孩子的几个特点：

一、孩子知道读书很重要，但就是不愿意读。

二、狂妄。初中二年级之后，孩子们普遍感到家长们很笨，不如他们聪明。

三、贪玩、懒惰、怕吃苦。

他说，做家长也要讲究技巧，要与孩子打成一片，要与孩子交朋友。儿子喜欢体育，他就订了好几份报纸，把有关体育的部分标出来，中午送饭时带到学校给孩子看，还与孩子讨论足球、篮球什么的。他说，你让他知道了，他反而能安心地学习，不然他总是在想哪个队赢了还是输了，影响学习。

他说，家长的努力只能占到0.01‰，孩子的努力占999.99‰，因为孩子是学习的主体。但是我们做家长的这个0.01‰也相当于1000‰，因为少了这个0.01‰孩子也成功不了。

感悟与思考

人们常说父爱如山，这山一样的父爱承载起孩子一生成长的跌宕起伏。父爱是厚重的，它可以担负孩子的一切；父爱也是细腻的，它可以照顾到孩子的点点滴滴。现今社会，随着知识的力量逐渐被家长所认知，对孩子的教育已经成为家长生活中十分重要的方面。每位家长都为孩子的成长而殚精竭虑，绞尽脑汁提高孩子的学习成绩。在这个过程中，父亲的作用是不可忽视的。故事中的库爸爸面对孩子学习的实际情况，别出心裁地运用跳级、送饭、写检讨等“绝招”激发孩子的学习兴趣，提高孩子的学习积极性，取得了意想不到的成功，使自己的两个孩子都考上了名牌大学。

每个孩子都是一个特殊的教育个体。天下没有包治百病的灵丹妙药，同样也没有适用一切的教育方法。库爸爸的教育方法只能作为教育自己孩子的一种特例，很可能不适合所有的家长。但是，库爸爸有足够的爱心和耐心发现自己孩子的长处和不足，并且能够与孩子打成一片，成为孩子的知心朋友，用家长的0.01‰的努力最终促成了孩子1000‰的成功。这不能不为那些“望子成龙、望女成凤”而又一筹莫展的父母们提供一些有益的借鉴。

16天长大

这又是一个深陷网络游戏魔潭的少年，这又是一个被网络游戏的恶魔逼到绝境的家庭。绝望中的母亲，竟然差点儿走上绝路，而身患心脏病的父亲，怀着破釜沉舟的决心，带着儿子，从家乡曲阜，徒步走向武汉，去向著名的戒除网瘾专家陶宏开求助……

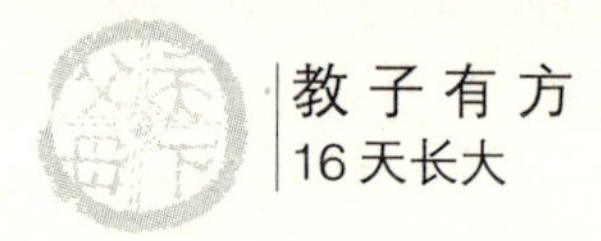

为挽救儿子，父亲想出奇招

考上高中之后，本来成绩优秀的刘阳在尖子如云的重点高中一点儿也显现不出来，重压之下，他跟同学到网吧去“放松”，没想到一玩就上了瘾。在网上，没有人管他，没有人能比得过他，他就是天王老子，他就是天下第一，一种君临天下的成就感使他陶醉其中不能自拔。从晚上10点一直玩到次日早晨6点，花费是5元钱。当然，第二天上课时就打盹，睁不开眼，听不清老师讲的是什么。他自己也知道这样影响学习，却总是难以割舍游戏时的快乐，于是一次又一次地放纵自己，以“再去这最后一次”欺骗自己。没想到的是，游戏像一条美女蛇，把自己越缠越紧。刘阳在这个美丽而温柔的泥潭中越陷越深，最多的时候，他一连4个通宵泡在网吧，学习成绩一落千丈……

一开始妈妈根本不相信儿子会变成这样。家离县城60多里路，她每周末都到曲阜一中，苦口婆心地劝儿子，但她一离开，儿子便又旧病复发。父亲刘伯生想的办法更多。他曾想到学校陪读，一天24小时陪着儿子，使儿子无法上网，但学校有规定，不允许家长陪孩子一块住；他又想在曲阜做个小买卖，以便随时监督儿子，但终因家庭困难，没有启动资金而作罢。软的硬的，所有的办法都用尽了，却就是唤不回儿子那颗痴迷于网络游戏的心！

妈妈绝望了，一度产生了轻生的念头。

爸爸也几乎绝望了。他气、急、恨，却又无可奈何。就在这时，他从电视上看到武汉有个叫陶宏开的，成功地帮助几个孩子戒除了网瘾，他眼前一亮，觉得孩子有救了。他暗暗下定了徒步带儿子到武汉去找陶教授的决心。当然，对于自己的身体，他是很清楚的。医生说他是先天性心脏瓣膜缺失，随时可能出现意外。他想，如果他死在半路上，那么儿子肯定会被感化而戒除网瘾，那也算他作为父亲为家里作出了一点贡献，也就死而无憾了。

4月2日，他到学校为儿子办理了休学手续，并悄悄做通了儿子的工作。2005年4月13日，父子俩以到济南打工的名义，离开了家乡。

儿子的行走日记

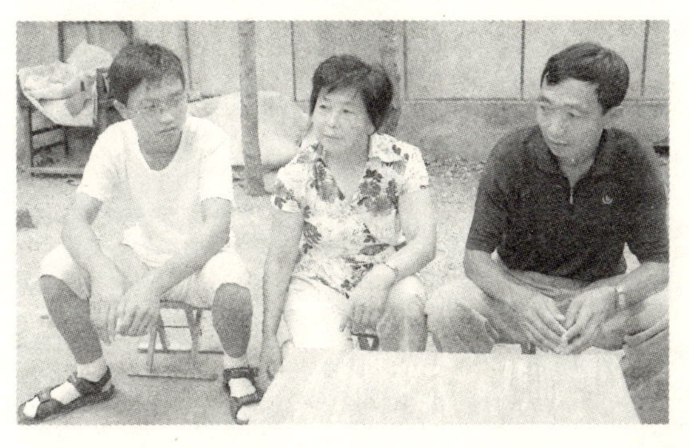

4月13日。离开家。爸爸不许我回头。当我们坐车到曲阜时，我对爸爸说："爸爸，我们别去武汉了，我们去济南打工，我能改，真的能改。"爸说："孩子，咱们还是去吧。"其实当时我对戒网一点信心也没有。也许爸爸看我心中还没拿定主意，怕我中间返回，就坐车赶到商丘，在商丘花52元买了一辆自行车。在把行李放上车子的一刹那，我从父亲的脸上看到了一种信念，一种鼓舞我走到武汉的信念。

4月14日。今天是正式步行的第一天，行程68里。到中午走了34里我们已经累得不行了，爸爸在路边找了辆废弃的客车，我就在后排座位上睡了一会儿。晚上，我有点怨爸爸了，可这一念头马上被打消了，这一切不都是为了我吗？

……

4月16日。行程70多里。天气热起来了。爸爸明显黑多了，我看着他拖着疲惫的身子，担心他的身体。我也累得不行，可我不敢也不想说回家的事。我要坚持。

4月17日。今天我知道了什么是困难。下午到达沈丘，我们带的钱不多了，只好让姑姑打进我们卡中100元。可天不遂人愿，河南农村信用社没全国联网，钱取不出来。没办法只好去邮政局办卡，可邮政局没卡了。我们又只好去找农行，在农行才办好卡，共花去10元，这样我们就仅剩1元钱了。爸爸用这1元钱给姑姑打了电话，才知道家里农行5点半关门，当时都5点了，钱今天一定存不进来了，明天存后天才能取，也就意味着我们这两天得要饭吃！唉，都是我害的！

4月18日。爸爸讨饭。上午我们还是用仅剩的5个馒头充饥，下午路过一个叫半坡庄的地方，爸爸下决心要讨口饭吃。路过一个大门口时，爸叫我停下来，他走过去，先说要水喝，又过了一会才说要口吃的。门口坐着的几个妇女一听我们是去武汉，立即掏出5元钱，拿出1元给我们买来馒头，并把那4元给了我们。这时爸爸哭了，被感动得哭了。我也哭了，我是觉得对不起爸爸哭的。我永远忘不了这一天。今天我们走进安徽界。

……

4月21日。妈妈哭了。也许昨天休息得好，今天是走得最远的一天，有86里。晚上又找不到地方睡觉，我们只好花10元钱住进了一家旅社。今天我们把真相告诉了妈妈，妈妈知道后哭了，她怕我会受不了。

4月22日。人家拿我们当坏人，差点报了110。进入山区，路特别难走，上坡路一段接一段，一段足有2里，特别累。过罗山时看到标志到武汉186公里，当时我心里很高兴，没几天就可以到武汉了。傍晚5点多钟，我们在路边找到一间废弃的小屋。可谁知没多会来了个中年妇女赶我们走，并且说要打110。爸爸说尽好话求她让我们住一夜。当时我特别难受，心在流血！最后她儿子见我们可怜，也劝她，她才让我们住了一夜，但要给我们家打电话问清我们身份的真假。她与我妈妈打完电话，证实我们不是坏人后，还给我们弄了点干鱼片和鸡蛋。唉，我更觉得对不起爸爸了。

4月23日。大米饭真香。从今天起，我们开始喝凉水，因为这儿人烟稀少，公路都是新修的，旁边没几户人家。我们每天只能喝凉水，啃方便面。十几天的累痛一并发起，腿跟灌了铅似的，走也走不动。想起了这十几天受的苦，心里很不好受，甚至有点恨爸爸，可又换个角度想，我苦我累，爸比我年纪大，身体不如我健康，爸比我更苦更累啊！吃饭时我和爸互相推让最后一个馒头，都说自己吃饱了。但当人家送给我们一人一碗大米饭时，我们却都吃光了。

大米饭真香啊！

……

4月29日。终于到了武汉市区了。我特别高兴，同时也有些忧虑：今晚睡哪儿呢？见不到陶老师怎么办？陶老师不在怎么办？等还是不等？最后我们只能在一家卖灶具的屋檐下睡了一夜，第二天早上一醒，哎呀，自己被咬得脸上手上全是小红包……

陶宏开：见了这对父子，我很受感动

武汉。华中师范大学。陶宏开素质教育工作室。

听了他们徒步行走16天来到武汉的经过，陶宏开教授被深深地感动了。他当即掏出200元钱，让刘伯生和儿子到学校招待所住下，洗个热水澡，并决定推掉全天的工作，认真地与刘阳谈一谈。他还把武汉成功戒除网瘾后成为志愿者的吴穹也约来，帮

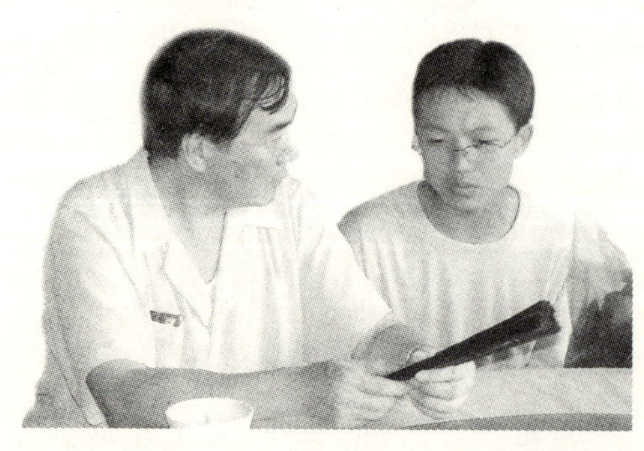

助做刘阳的工作。

刘阳永远也忘不了与陶教授见面时的情景。他说，陶老师很和蔼，平易近人，他提出了一个问题令我深思："你有没有考虑过你的未来？"是啊，成天玩游戏未来只能是一片渺茫，自己的理想也只能是一场梦。后来在招待所见到了吴穹，他让我懂得了很多也很惊讶。坐在我面前的这个阳光大男孩曾经也像我一样是一个"问题少年"？的确，网络就像陶老师说的那样，是工具而不是玩具。它是一把双刃剑，有利有害在于你怎么使用。不用电脑是悲哀的，可乱用电脑同样是可悲的。下午陶老师送给我三本书并题了字：望你真正理解并记住父母真诚的爱，努力开创自己真实的美好未来；希望你学会自控，走向成功；记住：决心 − 恒心 = 0，决心 + 恒心 = 成功。

5月1日，刘伯生和刘阳坐火车转汽车，轻松愉快地回到了家。

他的班主任和同学们从来没有忘记他，一直关注着他。他们凑钱买了《洛克菲勒写给儿子的72个忠告：就要做第一》、《中国孩子情感日记》、《书虫：牛津英汉对照读物》、《卡耐基给青少年的11条成功准则》等书，选了两位代表，利用周末，来到60里外的长坐村，送到刘阳的手中，把刘阳感动得热泪盈眶。他反复读陶老师和同学们送给他的书，回忆陶老师对他的教导，回忆吴穹与他的交谈。为了复学时能有个好的基础，他借了初三的课本，同时复习巩固初中和高一的知识，每天学习四五个小时。闲暇时，他还跟父母到地里干活。现在他已经能安下心来看书，不再像以前那样坐不住了。

想起自己上网成瘾的那些日子，他非常后怕，觉得自己是那样的不可理喻。他说，现在我才明白陶老师的一句话："你最对不起的人不是父母，而是你自己。"

感悟与思考

为了挽救深陷网络游戏魔潭的孩子，身患心脏病的父亲，怀着破釜沉舟的决心，带着儿子，从家乡曲阜，徒步走向武汉，16天徒步行走1000多里，去向著名的戒除网瘾专家陶宏开求助……

我们看到了儿子16天的行走记录。16天的时间，他理解了父亲，懂得了人生：其间有艰辛，有别人的帮助、人间的冷暖，有自己对人生的感悟，更有父亲的决心和勇气、辛酸、泪水……父亲的爱是多么坚定而无悔。与其说是专家的谈话使孩子豁然开朗，倒不如说是父亲用不计代价的爱换回了儿子游离的心。

我们看到了最淳朴、最有代表性、不计一切代价也要挽救儿子的老父老母的形象。这是一种天地之爱，是将自己的身心全部奉献给孩子的父母之爱；爱至深，情至重，这是父母为了孩子无私奉献的典范。

发现女儿早恋之后

据央视《新闻调查》"长大未成人"节目的调查数据：在每年1000万的堕胎者中，有1/4是不到18周岁的未成年人。

一个重点高中的女孩子，本来能考上北大清华，竟与一个男生私奔，两人到处流浪，打工，同居，最后是怀孕，流产。记者问她，这个男生当初最吸引她的是什么。她说："这个男生很会打架。"

另一个16岁的女孩子，从13岁开始，怀孕3次，最后一次到了胎儿6个多月，才找到了长春市的“少女救助中心”。在引产时，她清楚地听到了医生用针刺入胎儿骨头的“咯滋”的声音。

著名青少年教育专家孙云晓说过：家有一个青春期的孩子，就如同有一颗定时炸弹。家长都怕孩子早恋，因为这会影响学习；做母亲的，更担心女儿早恋，因为还会伤害到女儿的心灵和身体。而下面这个故事中，女儿偏偏就早恋了，而且陷得很深。那么，妈妈应该如何面对？她会怎么做呢？

出于可以理解的原因，我们隐去当事人的姓名，以“妈妈”、“女儿”和“男孩”称之。

地点：一个美丽的海滨城市。

时间：昨天。

妈妈抓到女儿早恋的铁证

得知女儿早恋，是女儿读高一时。妈妈被女儿的班主任叫到学校告知此事，说她女儿与一个男孩“好上了”：早上一起上学，每节课一下男孩子都到女儿的教室门口等，两个人像特务接头一样说悄悄话。放学一起走，并有勾肩搭背的行为。有一次买了一块雪糕，两个人坐在一起你一口我一口，让老师当场捉到。

妈妈当时差点儿晕了过去。昏昏沉沉回到家，一头倒在床上，默默流泪。考虑了3天，她下决心开门见山地和女儿谈一谈。

可是女儿不承认，说男孩是和另外一个女同学好，她只是帮忙传个纸条什么的。还一脸无辜和无奈地说：唉，我跳进黄河也洗不清了！

妈妈的心紧缩着。她知道女儿在撒谎。

一个月后，妈妈再次被叫到学校。老师说，女儿上课用手机发短信。

女儿的手机是上个学期末妈妈作为奖励给她买的。女儿成绩一般，当时妈妈说，要是期末考试进入班级前20名，就奖励一部手机。结果女儿考到第15名。妈妈没有食言，但与女儿约有法章：上课期间严禁用手机。

不用问，女儿是给那个男孩发短信。可是手机被老师没收前女儿已经将短信删掉了，没有证据。一肚子的火没处发，妈妈只好趁机收回了手机。

这一次，女儿什么也没有说。

又过了一个多月，妈妈第三次被老师叫到学校。这次，妈妈看到一张纸条，那是女儿的字：老公我也爱你，我想你。

妈妈的泪当时就流了下来。这是她第一次面对外人流泪。铁证如山，女儿被迫承认了。

妈妈决定见一见那个男孩。

男孩身材高高的，挺英俊，但却很没有礼貌，就那么斜斜地站着，正眼也不看女孩的妈妈一眼。女孩的妈妈耐心地对他讲道理，甚至说，如果你们现在是在大学，我不会反对。毕竟你们才读高一，太小了啊。还说，父母一年交六千块的学费，难道就是要你们上课写情书，下课卿卿我我？

谈完，男孩不置可否，不带任何表情地回去上课了。

回家，妈妈与女儿进行了长谈。当谈到这个男孩极没有教养时，女儿很反感，抢白说："你怎么知道他没有教养？"

妈妈非常寒心。想起抚养女儿的艰辛，她非常伤心。

第二天起，妈妈每天接送女儿上学放学，以防止女儿在路上与男孩接触。为了取得男孩家长的配合，她还利用开家长会的机会，见到了男孩的妈妈。

两位母亲进行了一次不乏突兀和尴尬的交谈。

女孩的妈妈请对方配合，各自看住自己的孩子，因为孩子太小，早恋会严重影响学习。

那个男孩子的妈妈说，都是女孩主动给她儿子打电话，说喜欢她儿子。

女孩的妈妈顿时无言，羞愧和懊恼只能在心里。因为她不知道事实是否如此，她无法推卸责任。她说："我能做到的，只能是看住我女儿。请你也收回你儿子的手机和小灵通电话，以切断他们的联系，好吗？"

这要求不算过分，男孩的妈妈答应了。

难熬的暑假，妈妈采取24小时盯梢

快到暑假时，女儿提出要改报考美术专业。妈妈征求了老师的意见后，同意了。她动用社会关系为女儿报了一个美术补习班。在10天的补习时间里，妈妈早上送女儿，中午去接她放学，带她到饭店吃饭，下午再接女儿回家。为了不让女儿打电话与男孩联系，她一分钱也不给女儿。看上去，女儿很配合，并不跟妈妈要零花钱，显得很乖。可是，在第四天中午吃饭时，女儿去卫生间耽误了好长时间。回来时，妈妈突然发现她牛仔裤的口袋里鼓鼓的，问是什么，女儿说是MP3。可妈妈明明看到两个口袋都有东西。结果，另一个口袋里装的是一部新的小灵通。

妈妈气坏了。女儿竟公然在她眼皮底下给那个男孩打电话！她厉声问这部小灵通从哪儿来的，女儿说，是男孩给她买的。妈妈查了一下，有短信，有电话。刚刚是那个男孩子打电话给她，她没法接，所以去了卫生间。

妈妈狠狠扇了女儿一巴掌，没收了小灵通。

她怎么也不敢相信，女儿撒起谎来，居然脸不红心不跳。面对妈妈的无奈，女儿像在玩猫捉老鼠的游戏，乐此不疲。想到女儿小时候的可爱模样，妈妈就禁不住默默流泪。

于是，妈妈不再是下课时去接女儿，而是悄悄守候在女儿上课的校门外。虽然她没有逮到那个男孩，但那个男孩并没有停止对女儿的纠缠。男孩还多次往女孩家打电话。女孩的妈妈说女孩到外地去了，男孩不信，继续打，有时还让另一个女生代打。

学校的美术课上完了，女儿意犹未尽。妈妈让女儿到美术老师家继续单独补课。

妈妈与老师进行了沟通。早上送女儿来，午饭由她送来，在老师家吃，不许女儿下楼，不许女儿用老师的电话。晚上放学妈妈再来接女儿，这样，彻底阻断了女儿与男孩的联系。每天中午，妈妈买上女儿最喜欢吃的饭打包，还要买喝的，再加上一块雪糕，十二点准时送到老师家，热得满头大汗。一个月过去了，妈妈的脸晒得脱了一层皮。女儿的一顿午饭最少要二十块钱，而妈妈却只喝一碗豆花。

一个夏天，妈妈瘦得不成样子，夜里几次梦到那个男孩子拐走了女儿。

一个暑假过去了，总算等到了开学。妈妈自信一个暑假女儿没能与男孩联系，也许事情能过去了。

妈妈气极，暴打女儿

但是，妈妈太天真了。

开学的第一天，女儿放学回家，妈妈问她看没看到那个男孩。女儿说没有，并说自己不会再和他来往了。

开学的第二天，晚上9点多，女儿睡下后，妈妈在上网。天气很热，女儿的房间开着门。电视也开着，但透过电视的声音，妈妈隐约听到有人在说话。妈妈把电视的声音调小，那感觉更强烈。

女儿在打电话？

妈妈把电视的声音开大，光着脚走到女儿房间的门口。果然，女儿在被窝里打电话，还没有挂掉。她抢过电话，对着话筒喊："你是个混蛋！"然后拖过女儿，狠狠地给了她两耳光，咬牙切齿地说："你真是个白眼狼！我一个暑假的努力不如那小子的一两句话，人家一叫你就去了。我就是喂一条狼，这么多年也该有人性了啊！"

想到自己为女儿一夜一夜地睡不着，一个夏天没能好好吃一顿饭，妈妈一边哭，一边大骂。她几乎失去了理智，从地上捡起拖鞋，掀翻女儿，对着女儿的屁股一阵狠抽。

女儿被妈妈的疯狂吓傻了，抱着头，只是哭。

那天晚上，从9点多到凌晨3点，妈妈一直在数落。她觉得自己被出卖了。自己对女儿付出的所有爱，付出的所有心血，都在这一刻被自己的亲生女儿给贱卖了。原来，这个小灵通是那男孩子今天刚给她的。放学时，女儿告诉妈妈五点半放学，实际上他们五点就放了，两个人在肯德基坐了半小时才回家。

两家人当面对质

第二天，妈妈没让女儿上学，而是打电话叫来表弟和几个朋友，然后打电话给那个男孩的妈妈，要她带着儿子来见面。

见面的地点是在饭店的一个房间。在女孩妈妈的一再催促下，男孩子的爷爷和父母终于带着那男孩子来了。

在"审问"过程中，女孩的妈妈发现这个男孩子心眼很多，女儿撒谎都是跟他学的，是他让女儿打电话回家，告诉妈妈五点半放学。男孩给女儿发的短信中说，你妈妈让你做什么事情你先不要答应，等我们商量后再答复。

一开始，男孩支支吾吾想遮掩，但那男孩子的爷爷厉声说："不要编故事，是怎么回事就怎么说！"于是男孩坦白说，送给女孩的两部小灵通都是他变着法子叫爷爷给他买的。

但男孩的妈妈硬说是女孩先给她儿子打的电话。

女孩的妈妈火了。整整一个暑假，她都紧紧地盯着女儿，断绝了女儿与男孩一切联系的可能。她说："你们家儿子发给我女儿的短信我都保留着，如果我或我的女儿出现什么意外，我们就到法庭上见。"

在女孩妈妈的一再要求下，女儿和那个男孩都向两家人保证，不再来往。

男孩仍纠缠不休，女孩渐渐看清男孩的另一面

但此后，那个男孩又一再来找女孩。女孩的妈妈到学校找到男孩当面警告，可男孩竟毫不收敛，夜里还向女孩家打骚扰电话。有一次是一个女生的声音，妈妈半信半疑地把电话给了女儿。可是，当女儿接电话时，对方的声音就变成了一个男生。妈妈抢过电话，厉声喝道："你还有完没有了？"那个男孩并不示弱，竟在电话里与女孩的妈妈吵了起来。女孩在旁边哭着劝妈妈：妈，你不要和他一般见识。

放下电话，妈妈转身对女儿说，你看到了吧，这就是你喜欢的男孩子！这种人，连你的妈妈都不尊重，自己做出的承诺都不遵守，你怎么会喜欢这种人？！

女儿抽泣着说：我也没想到他会这个样子。

半夜十二点钟，电话又响了，还是那男孩子，他在电话里凶

凶地说：你不是要找人教训我吗？你找吧，我连你一块收拾了！

女儿清楚地听到了男孩的话。

妈妈拔掉了电话的插头，与女儿促膝长谈。

女儿也说男孩太冲动了。女儿说，有一次男孩接电话，最后说，好啦好啦，你可以滚了。女儿问他，你和谁打电话啊，他说，是我妈妈。女儿说，你怎么能和你妈妈这样说话啊？男孩说，我从小就是这样和妈妈说话的。女儿很生气地说，你以后不许这样和你妈说话！

抓住这个机会，妈妈对女儿进行教育。他连自己的妈妈都不尊重，还会尊重你的妈妈吗？他还会尊重你吗？你要和这种人生活一辈子，到时候你哭都没地哭去。妈妈不是反对你谈恋爱，如果他是个出色的男孩子，妈妈不会反应这么激烈的，但我可以肯定，他现在不是个好学生，将来也不会是个好男人、好丈夫，不会是个好父亲的。

女儿疑惑地问：你怎么知道？他真的像你说的那样不好吗？

妈妈说：是，因为我是妈妈，因为我在这个世界上生活了40多年。她又说：你将来上了大学，你会遇到很多优秀的男孩子，你的选择会更多。

女儿点了点头，说不再与这个男孩交往，专心学习。

妈妈看出，女儿这次是真诚的。

转校借读，女儿受到触动

为了女儿得到更好的专业教育，也为了换一个环境，在老师的建议下，妈妈决定把女儿转到一所著名的美术高中去借读。女儿因为非常喜欢美术，也同意。于是，妈妈带着女儿用了一整天的时间办理借读手续，女儿亲眼看到不但要交两万元钱，而且手续繁琐，妈妈得到处赔着笑脸求人，很有感触，主动地说：妈，你放心，我一定好好学习，不再让你生气。

话是这么说，妈妈还是不太放心，因为那个男孩可能来找女儿。她还是按时接送女儿。

转学的头十天，女儿跟着班级到外地写生，那个男孩未能找到女儿。女儿回校后，这个男孩又出现了。尽管女孩不理他，他却纠缠不休，一定要与女孩谈谈。妈妈对女儿说：如果他再来找你，你就打电话给我。

第二天中午十一点，女儿突然来了电话，说她在上体育课，那男孩子堵在操场边，她不敢回教室。她是借同学的手机偷偷给妈妈打的电话。

妈妈一听，立刻打的赶往美术高中。途中，她给当地派出所挂了电话，要他们110出警。

派出所里，男孩输了关键的一步

妈妈赶到美术高中时，看到那个男孩子正和他的一个男同学在学校的操场边的台阶上，一手拿着一瓶啤酒在喝，拦着路。女儿和一个女同学在一起，没有好脸色地撵那男孩子让开。

妈妈冲过去，一把揪住那男孩子的衣领，把他狠狠地拖下台阶。她盼望男孩还手，趁机把事情闹大。可是，男孩似乎被吓傻了，没有还手。

这时，110巡逻车开过来了。妈妈招手叫民警下车，将两个男学生塞进车子带到了派出所。妈妈带着女儿赶到了派出所后，打电话叫来两个学校的教导主任、班主任。男孩的父母也被警察叫到了派出所。

派出所里，剑拔弩张，两家人都恨不得互相咬死对方。

妈妈问那个男孩：你为什么不守信用，又来找我女儿？

男孩瞪着眼，否认说：我没有找她，我就想到这儿来玩儿的。

妈妈在心里笑了，因为胜券在握。她回头问女儿：是你撒谎吗？人家说没有找你呢。

女儿显然出乎意料，她用恨恨的目光瞪着男孩，说不出话。

妈妈拍拍女儿的肩，说：看清楚了吧？这种人，这么点儿小事都敢做不敢当，当面撒谎，会有什么出息啊？连做人都不配，还做什么男人呢！

这时，男孩的父母突然开口大骂，质问为什么打他的儿子，为什么把他儿子带到了派出所，并说，凭什么说我儿子到美术高中就是找你女儿呀？美术高中是你家开的啊？就不许我儿子来呀？

警察喝止了他们，把两家分开。警察对女孩的妈妈说，这件事还是调解比较好，一是二人以前是男女朋友关系，二是都是未成年人。建议双方家长坐在一起，说说清楚，让那孩子和家长做出保证就算了。

女孩的妈妈不同意。她说："第一，男孩多次在上学路上堵我的女儿，已经威胁到我女儿的人身安全；第二，他已经严重干扰了我的家庭生活，经常半夜往我家里打匿名电话并威胁我，发短信扬言要收拾我，我至今还保留着短信为证；第三，他干扰了美术高中的正常教学秩序，他今天在体育课时堵我女儿，有老师和学生为证，已经给我女儿造成了不良影响。如果校方要我女儿退学的话，不仅我为女儿借读所花的钱托的人情全部将付之东流，而且会更严重地影响我女儿一年后的高考，这一损失谁能负责？另外，我女儿已经明确拒绝了他的纠缠，否则就不会给我打电话。同时，我还要追究他父母的监护责任。即使他们家养的一条狗伤人了，狗的主人也应该负一定责任的。"

妈妈对民警说，假如你也有一个16岁的女儿天天上学让男孩子堵，天天让男孩子拉拉扯扯搂搂抱抱的，我相信你也不会坐视不管吧？那警察笑着点点头，到另一个房间去做男孩和其父母的工作去了。

风雨过后是彩虹

接下来的日子相对轻松。男孩因为逃课到另一个学校去闹事，受到处分。他不敢再找女儿，也不敢再打骚扰电话。女儿彻底觉悟了，不再理男孩，专心学习。现在妈妈与女儿相处得非常融洽，妈妈每天都与女儿交流，从生活琐事到人生理想，包括爱情和性。女儿也对妈妈敞开心扉。有一天，女儿突然很兴奋地打来电话，说要告诉妈妈一个重要消息。放学后女儿说，她的一个女同学在家受了委屈，对她说了许多悄悄话。说完，女儿动情地说：妈妈，我现在明白了你都是为我好。就这一句话，抚平了妈妈心头的创伤和所有委屈。母女俩情不自禁地抱在一起，流下了幸福的眼泪。

谈到这段不堪回首的经历，女孩的妈妈说，有些错误，在女孩子成长的过程中是犯不起的。一个母亲，即使工作再忙再累，如果疏忽了对女儿在这方面的关心，都是不可饶恕的。少女时代的失身是万恶之源，她们失去的不仅仅是少女的贞操，而是自甘堕落的开始。在那些日子里，我也非常难，可我咬牙坚持，我相信终有一天可以感动女儿，也相信她终有一天会明白我这么做是为她好。我宁愿女儿现在恨我，也不要女儿将来有一天对我说，妈，你那时为什么不管住我？

经历过风风雨雨的这对母女，终于见到了灿烂的彩虹！

感悟与思考

随着时代的发展，人们的生活水平逐步提高，学生营养全面充足，各种信息空前丰富，学生身心发展的成熟期都有所提前，曾经令人谈之色变的早恋话题早已不再陌生。早恋既伤害自己，也伤害父母。对早恋的制止成为家长和老师心中那永远的“痛”。早恋主要是由于学生青春期阶段对异性的好奇所造成的，在这一阶段，少男少女们都有了明确的性别意识，对于异性充满了好奇和神秘感。在这种思想的驱使下，早恋就成为了必然。对于早恋不能采取硬性压制的办法，这会起到反作用。故事中妈妈的做法颇为科学。首先要有孩子早恋的明确证据，然后采取宽严结合的方法对孩子进行教育，要取得对方家长的配合，从两方面对早恋的源头进行制止，不能长篇累牍地讲道理，要让孩子真正认清自己，认清对方，认清这份感情。

孩子是父母一生中最大的财富，对孩子的教育是一件大事，尤其是在青春期孩子出现早恋的情况时。世上没有完全相同的两个人，同样也没有放之四海而皆准的教育方法。当孩子出现早恋情况的时候，我们要平心静气，有着一颗宽容爱护的心，要像故事中的妈妈一样，“相信终有一天可以感动女儿，也相信她终有一天会明白我这么做是为她好”。

童话大王的童话

一家三代男人都有著作问世的，在国内大概也找不出几家，“童话大王”郑渊洁是笔者所知道的一家。但谁会想到，他们却又只有小学学历呢？郑渊洁的父亲只读了几年私塾；郑渊洁只上到小学四年级；而郑渊洁的儿子郑亚旗只上到小学六年级，连毕业典礼都没有参加。

说起其中的原委，话就长了。

和其他孩子一样，郑亚旗也进过幼儿园。有一天，亚旗从幼儿园回来，情绪有些低落。郑渊洁一问，才知道亚旗被独自关进小黑屋子里，待了好几个小时。原因是老师不允许说话的时候他说话了，郑渊洁愤怒了：正是孩子心灵成长的关键期，这会给孩子的心灵造成多大的伤害！他把郑亚旗接回家，再没踏进幼儿园一步。

郑渊洁认为，教育首先是爱的教育。老师要尊重和真心爱每一个孩子，不能因为考试成绩、长相、家庭等因素歧视某一个孩子。相反，对于考得不好的孩子，更要加倍地呵护，更要保护其尊严，因为他已经考得不好了，更需要保护、需要爱、需要鼓励。他甚至振振有词地说：为了保护孩子的自尊，老师给的分数，不能低于80分。“那20分是为了保障孩子的自尊！那政府对于贫困家庭还有最低生活保障呢！”

郑渊洁经常教育小亚旗：人活着要有尊严，要懂得爱和自由。送亚旗上学的那天，他告诉郑亚旗：分数是这个世界上最不重要的东西。

但是，进入学校，亚旗却觉得老师好多言行与爸爸的教育并不一样。有一次，一个同学迟到了，老师当着全班同学的面把他的文具盒扔在地上，挖苦他说：“你这样的，以后吃屎都接不到热乎的。”那个同学当场被骂哭了。

老师是学校的优秀班主任，但他为了学生们能考出高分数，年年期末考试漏题给学生。

遇到这些不理解的事，亚旗就问爸爸：“郑渊洁，你说老师这样做对吗？”从小，郑渊洁就叫儿子直呼他的名字。他说这是培养孩子的平等意识。

“不对，当然不对。”

“不对，你告诉校长去。”

“我不敢。”

“为什么呀？”

郑渊洁语塞了。

郑渊洁对记者说：“那时我是真不敢，我的孩子还在学校呢，那就是在人家手里的人质，就像自己的亲骨肉在‘绑匪’手里一样。我曾经听一位老师很得意地说，要收拾一个‘坏学生’很容易——只要发动全班学生都不理他就可以了。你想，这孩子不就毁了吗？”

还有一件事也令郑渊洁耿耿于怀。有一次，亚旗回家说老师叫写作文，他不会。郑渊洁想，别的不敢说，写作文可是老爸的强项，想到老爹替自己读书时给自己带来的益处，就秉承老爹的做法，替儿子写了一篇作文。满以为孩子可以在班里出出风头，不料老师却根本看不上，判了不及格。又有一次，郑渊洁就让家里的保姆替儿子写了一篇，本来是恶作剧，没想到老师对这篇作文却大加赞赏。

转眼到了小学毕业考试，郑亚旗拿回家中一套试题，是区里的统考题，又是班主任老师漏给学生的。

郑渊洁和郑亚旗联手干了一件解气的事儿。他们分析哪道题大概多少分，然后让亚旗故意考个低分，以拖全班的平均分。当然，要及格。结果，亚旗考了62分。

考完试第二天，郑渊洁与郑亚旗商量好退学。

虽说是没参加小学的毕业典礼，但对于不叫儿子上中学、留在家中由自己教育到底可行不可行，郑渊洁还是咨询了很多朋友。结果是反对的居多，至多是不置可否，没有人赞成。这让郑渊洁对自己的决定发生了怀疑。犹豫中，他还是给郑亚旗报了初中。开学测试那天，儿子排队等候时，郑渊洁透过窗玻璃往里看，发现主考官们正在训斥孩子：“你怎么这么笨？”“你智商是不是有问题？”在他看来，这都是对孩子极为严重的伤害，是绝对不能容忍的。于是，郑渊洁拉着亚旗就回家了。

郑渊洁痛下决心，要亲自教育儿子。他腾出了一个房间布置成教室，黑板、讲台、课桌，一切都和学校的布置一样，还在暖气片上绑上了一面国旗，每周一举行升旗仪式。

但是教材是全新的。郑渊洁认为，一本好的教科书是应该让孩子爱不释手一口气读完的。为给儿子营造一个与皮皮鲁、鲁西西一样，没有升学压力、考试排名，没有邪恶、争斗，只有舒克、贝塔相伴的童年，“童话大王”想出了一个绝妙的招数：他“艺高人胆大”地仗着自己能写点东西，竟用童话的手法给儿子编了10部教材，其中用自己笔下的皮皮鲁、鲁西西、舒克、贝塔、罗克这5个主要人物，贯穿到教材里作为主角。为编写这10部童话教材，郑渊洁将小学到高中的标准教材课本仔仔细细地读了两遍。在编写法制篇时，他不仅买了刑法参考，还买了至少七八本法律专著。郑渊洁比较看重这部法制篇，“现在的学校对孩子的法制教育挺忽视的，基本是缺失。”中国的刑法一共有419项罪名，他就把这419项罪名编成了419个童话故事，书名就是《皮皮鲁和419宗罪——儿子：老爸希望你在人生的道路上远离这419宗罪》。道德篇名叫《罗克为什么不是狼心狗肺》，罗克是郑渊洁作品里的一只大灰狼，但在《罗克为什么不是狼心狗肺》中，它却是心地特别善良。这是一部从头到尾非常完整，大约20万字的长篇童话。郑渊洁说，再坏的人看了我这本书也会变成好人。安全自救篇叫《再送你100条命》，意思是，你这条命是父母给你的，现在父亲再教给你遇到各种意外的自救方法，就等于再给你100条命。哲学篇名叫《鲁西西和苏格拉底对话录》，而性知识篇则采用了一句流行歌词《你从哪里来我的朋友》。

说到性知识教育，郑渊洁也有独到之处。儿子读小学时，有一次看到电闪雷鸣，忽然问爸爸：“郑渊洁，为什么总是先看到闪电再听到雷声？”郑渊洁说：“好的，我来告诉你，但我要先告诉你一件更重要的事。”于是他拿了一只香蕉、一个面包圈，对儿子进行性知识教育启蒙。没想到的是，儿子听完，一点儿也不惊讶不好奇，而是说：“现在你可以告诉我为什么先看到闪电了吧？”

教材不一样，考试方法更不一样，这就是郑渊洁发明的逆向考试法。学完一个章节后，儿子就根据这个章节的内容编一张考卷来考爸爸，要把爸爸考得不及格了，儿子才算及格。在这里，儿子是出题官兼考官，父亲则是被考者，把主动权和乐趣留给了儿子，“痛苦”则由郑渊洁承担。考试真正成了儿子快乐的游戏。

用这样的方法，3年的快乐时光，郑亚旗掌握了从初中到高中全部6年的知识。

作为郑渊洁的儿子，亚旗还有许多快乐是别人家的孩子无法想象的。

从亚旗年少，郑渊洁就一直让儿子直呼自己的名字。父子俩关系密切，不但形同兄弟，而且这“兄弟”的称谓也调了个个儿。因为《童话大王》是1985年创办的，而亚旗是1983年出生的，比郑渊洁的《童话大王》要大两岁。儿子对父亲调侃说，别人叫你“童话大王”，那你应该管我叫哥。于是郑渊洁就一直管儿子叫哥，回到家就正经八百地问：“我哥回来了吗？”

但父亲毕竟是父亲，对于如何教育和培养儿子，“童话大王”有着认真的思考。

首先他认为，合格的家长鼓励孩子，发现孩子的长处，然后告诉他，你什么地方行；不合格的家长则发现孩子的短处，然后告诉他，你什么地方不行，这样就打击了孩子。对于亚旗，他采取的就是鼓励的方法。

他还认为，人和汽车一样，也是有保修期的，人的保修期就是18年，特别是男孩子。18岁之前靠父母，18岁之后靠自己。如果18岁之后还靠父母，这个人就是残次品了。早在儿子15岁的时候，郑渊洁就告诉儿子，到他18岁生日的第二天，如果还住在家里，那就得交房租、水电费和伙食费，父母一分钱也不会再给你。亚旗听了，并不觉得奇怪，因为老爸从不按常理出牌。

尽管有所准备，但踏进社会的亚旗还是吃了不少的苦头。社会毕竟不是童话，多数人还是认文凭不认可童话。在童话的宫殿里无忧无虑长大的他又不懂人际关系，无数次碰壁后，他找到的第一份工作是在一家超市扛鸡蛋，扛一箱5毛钱。郑渊洁得知儿子干着这样一份工作，不是心酸心痛而是非常高兴，他说这说明他的教育是成功的，至少是在这件事上，能扛了鸡蛋的儿子将来一定是有出息的。

果然，郑亚旗不满足于靠扛鸡蛋自立。他竭力寻找机会，要发挥自己在玩游戏的同时擅于操作电脑的特长。但没有大学文凭的他在竞争中屡屡受挫。当一家新成立的报社招聘专业人才时，郑渊洁看准时机，对亚旗“面授机宜”。他说，只要你有真本事，就不妨先打进去再说，你可以对他们说：你们可以让我先进来试试嘛，我比大学生好管，大学生会老跳槽，还会提很多要求，而且工资也要的高，我只要300块钱月薪。果然，这家报社动心了，同意让他“先试试”。没有文凭但有水平的亚旗很快就站住了脚。有一次，他去为报社采购电脑设备，听了营业员的报价后，他说你们这里的最低价格还是比中关村的要贵。对方说：我的报价含有给你的回扣。郑亚旗一愣，他知道什么是回扣，而且相关的罪名就在419宗罪里，爸爸早就教过他的。对方竟是如此露骨地说了出来，难道他不知道行贿也是犯罪吗？这令他感到意外。他说：我不要回扣，你把价钱给我降到最低。

一年之后，亚旗升任为报社网络技术部主管。这与扛鸡蛋已经是天壤之别了，这个时髦而且充满情趣和创造性的职位是令许多有正式文凭的大学生也极为羡慕的。但郑亚旗并没有什么满足感。父亲的教育让他本能地意识到这个岗位的创造性远远不是他的理想，他憧憬着一种全新的、属于自己的创新和创造。

而作为父亲，在为儿子感到欣喜的同时，也鼓励和支持着儿子开创自己的事业。

是一位崇拜者的话让郑渊洁找到了契机。《童话大王》在全国有无数的读者，也不乏崇拜者。2004年9月1日，郑渊洁去参加一个活动时，他的一个最早期的读者见到他非常激动。这位读者已是而立之年，但仍对《童话大王》一往情深。他对郑渊洁说：假如我能给我的儿子买《皮皮鲁、鲁西西》和《舒克、贝塔》的画册，我们父子两代人一起欣赏同一个童话人物该多好。这话触动了郑渊洁，他想到儿子亚旗多次对他说：现在是动漫时代了，孩子们都喜欢卡通画，文字的东西早过时了。你应该弄个《皮皮鲁画报》，把你的作品改编成连环画，否则你就会脱离时代。儿子的话虽然过激，但也不无道理。他决定按照这位读者的想法，进行新的童话创作。

他是个有了想法就立马付诸实施的人。他马上与儿子联系，儿子对他的方案挺感兴趣，但坚持要与爸爸签合同。

2005年1月，经郑渊洁授权，郑亚旗创办的《皮皮鲁画册》面世，而郑渊洁是这个画册的唯一撰稿人。有一次郑渊洁写了60篇文稿，被儿子毫不客气地退回了42篇，理由是不适合画面表现。而郑渊洁就只好重写。

眼下，已经过了20周岁生日的《童话大王》继续拥有着广大的读者群，《皮皮鲁画册》则迅速获得了少年儿童的喜爱。郑渊洁担当着两份定期出版物唯一撰稿人的角色，儿子与他营建着一个共同的童话王国。父子俩是在合作，也是在竞争。

感悟与思考

随着竞争的加剧，生存的压力越来越大，家长在教育子女的过程中也越来越功利了。为了让孩子成为同学中的佼佼者，越来越多的家长过早地让自己的孩子参加各种培训班，给孩子造成巨大的压力。孩子根本没有时间体会童年的快乐，而是被繁重的学习压力压得整天喘不过气来。

故事的主人公“童话大王”郑渊洁在教育孩子的过程中有自己独特的一套教育方法。首先是尊重孩子，对儿子进行爱的教育，让孩子明白不论长相、家庭、成绩，人人生而平等。但是在实际的学校教育过程中，教师并没有做好这一点，郑渊洁毅然让儿子离开了学校，开始自己教育儿子。其次是给孩子自由，让孩子按照自己的兴趣来发展，从而锻炼自己的综合能力，父母在这一过程中要起到鼓励引导的作用。最后是相信孩子，郑渊洁在儿子18岁以后，让儿子独立生活，培养其自立的能力。

在培养孩子的过程中，父亲到底应该扮演怎样的角色？不能一味地以“忙”为借口逃避自己的责任，孩子成长不仅需要母亲的温和细腻，也需要父亲的宽厚理智。

蔡笑晚的平民家教传奇

这是一个令人难以置信的故事，简直可以当神话来听。

这位父亲——蔡笑晚，给男孩子们取名叫孟子、孙子、荀子、润子、曾子，女孩叫西子。

他采取与众不同的早教方法，从孩子出生就灌输数学意识。他说，数学比背诗更能开启孩子的智慧之门。

他坚持让孩子6岁之前就上学，而且鼓励孩子跳级。

他的6个孩子一个个都学业有成。长子蔡天文，美国康乃尔大学博士、美国宾州大学终身教授；次子蔡天武，美国罗彻斯特大学博士、美国高盛公司副主席；三子蔡天思、四

子蔡天润均放弃在美国高校攻读博士学位的机会，现在在国内发展；五子蔡天君，中国科技大学硕士，现在在浙江省建设银行工作；女儿蔡天西，美国哈佛大学博士，24岁被聘为哈佛大学教授，是该校最年轻的教授之一。

家境突变，蔡笑晚痛别大学

蔡笑晚出生在浙江省瑞安市一个殷实的知识分子家庭，他的父亲蔡勋是当地的名医。书香门弟，一代一代都有喜欢读书的好习惯。蔡笑晚对物理研究有着极大的热情，并且于20世纪60年代初顺利地考进了杭州大学物理系。正当他在学业上孜孜以求之时，“文革”开始了，大学停课，父亲蔡勋又突然去世。在这双重打击下，蔡笑晚被迫放弃了学业，中断自己的物理学家梦想，子承父业，回家行医，担起了全家生活的重担。

凭着父亲的传承和他过人的悟性，他的医术也渐渐有了名气，收入颇丰，家里的日子也渐渐好了起来。在一般人看来，当个医生也很不错，然后是结婚生子，安安稳稳地过日子就行了。可是蔡笑晚却不，他心中有一个永远的痛，那就是被迫中断的大学梦。儿子的出生让他眼前一亮：自己没实现的梦想，可以让儿子来实现。于是他毅然把自己的名字改为“笑晚”，意为虽然我没能读完大学，但孩子们可以替我圆大学之梦，我能笑到最后。蔡家历来有尊崇孔子、尊崇儒家学说的传统。受父亲蔡勋的影响，蔡笑晚从小就特别崇拜孔子。他给大儿子取名叫孟子。之后，儿子一个个出生，他就按孔子的七十二弟子给儿子取名，分别是孙子、荀子、润子、曾子，最后一个是女孩，就叫西子。

坚持早教，用数学开启孩子的智慧之门

既然大儿子叫孟子，那么按照中国的习惯，蔡笑晚的夫人就是“孟母”了。这位“孟母”比起两千年前的孟母，一点也不差。比方说，孟母曾经三迁，蔡家则迁了四五次。不同的是，孟母搬家是为孩子有一个好的学习环境，蔡家搬家则是为了让孩子们提前入学。

蔡笑晚的可贵之处，是不仅有把孩子培养成才的决心，更难得的是，他把自己的志向付诸行动，有一套完整的理论体系并进行了锲而不舍的努力。

蔡笑晚夫妇认为，天才既非来自遗传，也不是单靠勤奋所致，而是早期良好教育的结果。在早教的方法上，蔡笑晚没有选择大多数父母采用的识字、背古诗等教育方法，而是另辟蹊径，从小培养孩子的数学能力。他认为，这是开启孩子智力的最好手段。幼年阶段的孩子接受数学训练和数学思维的培养，可以使他们潜意识里埋藏强大的数学因子，打开孩子理性思维和逻辑思维的大门。

蔡笑晚对于孩子的早教，早到令人难以置信的地步：在孩子出生后不久，几乎是浑然不知、只知道本能地找奶吃的时候，就开始了他的数字早教。他在孩子的下巴上划一下，念一，划两下就念二；尽管孩子毫无反应，但他一直做得饶有兴致。到孩子两三个月时，就在孩子手心上轻拍，边拍边念一二三四五。这样的动作每天重复多次，使孩子建立了对数字的第一印象。在蔡笑晚的努力下，成果出现了：大儿子蔡天文（孟子）一岁时就能认识1到10的阿拉伯数字，然后是一到十的中文数字，再然后是壹到拾的大写数字。到儿子两岁时，蔡笑晚又开始对孩子进行简单的加减运算的训练。

一意孤行，培养孩子“出类拔萃”

对于蔡笑晚的这种教育方式，有很多人不以为然，甚至嗤之以鼻。可是蔡笑晚坚持己见。他说，在教育子女问题上，我不管别人怎么说，就是“一意孤行”。他的目标是，让孩子们都成为出类拔萃的优秀人才。出类拔萃就不可能尽善尽美，因为，尽善尽美就不可能出类拔萃。

蔡笑晚认为，世界上一切胜利都可以归结为时间上的胜利。孩子小时候的一年比成人后的一年对人生的发展更加重要，因此要更加珍惜。在这种思想的指导下，蔡笑晚鼓励孩子们自学赶进度，希望他们能够打破正常的教育程序，争取更多的时间。在这样的观念激励下，蔡笑晚的6名子女，大多在6岁以前就入校读书，并多次跳级。

为了让孩子早上学，蔡家不惜一次次搬家。因为要让孩子五六岁上学，那时候是比较早的，一般的孩子都是七八岁才上学。正规一点的学校进不去，蔡笑晚就举家搬到比较偏僻、离城区比较远的地方，让孩子在那儿入学。但因为那个学校毕竟不太正规，教学质量差，于是在孩子入学之后，有了正式的学籍，再搬回城里，让孩子转学到比较正规的学校，为以后的跳级做准备。这样的搬家，前后达四五次。

事实证明，蔡笑晚的特殊训练方法不仅开启了孩子的智慧宝库，也为他们后来在事业上的发展奠定了基础。

由于基础打得牢，孩子们一个个成功跳级。大儿子蔡天文15岁念大学，19岁读研究生，21岁开始在国际学术会议和国内外权威学术刊物上发表论文；二儿子蔡天武14岁读中科大少年班，18岁由国家公派赴美攻读博士研究生；小女儿蔡天西更是22岁就拿到了哈佛大学的博士学位。

一封家书，给女儿鼓起前进的风帆

特殊的教育，也给孩子带来与众不同的压力，小女儿蔡天西最明显。因为她上学早，又不停地跳级。11岁时，别人还在读小学呢，她已经进入苏州中学读高中了。班里最小的同学也比她大三四岁，于是有的同学就欺负她。天西很委屈，写信向爸爸诉苦。蔡笑晚就写信鼓励女儿坚持下去。在信中，蔡笑晚对女儿说：现在欺负你的同学，不一定是坏同学，而且，可能是你将来很好的朋友；假如这个同学真的是一个“坏”同学的话，你也不要怕，坏人是不会有好结果的。你要记得亚历山大的那句名言：“我一生的成就全是我的敌人给我造就的，我的朋友没有帮助过我造就什么事业。”

11岁的小女儿从爸爸的信中受到鼓舞，明白了许多做人和处世的道理，以宽容之心对待同学，以优异的成绩让同学信服，很快克服了困惑。

营造快乐氛围，孩子愉悦学习

为了给孩子们营造一个好的学习环境，蔡笑晚可以说是“无所不用其极”。他有专用的葫芦丝、笛子和二胡，要“上课”了，他不是打铃，也不是喊，而是摆弄乐器。孩子们听到就会回家。孩子多，房间少，为此，蔡笑晚特制了一张大床。晚上可以睡四个孩子，白天翻过来，就是一张乒乓球台，还可以在上面写作业、看书。他还专门备了一辆自行车，孩子们学习累了，既可以打乒乓球，也可以骑自行车放松，还可以随着音乐唱歌。轻松的环境、快乐的氛围，使孩子们愉悦学习，心智得到最大的开发，学习效率也非常高。

每个孩子一个存折，激发孩子上进心和创造力

蔡笑晚另一个与众不同之处，是给每个孩子一个“存折”，用以激发孩子的上进心和创造力。这个存折处于虚拟和现实之间。比如，每次考试好的，都有奖励；再比如，他出一个题目，让6个孩子去做，谁先做出来，就给谁奖励。他出的题目更多是倾向于智力的开发，也许读高中的大哥没做出来，读小学的小妹却想出了答案。于是，小妹的存折上就多了五毛钱的奖励。存折上的钱是孩子的，但真要花的时候，还是要“审批”，要经过父母的同意。钱虽然不多，但却使孩子很有成就感。存折上“钱”越多，孩子的成就感就越大。

有趣的是，蔡笑晚建立“家庭银行”的良苦用心还另有所得，不仅从小培养了孩子们储蓄存钱的习惯，也无意中培养了他们理财的兴趣和能力。二子蔡天武上初中时，模仿父亲的做法开办了一家属于自己的银行，并暗地里给4个弟弟妹妹做工作，让他们把钱存到“蔡天武银行”。再后来，蔡天武在25岁时获得了美国罗彻斯特大学的物理学博士学位。并且，在博士毕业后，他总结出了一套经济物理学理论和资金的运作方法，于2004年被美国金融公司高盛公司聘为副总裁。这也许是一个特例，但不可否认的是，童年时代的儿戏为他日后的事业埋下了最初的萌芽。

从容应对儿子挑战，让孩子从实践中自己觉悟

其实，蔡笑晚的教育之路并非一帆风顺，最大的挑战还是来自他的子女。四子蔡天润在读中学的时候，社会上正流行《少林寺》、《霍元甲》等武打片和金庸的小说，练就一身无敌武功成为了很多青少年的梦想。在这种风气的影响下，原本成绩优秀的蔡天润突然对读书失去了兴趣，一心想着去学习武术，成为一代大侠。这天，他揭了一张中国少林武术学校招生的广告回家，说他要报名。这对一心想把儿女培养为出类拔萃的人才的蔡笑晚夫妇来说，犹如是晴天霹雳。

冷静下来，蔡笑晚劝儿子不要去。他说，我们家没有武术的传统，没有武术渊源，再说你现在已经十几岁了，学武术也晚了些。但天润决心已定，还先后写了两份决心书，发誓再也不读书了，要学好武术，保卫家园，打败所有武林高手，震动整个世界。父子俩反反复复僵持了两年，最终蔡笑晚决定同意天润的选择。原先，孩子们考上大学、读研，都是低调处理，从来没庆祝过，这次，蔡笑晚一反常态，为天润举行了隆重的欢送宴会，还请了亲戚朋友参加。他说，成才的路不止一条，天润这样有决心，相信他一定能有所成就。

天润到了武术学校，开头学得还不错。后来他发现其他学员都是因为读书不好才来武校的，根本没有什么雄心壮志。他很失望，就产生了回学校读书的念头。但是蔡笑晚并没有立即答应天润的要求，他说，我们是正儿八经去的，你写了决心书，我们搞了欢送仪式，亲戚朋友都来参加了，怎么能说去就去、说回来就回来呢？一个男子汉，要对自己的行为负责任的。这样，直到天润在武校待满一个学期，前前后后耽误了一年的课堂学

习，蔡笑晚才允许天润回到学校。重新回校读书之后，天润特别珍惜，下决心把损失的时光再抢回来。后来他考上了华西医科大学，毕业后成为一名优秀的外科医生。

神话，由凡人创造

2006年12月，长子蔡天文与同在美国的弟弟蔡天武、妹妹蔡天西，共同出资100万元（首期），以父亲的名义成立了“蔡笑晚奖学助学基金”。每年7月初，蔡笑晚奖学助学金拿出该基金年度利率收益约5万元人民币，用于奖励品学兼优的贫困高中学生。他们从家乡做起，计划逐步扩大受益范围。

蔡笑晚说，早期教育、从小立志、教给孩子正确的自学方法是他教育理念的总和。早期教育奠定大脑思维的基础，从小立志确立人生的目标，培养正确的学习方法就是让孩子切实达到从小确立的目标。

三十三天天外天，
白云里面出神仙，
神仙本是凡人做，
只怕凡人心不坚。

这是在孩子们小的时候，蔡笑晚教给他们唱的儿歌。

是的，蔡笑晚和他的儿女们都是凡人，但他们创造了当代教育的神话。这个神话告诉我们，只要我们有恒心，蔡家能做到的事，我们也都能做得到。

感悟与思考

会做父母是一门学问。正如高尔基所说:“爱护子女,这是母鸡都会做的事,然而,会教育子女,这就是一项伟大的国家事业了……”作为家长要学习的教育方面的东西实在太多了,学会做父母那是人生的一门大课题!

蔡笑晚夫妇作为教育孩子成功的父母范例,他们把自己的志向付诸行动,有一套完整的理论体系并做出了锲而不舍的努力。他们的好多具体做法值得我们去探究和学习,能够帮助我们知道如何教育好孩子,如何做一个成功的父母。早期教育、从小立志、教给孩子正确的自学方法是蔡笑晚教育理念的总和。早期教育奠定大脑思维的基础,从小立志确立人生的目标,培养正确的学习方法就是让孩子切实达到从小确立的目标。

早期教育:让孩子赢在人生的起跑线上。最新的科学研究成果指出,人脑一旦发育成熟,那些没有来得及开发的神经元就很难充分利用。因此要想挖掘大脑的潜力,必须在孩子出生后到大脑发育成熟前的发育旺盛期进行早期教育。世界上的一切胜利都可以归结为时间上的胜利。如果说蔡笑晚在教子成才方面有什么特别经验,主要是蔡笑晚有较强的时间意识,最突出的表现就是对所有孩子都进行了最大限度的早教。伟大的科学家维纳说过:所有儿童的早期教育都将获得奇迹。

从小立志是培养孩子内在的英雄气概,引导孩子对伟大高尚的向往和追求。同时从小培养孩子严格要求自己,以历史上和故事中的优秀人物为榜样编织自己童年的梦,为孩子的一生指明追求的方向,并在追求中得到了人生的真正幸福。

教育是建立在学习之上的。学习的能力是人类的先天本能,但更需后天培养。最优秀的教育也无非是使学生获得最好的学习效果。因此,从本质上讲,所有的教育都是在培养学生的学习能力。如果能有意识地引导孩子独立地进行超前学习,往往会获得意想不到的效果,而自学能力是优秀人才的最重要的基本功。据对中国科大少年班和苏州中学科少班的孩子们的了解,他们最大的共同特点就是有很强的自学能力并都进行过超前学习。所以,我们不能只给孩子提要求、定目标,更应该给孩子一些策略方法的建议和引导,毕竟,知识不是教育的目的,会学习才是我们的追求。

大草原上的博士之家

在美丽的科尔沁大草原上，有一个建于20世纪50年代末的香山农场，农场内生活着这样一个普通的人家。几十年来，他们和其他农场工人家庭一样，日出而作、日落而息，生儿育女、放羊牧马、种粮种菜，辛勤劳作。然而不同的是，他们把自己的6个孩子都培养成才，3个儿子都成了博士。大儿子董进宇（前排右

一）是国内著名亲子教育专家，二儿子董相廷（前排左一）是国际知名化学专家，三儿子董玉庭（后排右一）是国内计算机犯罪研究领域的专家；三个女儿大学毕业之后，也相继有了不错的工作。他们一家成为草原上令人羡慕的传奇之家。

胡彩瑞：16岁辍学，看到同学去上学就想哭

这个家庭的女主人名叫胡彩瑞，虽然已过古稀之年，但身体还很硬朗，说话声音洪亮，还颇有风趣。可是，说起自己的身世，她却抑制不住内心的激动。

胡彩瑞是辽宁人，16岁那年，父亲不幸去世，一家人塌了天似的，生活无以为继。胡彩瑞有两个弟弟一个妹妹，加上妈妈，五口人失去了经济来源，饭都吃不上。没办法，妈妈只好叫她辍学。胡彩瑞从小喜欢学习，这个决定无疑是晴天霹雳。可是，毕竟生存是第一位的。16岁的她告别学校和同学，为全家人的生计而奔波。打短工，找工作，但是都无济于事。在打工的路上，每每遇到同学背着书包上学，她就止不住流泪。她太想上学了！那个时代，工作也很难找。1959年，胡彩瑞一狠心走出家门，来到内蒙古扎鲁特旗的香山农场，成了一名农场工人。那时，内蒙古扎鲁特旗的香山农场还是一片荒原。胡彩瑞与来自全国各地的年轻垦荒者在这里一起流血流汗，战天斗地，“广阔天地炼红心”。劳动中，她结识了来自黑龙江的小伙子董福义，两个人在读书上找到了共同语言，并碰撞出爱情的火花。

在那个艰苦的年代，结婚也是简朴到不能再简朴，董福义和胡彩瑞只花了100元钱就操办了婚事。条件艰苦，但照

样幸福。与众不同的是，这小两口特别喜欢看书学习。当时，也没有几本书可以看。流行于社会的，也就是《林海雪原》、《青春之歌》，以及再后来的《苦菜花》、《红岩》。每借到或买到一本书，小两口就你争我抢，先睹为快。尽管孩子相继出生，尽管生活负担越来越沉重，但是胡彩瑞和董福义喜欢读书和学习知识的热情，却丝毫未减。

孩子带给他们喜悦，也带给他们希望。他们暗下决心：自己没能够读完书的遗憾，绝不能留给孩子。不论多么困难，也一定要让孩子上学，而且要上大学！

董大博士：我4岁那年，妈妈把学习快乐的感觉传达给了我

老大董进宇（人称董大博士）深情地回忆说：我4岁那年，爸爸妈妈争看曲波写的长篇小说《林海雪原》，给我留下了不可磨灭的印象。爸爸白天上班，妈妈就在家边干活边看。爸爸下班回家，先把书抢了去看。妈妈恋恋不舍地放下书，去做晚饭。吃晚饭的时候两个人还议论，甚至争论，什么“小白鸽”、“203首长”，还有“胡大马棒”、“老道士”什么的，讨论得津津有味。第二天爸爸上班去了，妈妈又捧着《林海雪原》如饥似渴地读。4岁的董进宇忍不住问：“妈妈，你和爸爸说的那个‘蝴蝶迷’、‘座山雕’在哪儿呢？我怎么看不着？”

胡彩瑞笑着拍了拍儿子的头说：“你知道吧，你要自己学会学习，学会读书写字，那可太快乐了。如果你不会读书写字的话，你将来就是睁眼瞎，那就会失去许多人生的乐趣。”

“噢！我也要读书！”当天下午，小进宇缠着妈妈带他去买

了第一本小人书《矿工血恨》。从那一天开始，董进宇开始看书学习，慢慢地感受到了读书的快乐，日久天长，养成了喜欢看书的习惯。40多年来，一步步读到中学、大学、硕士、博士，成为著名教育家。

“早在我4岁那年，妈妈就把学习的那种快乐感觉传达给了我。”董大博士感慨地说。

在专用的学习房间里，胡彩瑞挂起小黑板亲自给孩子们上课

孩子出生时，农场还属于建场初期，条件简陋，没有幼儿园。别人家的孩子都在打打闹闹，疯玩儿，而胡彩瑞却做了一块小黑板，腾出一间屋子，专门给孩子上课用。用这块小黑板，她教董进宇认识简单的字，还教孩子数小鸡：屋里一共有10只小鸡，撵出去5只，还剩几只？很形象地就让孩子在玩中有了数字和加减法的概念。在董进宇上学之前，一年级的数学她基本就教完了，所以董进宇入学后总考第一。每次考了第一，他都跑回家兴高采烈地向爸爸妈妈报喜：我又考了第一名，老师又表扬我了！

随着孩子们一个个长大，胡彩瑞的“班”也随之扩大了规模。她请孩子的舅舅帮忙打了两张书桌、几把椅子，这个房间也就成了孩子们学习的专用房间。大哥董进宇带头，门一关，一人占半张桌子，各人写各人的作业，读各人的书。孩子们学习起来，很安静，而且形成了攀比的风气，你追我赶，根本就不用督促，常常是做好了晚饭，喊好几次他们才出来吃。

6个孩子，要吃、要穿，已经是沉重的负担，再上学，那更

是要花很多钱。可是胡彩瑞和董福义不怕吃苦受累，想尽办法千方百计挣钱，让孩子吃饱、穿暖，还要上学。除了上班之外，他们还饲养牛、羊、马、猪、鸡，还开荒种菜、种粮。生活上，他们也极度节省，董福义一双皮革鞋穿了14年。可对于孩子，他们却很大方。1980年，董进宇考上大学后，董福义亲自送儿子到大学，并脱下自己新买的毛衣送给了儿子；看到别的同学都有手表，他又给儿子买了一块手表。

目标：六个大学生，一个也不能少

当然，十个手指头不一般齐，六个孩子都很聪明，但也是各有秉性。三个儿子中，老大董进宇虽有些调皮，但特别能学习，只需稍加引导，而且，老大还帮着父母带弟弟妹妹学习。

老二董相廷为人憨厚，不善言辞，苦活累活都是抢着干，从没有怨言。在读中学时，有一天他回家撅着嘴不高兴。胡彩瑞问是怎么回事，相廷说，班里好多同学都入了团，他也写了申请，却没有批下来。胡彩瑞问这是为什么。相廷说，老师嫌他不会扭秧歌。这理由有点不太沾边。女主内，男主外，胡彩瑞就让丈夫去跟校长交涉。董福义是农场拖拉机队的队长，有文化，懂政策。他找到校长，校长说，是呀，班主任反映，你们家的董相廷同学不喜欢文艺，扭秧歌、表演话剧什么的都不积极。董福义据理力争，他说：这样吧，你们如果是文艺学校，以学文艺为主，我也就认了。可你们不是文艺学校，那就要以学习和劳动表现为主。我们家的相廷，学习是把好手，劳动更是积极，凭什么不能入团？校长说，那我再与他们班主任沟通一下吧。第二天放学，相廷是

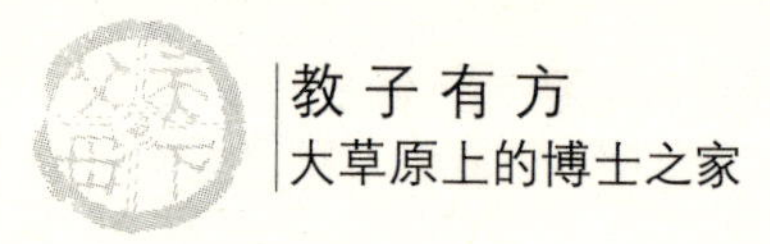

一蹦一跳回家的，进门就喊：爸！妈！我入上团了！

相比之下，三子董玉廷最令父母操心。他既不愿意干活，又不愿意学习，就愿意玩儿，从小就最不听话。读初中的时候，大哥董进宇把他转到教学质量较好的鲁北一中去。可在那儿，他很快就结了新的团伙，继续玩得昏天黑地。晚上，学校熄灯之后，他约着几个同学到厕所的灯下打扑克，还聚众喝酒。有一次他喝到半夜回寝室，一数，哎，怎么少了两个？赶紧回去找吧，在桌子下找到一个。原来喝多了，趴在桌子下面睡着了。还缺一个呀，再找，找到厕所附近，有一个同学搂着棵小树较劲呢。见了同学们，他着急地喊：玉廷，玉廷，我走不了了！快来帮帮我！这是咋的了？玉廷上前一看，哭笑不得。原来他解完手，系腰带的时候，连小树一块捆上了！

玩成这样，第一年考大学，玉廷就没考上。这可把父母急坏了。要让孩子们都考上大学的目标不能变，没办法，只好让玉廷复读。

这时，二哥相廷已经在通辽师院工作了，就把他转到通辽的一个中学，期望换一个环境，玉廷能安下心来学习。不久，相廷给母亲写信说，玉廷在这边学习很努力，从慢班到快班去了。胡彩瑞很高兴。可是只过了一个月，相廷又来信说，玉廷又被从快班调到慢班来了。胡彩瑞一看急了，寻思这咋回事？怎么又回了慢班？她跑到通辽，先到玉廷的宿舍，呵，桌子底下乱堆着酒瓶子、碗、碟子。肯定又旧病复发，与同学喝酒玩了。二儿媳妇告诉婆婆，有一次，她看到玉廷与原来鲁北一中的那些同学又在一块玩儿。问题严重了。胡彩瑞想了一阵，决定认真与玉廷谈谈。她说：玉廷，你别玩了，你得学了。你年龄一年比一年大了，如果这个学期再考不上，那可真成问题了。你又不喜欢干活，考不上大学就只能留在农场。那你可千万别娶媳妇，若是娶媳妇，你不干活，自己饿死不说，还要把媳妇也饿死。那多惨呀！

在母亲的教育和督促下，玉廷打起精神，终于考上了海拉尔师专。对于这个结果，心高气盛的玉廷还很不满意。可胡彩瑞非常高兴。她想，只要迈出了第一步，就会有第二步、第三步。只要走出农场，就有希望。

三个女儿的大学之路也并非都一帆风顺。以二女儿凤芝为例，这丫头生性要强，嘴快、腿快、手快，不论干什么都是一把好手。虽然是女孩子，却能上树摘苹果，也能下井捞桶，比一般的男孩子还能干。高考结束，她笃信自己一定能考上，叫妈妈帮她拆洗了被褥，只等着走了。可通知书却没有她的。一查，她的考分离分数线只差了一分！她一扭头就跑了出去。胡彩瑞急了，赶紧喊：相廷，快跟着她，别让她出什么事。不一会儿相廷笑嘻嘻地回来了：妈，没事儿，凤芝在老丁家树上吃沙果呢。

吃饱了沙果后，凤芝回家宣布，改名叫岩松。她说，岩石够结实的吧，可是松树偏偏能在岩石上生长。我就是要做岩石上的一棵松，我一定要考上大学。她发愤读书，第二年考上了通辽师院。

哥哥带好头，姐姐促弟弟

董家能出3个博士、3个大学生，除了父母的教育和培养，哥哥董进宇的带头和传帮带作用不可忽视。老大学习比较自觉，也较早养成了自学的习惯，于是他就主动地帮助弟弟妹妹们学习。老三不是不愿意学习、也不愿意干活么，老大就处心积虑地督促他。一次哥仨浇菜园，那时没有抽水机，得使用人工压力的压水机。董进宇就说，今天我出个题目，用英语数1~10，谁要是第一个数完，就可以不干活。说着，他偷偷朝老二挤挤眼。玉廷一想，虽然背英语很辛苦，但一时的辛苦却可以换得半天不干活，值。于是他就使劲地背，终于流利地用英语说出这10个数。于是他得意洋洋地躲在阴凉里，看两个哥哥汗流浃背地干活。

老二董相廷回忆说，他自觉学习的转变，是受大姐的影响。相廷从小就与大姐同在一个班，那时他学习在中上等，大姐学习非常用功，一本数学课本，老师才讲到一半，她已经学完了。起初，相廷对于大姐的主动学习，并不以为然。然而，寒假前的一次数学竞赛，考的却是整本书的知识。结果，姐姐考了65分，考了全场第一名，而相廷只考了25分，没有名次。大姐得了奖状，还有一个文具盒、一支钢笔。放学后大姐飞跑回家向父母报喜，相廷则慢吞吞地走回家。进门，父亲正在院里簸荞麦。父亲并没有责备他，只是非常深情地看了相廷一眼。那眼神里，饱含着关心、疼爱，还有恨铁不成钢。这一个眼神对于相廷心灵震动非常大。整个寒假他一天都没有出去玩，而是在家自学。等到开学以后，他在学习中就表现出了明显的优势。第二年度数学竞赛，他以95分的高分拿到第一名，比第二名足足高出35分！

老三对于自己小时候的不堪，似乎记不太清楚了。他说，自己是在不知不觉中转变的。哥哥姐姐都这么喜欢读书学习，在这样的氛围中，不知道什么时候开始，自己也把学习当成了一种生活状态。

以德报怨，父亲教孩子们如何做人

如果说，教孩子们学文化、督促孩子们好学上进主要由当过小学教师的胡彩瑞承担，那么，董福义则是通过言传身教，让孩子们学会如何处世、如何做人。董进宇回忆了童年时的一件事，令记者很受感动。

那时，董进宇大约10岁。父亲董福义是机务队长，有位同事拉帮结伙整他，造了一些谣，到场部去告他。董福义得知后，非常生气，因为他平时对这人挺好。这人却无中生有，恶意陷害他。但是只过了一周，董福义带车队到通辽市去拉东西，在通辽市遇上了带头整他的那个人的一帮亲戚，是这人的亲叔伯哥哥的一家八口人，从辽宁过来的。那个季节，草原上全是沼泽地，一下雨公共汽车都不通了。他那个堂哥一家八口一分钱没有，大人小孩都困在通辽市，已经三天没吃饭了，孩子饿得嗷嗷直哭。董福义他们一共去了四辆拖拉机，另外那三辆车的车长，都跟那个整人的人是朋友，但谁也没有伸出援助之手，也不敢拉他们，因为道路不通。董福义二话没说，掏出所有的钱，请那一家八口吃了顿饭，把他们安顿好。第二天回来的时候，他把这一家八口全拉到了农场。吃晚饭时，董福义对胡彩瑞说，今天我把谁谁的哥哥一家八口给拉回来了。胡彩瑞说，你这人也真是，人家刚整完你，还没结论呢！董福义说：别人忘恩负义，我不能见死不救。你是没见，那家人太可怜了。

第二天早晨，董家一家人刚起床，还没吃早饭呢，带头整董福义的那个人拎了两瓶白酒、两包点心来了。进门，咣当一声就跪下了，他对着董福义说：二哥，你是我这一辈子永远的朋友！

一个冻梨，凝聚着欢乐和亲情

在那个时代，在那个全国人民都比较贫穷的年月中，这个位于大草原农场上的“学习型家庭”，有着别人家难以体会的欢乐。特别是春节，董福义出差时，总会带回一桶冻秋梨。东北的冻梨是一种特殊的吃法，那种梨，在储存的时候，早已冻成了黑黑的冰疙瘩。吃的时候，要放到凉水中，凉水在冻梨上冻成一个冰疙瘩，把冰疙瘩敲开，梨就可以吃了。那真是冰一般的凉，又脆又甜。对于一年四季都吃不上水果的孩子们来说，真有如天上的美味一般。年三十晚上，先把冻梨放到凉水里，等放完鞭炮煮完饺子，每人就会分到一个冻秋梨，那是孩子们最快乐的时刻。盘点一年的收获，细数孩子们一年得来的奖状，胡彩瑞和董福义乐得合不拢嘴。

孩子们一个个长大成人、成才，回顾自己的成长之路，他们感恩父母的付出，并千方百计回报父母。三兄弟集资把家中的土屋翻盖成大瓦房，为老人隆重庆祝了70岁生日，董进宇还给父亲买了辆越野车。他说，我们不能满足于物质上让老人充裕，更要注重精神上让老人愉快。老父亲开了一辈子车，却不曾拥有自己的车，我要满足老人的愿望。果然，这辆越野车成为老人的最爱。三个博士儿子在外面打拼，三个大学生女儿和女婿就承担起了照顾老人的义务。现在两位老人生活在美丽的大草原上，舒心、愉快、满足，其乐融融。

感悟与思考

作为父母，要想教育孩子首先要教育自己。带孩子绝不仅仅只是安排他的衣食起居，还需要我们有百倍的耐心和洞察事物的能力，针对不同的孩子予以不同的教育和引导。所以说只要我们肯用心，通过父母间的交流，通过与孩子的玩耍，通过报纸杂志等，父母的智慧便会在生活中一点一滴地滋生出来。很多东西懂得了叫知识，而真正做到了才叫智慧。

家庭教育中对孩子品德、情感及行为习惯的培养方法有很多。父母教育孩子不能光靠上课、靠书本，我们应该在生活的点点滴滴中培养孩子的德与行。胡妈妈和孩子们一起读书，把读书的快乐感觉传达给了每一个孩子，从小培养孩子们对学习的兴趣；董爸爸则是通过言传身教，用自己的实际言行阐释着以德报怨的故事，教会孩子如何处世、怎样做人。在他们的家庭教育中，父母关注孩子的个性，能够让孩子间形成良好的竞争氛围，注重心理的疏导和辅导，让不同的孩子有不同的发展。

亲情托起世界状元

这里所说的"世界状元"，是指联合国教科文组织举办的年度IB（国际高考）的第一名，货真价实。而这个澳籍中国孩子，并非天资聪颖善于交际。相反，她还曾有严重的自闭倾向，特别是初到澳洲时，由于语言不通，风俗不同，很难融入同学和校园环境中。是父母的教育和引导，使她逐渐找到自信，快乐而健康地成长着。

汪晓宁1985年生于宁波，5岁时随父母定居澳大利亚。18岁中学毕业参加联合国教科文组织举办的年度IB（国际高考），在全世界6万多优秀考生中，夺得世界冠军，成为联合国历史上最年少的IB华人女状元。读大学后，19岁获得澳大利亚全国优秀学生奖；20岁获得居住维多利亚州的优秀学生社会服务奖，并被学校破格选为助教；21岁获得了“澳洲杰出青年”称号，并被推选为澳洲维多利亚地区青年工作委员会主席。

如此优秀的人才，是不是从小就特别出色呢？恰恰相反，汪晓宇小时候有严重的自闭倾向。特别是刚到澳大利亚时，与当地学校格格不入，根本听不懂老师讲的是什么。那么，她是如何从自卑走向自信，又一步步走向成功的呢？

小时候被小朋友打不敢逃跑，到澳洲学校第一天上厕所受难为

汪晓宇小时候不像别的儿童那样活泼，不哭、不笑、不闹，怕见生人，特别文静老实。爸爸妈妈工作都非常忙，汪晓宇两岁就被送进幼儿园。她常常抱着一个布娃娃，从上午一直坐到下午两三点钟，从不和别的小朋友玩。班里小朋友多，老师也不在意，反而觉得她特别好管理。但爸爸妈妈很担心。每次到幼儿园接她，总是看到别的孩子都在快乐地玩闹，自己的女儿却孤零零地待在一边，心里就很不是滋味。

在幼儿园不合群，在家也很“怯场”。表弟来了，两个人玩不了多久，表弟就“欺负”她。为锻炼女儿，爸爸汪正亮“怂恿”她：“你可以自卫啊，他打你，你就推他嘛！”正说着呢，小表弟又追过来打她了。爸爸见她还是不敢动手，急了，就小声提示：你推他呀！女儿把身子躲在爸爸身后，小声对爸爸

说："你推，你推。"弄得爸爸哭笑不得。表弟见状，更是"变本加厉"，"啪啪啪"打得更加用力。而女儿连逃都不敢，就待在那儿，任凭表弟的小拳头落下。

后来汪正亮与妻子到澳大利亚留学，女儿就留在国内。3年学成后，他们既可以选择在澳洲定居，也可以回国发展。按他们夫妻的学历，回国可以找到非常好的工作，待遇会很优厚。可是想到女儿是那样的自闭，在竞争激烈的国内，将来很可能不适应。而澳大利亚的环境相对宽松，让女儿到这边来，也许更有利于女儿的成长。于是，他们毅然决定，放弃回国，而是把女儿接到澳大利亚。

这年，汪晓宇5岁。

团圆是幸福的。3年不见，女儿虽然长高了不少，可怕见生人、不爱交往的毛病一点儿也没变，甚至情形比过去还要严重些，整天嚷着要回中国与姥姥玩儿。这令汪正亮和妻子欣喜之余又有些担心。澳大利亚小学生入学早，过了不久，汪晓宇就入学了。刚刚在澳大利亚找到工作、努力打拼中的汪正亮夫妇没有太多的时间照料女儿，只是抽出3天时间，教了女儿最基本的英语。其中，教的最多的是"上厕所"。直到女儿流利说出这个词，汪正亮才放心地把女儿送进学校。

可是，偏偏就是因为上厕所，第一天就出了大问题。

陌生的环境、陌生的同学和老师、陌生的语言，让本来就心怀疑惧的汪晓宇更加紧张。突然一阵内急，她想小便。可是手举起来，词却忘了。只好又把手放下，硬憋着。老师见她浑身发抖，脸色苍白，问她怎么了。她却无法表达。老师也慌了。情急之下，老师忽然想起五年级有个中国籍的学生，就飞快地把那个孩子找来，这才弄明白问题所在。在全班同学惊诧的注视下，那个五年级的学生带领汪晓宇飞快地跑向厕所。

汪正亮听说后，哭笑不得，只好又把"上厕所"的英语反复教女儿。

第二天上课时，汪晓宇又一次内急。可是，今天早上来学校的路上还复习过的那个词，又不翼而飞了！这可怎么办？好在她急中生智，反正已经知道厕所在哪儿了，自己跑去不就得了？于是她也不打报告，起身就往厕所跑。老师一愣，赶紧叫一个学生跟着她，待明白这个中国女孩是去了厕所，不禁哈哈大笑。

也许，长这么大，这是汪晓宇第一次自作主张！

由于语言不通，她坐在教室里如听天书，老师讲的是什么，她一句也听不懂。

期末，班主任给汪晓宇写下这样的评语：一年来，该懂的东西她都不懂，她也不和别人交往，是不是心理和智力上有问题？建议父母带孩子去看心理医生，并进行智力测试。

于是，汪正亮带着女儿去看医生。专家医生对汪晓宇测试后说：她智力没有问题，但是心理压力太大。

汪正亮突然想到爱因斯坦，好像小学五年级以前，老师也曾误认为爱因斯坦有问题。他对医生说：我的女儿现在的情况，是不是和爱因斯坦一样？

医生听罢，哈哈大笑：有你这样对孩子这么自信的父亲，你的孩子肯定没问题！他叮嘱汪正亮，多与女儿沟通，是减轻女儿心理压力的最好方法。

两个男人一见如故，紧紧握手告别。

爸爸每天与女儿交谈一个半小时，一台电脑成为女儿人生的转折点

带着女儿回到家后，汪正亮进行了深刻的自我反思。女儿之所以有自闭倾向、心理压力大，与自己对她关爱不够有直接

关系。女儿小时候，自己忙于工作和筹备出国读书，对她关心不够；后来自己与妻子先后出国，更是把女儿扔在国内；接女儿到澳大利亚后，自己与妻子又忙着打工、赚钱，把她扔给学校，平时也顾不上问一下女儿在学校的情况，还以为女儿在学校一切都正常呢！

那么，如何进行补救呢？汪正亮想，既然是沟通不够，那就要在沟通上下功夫。于是他决定，不论多忙，每天都要坚持与女儿交谈至少一个半小时。由于实在太忙，交谈大部分是在吃晚饭的时候。交谈的内容主要是女儿一天的活动，比如，上了什么课、课间做什么、同学说什么、老师说什么、她与同学们是怎么玩儿的、有什么开心的事，等等。无论事情多么琐碎，也不论女儿讲得多么凌乱，汪正亮都认真倾听，并适时插话加以评论。渐渐地，女儿的话越来越多，也条理多了。

对于汪晓宇来说，父亲能认真地听她说话，本身就是一件很令她感动的事。因为从小到大，从来没有人重视她，没有人认真听她说话，她总是有一种失落感，感到自己像不存在一样。而现在，她心目中最伟大的人物——父亲每天都认真地倾听她说话，并帮她解决一些问题，她便感觉到自己是重要的，有一种成就感和被关爱的感觉。

每天与女儿交谈一个半小时，并不是几天、几个月，而是从开始一直坚持到现在。尽管女儿已经是大学生，但只要有机会，父女之间就会进行真诚的沟通和交流。如果以女儿考上大学为止，那至少是12年，1.5乘365再乘12，共约7000个小时。这7000个小时的交谈，是汪晓宇走出自闭、找回自信最重要的因素。

如果说，爸爸每天与她交谈一个半小时是一个开始，是一个漫长的潜移默化过程，那么家中买回电脑则可以说是晓宇从自卑、自闭到自信的转折点。

1994年，汪晓宇8岁那年，学校给家长们发了一封信，内容是说为了让学生接触高科技，学校将配置电脑，并开设电脑学习的课程。那时，家用电脑刚刚面世，价格昂贵，非常稀罕。即使像澳大利亚这样的发达国家，一所学校也只添置了很少的几台，好几个班共用一台，每周只有一节电脑课，每个孩子摸到电脑的时间还不到5分钟。而家庭中，只有那些非常有钱的人家，才买得起电脑。

在接到学校信的那一刻，一个念头就涌上汪正亮的心头：在家里，尽管他与女儿交流得很好，可回到学校，女儿还是比较沉默，不能出类拔萃，不能引起同学们的注意。这样，女儿就不能真正充满自信。既然学校这么重视电脑教育的开课，还作为一件大事，郑重其事地通知家长，那么，如果家中买上一台电脑，让女儿每天都能接触电脑，女儿就可能学得比其他同学好，就可能更快地自信起来。

尽管那时他们家刚刚买了房，经济非常紧张，几乎每一分钱都要用来还贷款，可汪正亮还是毫不犹豫地用他将近半年的收入买了台电脑。汪晓宇的高兴可想而知，积极性空前高涨。汪正亮那时还不会用电脑，就把女儿领到电脑公司，学了两个半天，掌握了基本的开机关机程序，其余的功能都是女儿自己摸索的。其他同学每周只能摸五分钟，什么还没体会到就下机了，而汪晓宇每天回家都可以玩电脑。很快，在同学们眼里，她就成了一个小小电脑专家。所有的同学都向她请教，连老师有时也向她请教。同学们都以羡慕的目光看着她，汪晓宇成了中心人物，同学们都争着跟她说话。她的朋友也越来越多。为同学们讲解、示范不但使她自信，也锻炼了她的语言表达能力和交往能力。她变得自信、开朗、大度，乐于助人。从五六年级开始，她就非常喜欢到学校去，非常喜欢学习。

多开发女儿大脑0.5%，训练女儿节俭朴素

在引导女儿从自闭走向自信的同时，汪正亮还注意开发女儿的智力。他想，既然女儿的智力没有问题，那么，女儿就有可能在学习上出类拔萃。因为根据现代科学的研究发现，人类的大脑只用了1%，如果能激发女儿用到大脑的1.5%，那女儿肯定要比别人优秀，甚至会成为世界冠军。

自信、努力，加之正确的学习方法，汪晓宇的学习成绩突飞猛进。

而在生活上，汪正亮则从小培养女儿节俭和朴素。他对女儿说，古人有言“故天将降大任于斯人也，必先苦其心志，劳其筋骨，饿其体肤，空乏其身，行拂乱其所为，所以动心忍性，曾益其所不能”；古人还说“生于忧患，死于安乐”。他对女儿说，这些话的意思就是说，物质方面的享受不能太多，生活上艰苦朴素，经历过艰难曲折，才能成功。在他的教育下，女儿从不讲究吃喝，对于爸妈给她的旧衣服，穿上也很坦然，从来不觉得自己因为穿得不时髦而低人一等。甚至，因为她总是穿旧衣服，同学们就把穿旧了的或不时髦了的衣服送给她，她也坦然接受。久而久之，同学们甚至把父母穿过的衣服也送给她。于是，穿旧衣服成了他们家的一种时尚。爸爸、妈妈、她、还有妹妹，穿的都是同学送的衣服，很少买新衣服。

说到此事，汪晓宇不但不觉得难为情，反而觉得很光荣。一方面，自己家中经济不宽裕，可以省钱；另一方面，穿旧衣服本身就是节约地球资源，是对世界的环保。

说到节俭，具有经济和法律双学位的汪晓宇很有经济头脑。她第一个手机是到商店买的，是一款淘汰了的，没有保修，但附加100块钱的通话费，等于是免费得了个手机。她用了两年以后，把这个手机在网上卖出去，卖了300块钱。对方是专门收藏旧手机的。

11岁时收到男同学的信，爸爸开车送女儿“早恋”

晓宇一天天长大，和所有孩子一样，她也要经过青春期，也要遭遇初恋。

汪晓宇第一次收到男同学写给她的信时，是11岁。

那是小学临近毕业时。这天，爸妈从一大堆信中，突然发现有女儿的一封。“晓宇，有你一封信。”晓宇放学回家，妈妈把信给她。她一看信封上的笔迹，就能分辨出是同班的一个男同学写的。她的心突然嘭嘭直跳，她飞快地跑进自己房间，并且紧紧地关上了门。

男孩在信中说：“我们马上就要毕业了，我非常怀念我们在一起的时光，它是多么美好！我想我们是不是能保持联系，成为Best friend（最好的朋友）？”

11岁的汪晓宇脸上有些发烧。她脸红红地来到饭桌前，低下头，默默地吃饭。

汪正亮和妻子悄悄交换了一下眼神。刚才，在女儿关上门看信时，他们紧张地进行了商量，妈妈说，怎么办，看来这是封男生写的信！汪正亮心里也有一点儿打鼓，这么小的孩子就这样，怎么得了？可冷静下来他又想，这事不能堵，只能引导。于是，在吃晚饭时，和通常与女儿交谈一样，他和颜悦色地问：晓宇，你今天好像收到一封信，是不是一张圣诞卡？晓宇摇了摇头。汪正亮说：好吧，如果你能看得懂，你自己能处理的话，你就自己处理；如果你需要爸爸帮忙的话，你就拿出来让我看一下。

女儿点点头。

可是，第一天，第二天，女儿都没有向爸爸出示这封信。

直到第三天，女儿才给爸爸看了男同学的来信。

“晓宇，你是怎么想的？”

“我也想成为他最好的朋友。”

“要不，你自己写一封回信给他吧。写完，你愿意给我看你就给我看，不愿意给我看，你就寄出去。”

女儿瞪大眼睛，有些惊讶。本来，她以为爸爸会批评她，甚至会骂她，没想到爸爸竟然这么开放，这么信任自己！于是，她写完信后，就给爸爸看了。信上说，“我的心情和你一样，我也非常怀念我们在一起的时光。你对我非常照顾。毕业之后，我们可以经常信件来往。”

爸爸看了，称赞女儿信写得很好。

后来晓宇和那个男同学真的保持了一段时间的信件来往，半年之后，由于他们在两个学校，共同语言越来越少，关系也就不了了之了。

然而，事情还没有结束。晓宇读高一时，是在墨尔本一所数一数二的女校读书，班上绝大部分女生都有男朋友。晓宇的一个非常要好的女同学看她好像没男朋友，感觉她很苦恼，就对她说：晓宇，这个星期天我和我的男朋友出去玩，他会带他一个非常要好的男同学一起去。这个男同学长得非常帅，来自北欧，个子高高大大的，黄头发蓝眼睛，你肯定喜欢。

晓宇心中很好奇。本来么，同学们都有男朋友，为什么我没有？她回家对爸爸说了这事。爸爸沉思了一下说：如果你想去看一下，爸爸也不反对。女儿并没有直接说要去，却反复说，哎呀，金黄色的头发、蓝眼睛，高高大大，太帅了。见此，爸爸说，要么星期天你去吧。

在到星期天的这几天里，爸爸就对女儿谈了他与妻子谈恋爱的过程。他特别跟女儿灌输了一个理论：爸爸和妈妈谈恋爱是一次性成功，彼此都是对方的第一个。其实在澳洲，现在非常流行“一棵树和一片森林的关系”这个理论。每个男孩都有他们的优点。现在很多家长不让孩子和异性接触，所以看到第一棵树就感叹：哇！那么美！就拥抱了那棵树。结果，她就没有机会去见识其他的美丽的树。爸爸进一步对女儿说：你要仔细看好那棵树，那棵树很美，可是它身上还有疤，各种各样的疤。你去看一下森林，也许会发现更美丽的树。

女儿与男孩约会的地方很远，爸爸说，还是我开车送你吧。

爸爸送女儿去约会不但让女儿感动，同时也让女儿冷静下来，减少了许多神秘感和浪漫。不到两小时，女儿就回来了。女儿说，这个男孩没有深度，没什么可谈的了。

做义工，感受帮助他人的幸福，感受健康的可贵

汪晓宇第一次做义工是14岁，是到医院照顾患癌症的孩子，陪他们唱歌，给他们讲故事。在病房里，她看到那些孩子满身都插着管子，脸苍白着，躺在床上，不能出去玩，觉得他们那么痛苦，为他们难过。她尽自己的能力使他们快乐。

每次做完义工走出医院，无论是阳光灿烂还是下雨刮风，她都觉得世界是那么美好，能自由地行走在街上是那么美好。因为自己拥有健康的身体，有幸福的生活。同时她也感叹，病房里的孩子身体那么不好，随时都可能死去，根本看不到希望，但是他们还是能够笑，还是能够开心，自己又有什么权利不开心？

她深刻地体会到，有一个健康的身体是最幸福的事，帮助别人是一件很快乐的事。

报答父母，放弃牛津大学；心系祖国，愿中华民族腾飞

联合国教科文组织举办的年度国际高考共考6门课：两门语言（母语、第二语言）、数学、物理或化学任选一门、艺术、人文科学（如经济、历史）。还要加上做两百个小时的义工。

6门功课日常满分是600分，汪晓宇考了599.95分，名副其实的世界状元。拿到这个成绩，相当于拿到了世界所有著名大学的录取通知书。晓宇最想上的大学是英国的牛津大学，但最终，她却放弃了牛津大学而选择了墨尔本大学。因为，晓宇是澳大利亚公民，而牛津大学是不给发达国家公民奖学金的。英国的生活费又比澳大利亚贵好几倍，如果读牛津大学，每年可能要花10万元澳币。她觉得这给爸爸妈妈增加的负担太大了。为自己，爸爸妈妈牺牲了那么多，现在自己考出了好成绩，是回报爸爸妈妈的时候了。如果读墨尔本大学，可以免除全部学费，每年还有6000块的生活费，不但不必付学费，还可以补贴家用，还可以待在爸爸妈妈身边，帮爸爸妈妈抚养小妹妹。晓宇考大学有两个期望：一个是去牛津，一个是报答爸爸妈妈。在她看来，爸爸妈妈年纪一年年大了，报答父母比去牛津大学更重要。

对于女儿舍弃牛津大学，父母很是感动。为了补偿，他们出资17000澳元，让女儿学习开飞机。汪晓宇学得很快，并拿到了驾驶中小型飞机（17座以下）的执照。每一次驾机翱翔在蓝天白云之中，她都有全新的感受。在云中往下看，房屋和人都那么渺小，也分不出高低，无论是总统还是普通百姓，都一样。这甚至影响到她的世界观、人生观。

作为澳洲维多利亚地区青年工作委员会主席，晓宇通过与墨尔本的高中商谈，为中国学生争取了两个全额奖学金的名额。她想通过这种方式，让澳大利亚的主流社会看到中国的学生是多么优秀。作为一个在国外的华裔，她希望为中华民族服务，希望祖国发展得更快，成为一个世界大国。

感悟与思考

父母是每个人的至亲至爱，每个人都曾经沐浴在父母的关爱之中，享受着幸福的时光。亲情是心灵港湾中永不熄灭的灯塔，时刻为我们迷惘的人生照亮前行的方向。

为了女儿的健康成长，汪正亮夫妇将其接到澳大利亚学习。为了缓解陌生环境、人和语言给晓宇带来的心理压力，他们求助心理医生，在沟通上煞费苦心，锤炼沟通的艺术；坚持不懈的沟通让女儿感受到被爱的感觉，逐渐恢复了自信；为了进一步培养女儿的自信心，汪正亮斥资购买电脑，以电脑为载体，晓宇变得更加自信，语言能力和沟通能力得到提升；在学习上开发女儿的智力，在生活上培养女儿节俭和朴素的习惯；面对女儿的情感问题，作为父母，并没有强行干涉，也没有置之不理、放任自流，而是巧妙地加以引导。通过做义工，晓宇体悟到健康的可贵和帮助他人的快乐与幸福。为了减轻家庭的负担，晓宇毅然决然地选择留在父母身边就读大学；心系祖国，尽自己所能为祖国服务。

父母的真情付出终于结出了丰硕的果实，晓宇学会了感恩，感恩父母、感恩祖国。如今，晓宇已不再是害羞、自闭的小女孩，而是已成长为一个成熟、理性、自信、有爱心、有能力、懂得感恩的人，世界观、人生观和价值观发生了重大的变化，而这些均得益于父母的良好教育方式和关键时刻的重要抉择，更重要的是自始至终包围在晓宇身边的浓浓亲情。

人们都说亲情无价，亲情的力量是巨大的。亲情不是一方一味无私地付出，而是通过父母子女间亲情的交互作用，凝结成更为和谐的亲情网。